塵世樂園

THIS SIDE OF PARADISE

史考特・費茲傑羅

F. SCOTT FITZGERALD

譯者——盧相如

新雨

誰與爭鋒：
風潮追引者的迷與惑

國立臺灣大學
外國語文學系教授

蔡秀枝

從《浪漫的自大狂》到《塵世樂園》

《塵世樂園》（*This Side of Paradise*）是法蘭西斯．史考特．費茲傑羅（Francis Scott Fitzgerald）的第一本小說，一九二〇年三月甫出版，就獲得市場上的成功，讓他如願以償得以迎娶到心儀的南方佳麗賽爾妲．塞爾（Zelda Sayre）。《塵世樂園》是一部類自傳式的小說，對於主角艾莫瑞的成長過程中的影響因素，如：家教（母親碧翠絲）、城市（明尼阿波利斯市、紐約、大西洋城等）、學校與同學（聖瑞吉高中和普林斯頓）、天主教神職人員（達西神父）、交往的女友們（伊莎貝爾、克萊拉、羅莎琳、艾琳諾），尤其是對於第一次大戰與當時現代社會進步風潮對青年的思想探索與人格成長的影響，以及他對二十世紀初美國新潮女性的開放行為舉止的描摹、對她們希冀掙脫父權傳統的束縛，尋求自身思想的自由、自主的認知體悟、與因之而來所必須面臨的人生困境，都有細膩而深刻地描述。這本小說也同時開啟了費茲傑羅日後成為美國爵士年代紀錄者與二十世紀重要小說家的文學旅程。然而小說出版之初，評論者因為這本處女作錯別字太多，引用的地名、單位、書名、作者、內容資料等有許多訛誤，忽略了費茲傑羅小說在人物的勾勒、敘事事件的安排、與對時代風潮的觀察等這些日後造就他鼎盛文名的寫作能力。

費茲傑羅是在一九一七年秋天開始撰寫這本原名為《浪漫的自大狂》（*The Romantic Egotist*）的小說。因為當時他已經決定休學從軍，所以這也是他待在普林斯頓大學的最後幾週。十月費茲傑羅的委任狀下來，十一月抵達堪薩斯州的訓練營，開始利用訓練營每週的假期躲在軍官俱樂部專注地寫作。一九一八年二月費茲傑羅完成這份初稿（這就是後來出版的《塵世樂園》的第一部的初稿）。費茲傑羅在三月初結束訓練營前往肯德基州加入軍團之前，將這份初稿交由朋友轉交給出版商（Scribners）。這份稿件在八月被退回，經過修改的稿子在十月再度被退回。由於費茲傑羅的軍團尚未駛往歐洲，各國就已簽署停戰協議，於是他在一九一九年二月由軍中退役，開始幫紐約一家廣告代理商撰寫雜誌廣告。一九一九年六月，他出身於南方名門的未婚妻賽爾妲擔憂他無能力提供她婚後優質的生活，與他解除婚約。為了證明他有文學才華與堅實的經濟能力，費茲傑羅辭去紐約工作，返回明尼蘇達州父母家中修改被兩度退稿的小說，最後於一九一九年八月中完成這本小說。

其實這部小說之所以在文字與敘事內容等方面有許多訛誤，是有根本原由的。首先，小說的寫作過程斷續且匆忙。費茲傑羅開始寫作不久，就入伍訓練。三個月的訓練營讓新兵費茲傑羅感到生命可能面臨終結的威脅，只能加緊爭取時間寫作，希望在短暫的生命裡留下作品。在這樣匆促地與時間競賽的幾個月寫作時間內，拼字與文法的錯誤，尤其是對資料內容的考證工作的確難以進行。其次，退伍後為了盡快追回賽爾妲，費茲傑羅竭力擴充小說內容，將許多大學期間的寫作資料或已出版稿件、以及他在紐約工作期間所寫的作品（包含一齣名為「The Debutante」的獨幕劇，這齣劇後來成為《塵世樂園》第二部第一章〈初入社交圈的少女〉）都分別加入原稿中。雖然費茲傑羅在最後修改稿完成後，邀請友人凱薩琳・泰伊（Katherine Tighe）當第一讀者，而且泰伊的確針對幾百個錯別字和文法錯誤進行更正，並對小說內容與文體進行建議與評論（凱薩琳確實對某些親吻情節與開放的風潮提出了異議，費茲傑羅則將她的評議當作為當時保守讀者的風向指標，所以也根據她的評論對原稿作了修改）。但是這樣新舊稿夾雜、字裡行間又充滿對錯別字、文法與文句的更正的手稿確實增加了打字稿核對的困難。最後，當書商決定出版這本小說時，費茲傑羅、小說編輯（Maxwell Perkins）和書商都沒有對這份書稿的原稿、打字稿、正文的內容與行文中的文法和錯別字等做認真詳實地校對、修改、以及考據確認。所以這本小說出版時仍然存在許多拼字錯誤，以至於後來雖歷經幾次再版發行，總會發現有訛誤與錯別字需要修改訂正。一九九五年劍橋出版社出版《塵世樂園》，根據費茲傑羅的初稿、幾個修改稿、各個不同來源與不同時期的打字稿、費茲傑羅的往來書信等等做了好幾百處校正，另外劍橋版也根據編輯會議討論後的原則，對某幾處拼字、與事實不符的名詞、或年代前後同一名稱有所更改等部分，保留了費茲傑羅手稿的用法。

除去這些小缺憾，如果仔細比較最初《浪漫的自大狂》初稿與最後修改完稿的《塵世樂園》，我們將發現費茲傑羅確實解決了《浪漫的自大狂》單薄的敘事內容與狹隘的觀點，而且在運用大量來源不同的各個作品來擴充小說內容時，不但妥善運用邏輯與敘事能力對穿插的作品與原稿進行補綴、搭橋的工作，展現優秀的寫作功力來串聯所有插入事件、不同文體與前後敘事結構間的扞格不入，讓多元紛雜的文體變成主角艾莫瑞不同事件經歷的紀錄，並且將一個直到完稿結束時都尚未能發展完成的、屬於主角艾莫瑞的成長故事，運用開放的結構敘事來完滿交代處理。簡言之，費茲傑羅搶救貧乏初稿、增補舊稿片段、開創敘事事件、並完善各部分內容的能力證明了他的文學功力，說服了 Scribners 編輯部，也因此這部飽含費茲傑羅自傳式事件與人生經歷的《塵世樂園》得以出版。

男性自覺與時代風潮新女性：自我主義者的發展

在《塵世樂園》裡，聖瑞吉高中、普林斯頓大學和達西神父和艾莫瑞追求的幾個新潮的女性，分別扮演著重要的教育功能，引領艾莫瑞由一個浪漫的自我主義者轉向一個成熟男性的成長歷程。聖瑞吉讓艾莫瑞學到在運動（打橄欖球）裡孕育鍛鍊的英雄主義是得到男性群體認同的唯一捷徑。而他與同窗間的許多言語切磋也讓他對社群團體裡的社交高手有所認知。藉由敏銳地感知社會價值、穿著體面服裝、頭髮油亮、從事大放光彩的活動，這些人進大學並且名利雙收。這樣的分析讓他清楚地認知到如他一般地缺乏勇氣、沒有精明頭腦和才華、無法勝任這樣的行當的人是無法成為校內的成功人物。相對地，普林斯頓大學較聖瑞吉更能培育一個有細膩覺察與充沛感知的青年。普林斯頓的建築、校園風格與周遭的環境氛圍更能陶冶艾莫瑞的文學特質。普林斯頓的同學們與校內外活動打開了艾莫瑞作為引領新潮的新文藝青年的視野。雖然大學青年們的青春活力是無可限制的，但是狄克·亨博德在他們一次校外駕車同遊時的車禍意外身亡，是艾莫瑞首次直接面對死亡的籠罩。緊接著一次世界大戰美國的參戰帶來了阻礙這群大學生人生光明的死亡陰影，也衝擊著他們對社會價值觀、階級、財富等的概念與質疑。天主教達西神父人生導師式的教誨，是《塵世樂園》裡偶爾透出的清亮之光。但是因為《塵世樂園》裡將艾莫瑞看作為一個真正的美國青年並探討其成長經驗，所以在小說中費茲傑羅並未重墨宣揚達西神父作為宗教（天主教）的象徵意義，書中也不刻意彰顯其愛爾蘭族裔身份的差異性。

天主教的規範對艾莫瑞的影響主要是在於性的觀念上。這是艾莫瑞歷經幾次不愉快的男女交往和大西洋城代替扛罪事件時，始終面臨並且無法突破的介面：性即危險。《塵世樂園》裡的艾莫瑞總是將女性與邪惡魔鬼的誘惑聯繫在一起。只有真正的浪漫之愛，才能讓他放開心胸去接受。他熟悉著新潮的愛撫派對，所以他也擅長用男性的自大觀念去掠奪女孩的吻，用以彰顯他的男性特質與氣概。這也是伊莎貝爾、克萊拉和艾琳諾最終都拒絕他的緣由：她們都拒絕他父權式的、寵幸的、保護式的擁吻，也拒絕臣服於他男性驕傲自大的自我主義與對女性充滿壓抑傾向的傳統認知概念。艾莫瑞對伊莎貝爾、克萊拉、羅莎琳、艾琳諾都曾有意願去追求，但是讓他感到真正的浪漫愛戀與失去時的強烈痛心的，只有羅莎琳。羅莎琳拒絕他的理由，就是他沒有足夠的經濟能力來確保提供給她一個優渥的婚姻生活，所以艾莫瑞不是一個良配。這個理由說明了傳統父權社會對女性婚姻的最高指導原則。對於這個原則艾莫瑞完全沒有提出異議，因為他認同這樣的看法，他也是父權社會與傳統概念下成長的男性成員。

《塵世樂園》裡這四個女性都是新潮女性的代表，各自有著獨特的個性與亮麗的外表。而最具有強烈的女性自我認知與反叛意識的，應該是艾琳諾。羅莎琳選擇寄居在父權社會男性為婚姻經濟命脈的觀念裡，享受新潮女性的權利與男性的保護。伊莎貝爾拒絕接受艾莫瑞嘲笑她女性的感性與矜持，反對艾莫瑞強壓給她的理性分析，固執地捍衛她作為女性感情用事與對自身行止與芝麻小事的堅持（用披肩遮住艾莫瑞袖扣不小心刮傷她脖頸的曖昧痕跡）。克萊拉有著艾莫瑞嚮往的純潔心靈與愉悅的個性，但是在艾莫瑞提出對她的追求時，卻頭腦清晰且一針見血地指出，她不需要這樣的愛，因為艾莫瑞口中所說的「愛」其實是陳腔濫調、缺乏真心，而且在他的告白之前，已經有五個人都以相似的話語對她表白過。克萊拉明確地告訴艾莫瑞，她從沒有真正愛過。這樣沉痛的承認，是克萊拉對傳統父權體制下扭曲的愛戀關係的控訴——因為在以門當戶對和獲取最大經濟利益為目的的婚姻之前，愛情是渺小卑微的，甚至是可有可無的。艾琳諾是這幾位新潮女性中智力優秀、自我意識最突出顯著的，所以她追求自由與擺脫父權社會對女性身體與心靈桎梏的意願與面對父權社會壓制的反感是最為直接與強烈：

為何我是個女孩？為何我不是個笨蛋——？看看你：你比我還要蠢，不是很蠢，而是有些蠢，你可以邁著大步走，感到無趣，然後再邁著大步到其他地方，你可以跟女孩子們廝混不帶感情，你做任何事情都有正當的理由——我也有腦袋可以做任何事情，未來卻得跟婚姻綁在一起，隨著船往下沉。……我得嫁做人婦，這是毫無疑問的。嫁給誰？對多數的男人來說，我太聰明了，我得降低到他們的層次，為了吸引他們的注意，我得讓男人覺得我的才智不如他們。一年年過去，如果我還未嫁人，我就失去認識優秀男士的機會。當然，我最多可以在一、兩個城市之間作選擇，但我得嫁給中上階級的人家。

這是二十世紀初美國新潮女性在爭取解放身體的束縛，爭取獲得女性自主的行動自由時，必須面對的，傳統社會對女性身體、智力、心靈、行動、婚姻等各方面的壓抑與困境。艾莫瑞並不能全然理解艾琳諾的想法，所以他只能以男性的懷抱和親吻來希冀撫平她的忿恨。這樣貧乏的男性自大狂想法，讓艾琳諾直接地拒絕與唾棄，所以她選擇用最激烈的、臨近死亡、終結生命的方式——縱馬跳崖——來表達她的忿怨與反抗。雖然最終她沒有與馬匹一同一縱而下，但是艾莫瑞一廂情願式的愛也終於落下句點。

發展中的風潮追引者

早先審查稿件時，出版商 Scribners 的資深編輯群就一針見血地指出《浪漫的自大狂》

的弊病在於根本沒有得到發展，以至於無法有一個結尾。雖然費茲傑羅後來增補了舊題材與已發表的稿件，也將他和賽爾妲的故事添補進去，但是一如他的愛情故事和他自己的人生都還在進行中而沒有一個定論，所以這部類自傳的小說裡艾莫瑞的故事也確實無法得證出什麼結果——因為艾莫瑞的人生才剛要開始。這個難題費茲傑羅最終的解決就是：在這樣一個既要得出結論又要表明艾莫瑞的成熟人生才正要開始的兩難困境中，讓艾莫瑞在歷經與羅莎琳失戀的沉淪、然後在大西洋城替羅莎琳的哥哥艾列克掩護，自願代替他扛下與吉兒於旅館中同宿而違反曼恩法的罪名（Mann Act，是指為了賣淫、放蕩或不道德的目的而進行的州際或國外商業運輸婦女的重罪）、接著讓艾莫瑞遇見在法國戰死的傑西・佛瑞比的父親，並與之長談。經由這些事件，費茲傑羅讓艾莫瑞開始慢慢沉澱下來，整理受挫的浪漫情愛關係、反思人生哲理、對現代社會、家庭與社會階層等提出想法。最終當他在普林斯頓散步，各種思想紛踏而來，讓他突然覺察到：邪惡的力量與性一樣揮之不去。然而他根本無法解釋也無力解決這樣的糾纏，因為他發現美麗與邪惡是如此密不可分。這是他人生一路走來至此的經驗。在午夜過後的普林斯頓，艾莫瑞抬頭遙望星空，向燦爛的天空伸出雙臂，說出他在小說裡的最後的一句話：「我瞭解我自己，僅此而已——」（"I know myself," he cried, "but that is all—"）。

在小說的終結，艾莫瑞沒有給出任何睿智的雋語，這點符合他在小說中的人物性格與能力設置。費茲傑羅沒有強加任何徹悟的想法或通透的語言給站在午夜星空下的艾莫瑞，只讓他看見他自己，即使經歷過一些經驗與挫敗，依舊是渺小又自大，但也只是僅此而已。

男女、群體、社會、人生、生死，他或多或少涉略淺嚐、或拒之不前、或勇敢挑戰、或鎩羽而歸，但是全都僅只囿限於自我的範疇。於此，《塵世樂園》第二部人格養成教育篇在艾莫瑞的自我認知下完成。費茲傑羅也將《浪漫的自大狂》從原本小說的書名改為第一部的標題。新的書名《塵世樂園》則是出自於魯伯特．布魯克（Rupert Brooke）的詩〈Tiare Tahiti〉的詩行。以此書名來顯示艾莫瑞最終已經走到了人生的另一個階段路口，已經鄰近了此塵世／樂園，接下來就是他將開始進入成年的、男性的人生階段了。但是艾莫瑞是否能夠由錯誤中習得經驗，跨入此一塵世（即）樂園，或者，終將因無法由錯誤中學習，而只能翻滾於此充滿挫折的塵世卻無法得嚐此塵世之樂，於是只能臨近／鄰在此充滿艱辛的塵世，遙望彼樂園（天堂樂園）。這將是艾莫瑞下一階段的人生功課。

《塵世樂園》可以說是一本經由錯誤累積而得來的歷史教本。不僅是充滿了小說創造與生產端的費茲傑羅、書籍編輯、出版商等方面未能即時校正的文字訛誤；小說裡的人物——不論是艾莫瑞、他普林斯頓的朋友們、或是他所追求的幾個新潮女孩——也都是在世界的風潮之中，經歷事件、累積錯誤、學習成長。在這本小說的最後一句話裡，我們將遇到最後一個編輯上的問題，但是也同樣是虛構小說敘事裡主人公艾莫瑞所要遇到的人生問題。撰寫劍橋版《塵世樂園》導論的編輯，也是賓州州立大學英語教授的詹姆士．魏斯特三世（James L. W. West III）指出，費茲傑羅手稿的最後一句話是以破折號來結束的，但是在小說的第一版裡，這最後一句話卻是用句號來完結。由於遍尋各種現存文稿與往來文件都無法證明是在何種情況下，由誰決定將手稿中的破折號改為句號，於是詹姆士證之以文本內上下文的文意與發展關係，最終讓劍橋版決定採用破折號來總結艾莫瑞的話語。因此，一如費茲傑羅筆下的艾莫瑞，《塵世樂園》的讀者在小說的最終章被賦予了此一青年階段人生成長的詮釋權：究竟這是一個階段的結束（句點），抑或是一個有待繼續發展的開放狀態（破折號）？此未竟之功，留與讀者判定，一如費茲傑羅在創作《塵世樂園》時對讀者（甚至他自身）的盼望與期待。

……唉，這一方塵世樂園！

說穿了，鮮少帶來寬慰

...Well this side of Paradise!

There's little comfort in the wise

——魯伯特・布克（Rupert Brooke）

經驗是芸芸眾生

替他們犯下的錯誤所起的名

Experience is the name so many

people give to their mistakes

——奧斯卡・王爾德（Oscar Wilde）

獻給席格尼・菲

第一部　浪漫的自大狂

第二部　人格的養成

BOOK ONE

THE ROMANTIC EGOTIST

第一部　浪漫的自大狂

第一章　艾莫瑞，碧翠絲之子

除了少數無以名狀的特徵，艾莫瑞・布萊恩繼承了母親身上的所有特點，這似乎讓他變得更具有價值。他的父親，一個軟弱無能，不善言辭的男人，雖對拜倫情有獨鍾，卻總在每次翻閱大英百科全書時昏昏睡去。他在三十歲時發跡，靠的是兩個死去哥哥的庇蔭；他們生前是成功的芝加哥股票經紀人。繼承這筆財富讓他第一次覺得擁有全世界，於是他來到了巴爾港，在那兒遇見碧翠絲・奧哈拉。結果，史蒂芬・布萊恩遺傳給後代的除了不滿六英尺的身高之外，還有在重要時刻優柔寡斷的個性，這兩個特點同時展現在他的兒子艾莫瑞身上。多年來，他一直生活在家人的陰影中，缺乏自信的臉龐，大半被死氣沉沉、柔軟如絲的頭髮所覆蓋。縱使他不斷想「好好照顧」他的妻子，卻不斷被他不能也無法了解自己妻子的想法所困擾。

但是碧翠絲・布萊恩，一個美麗的女子！年輕時在威斯康辛日內瓦湖畔父親的莊園裡所拍的照片，或在羅馬的聖心女修道院裡掛著的照片裡——都能看出只有富貴人家的女兒才有機會享有這樣的貴族教育——她的臉龐娟秀，服飾做工精湛，剪裁簡單。她受過完善的教育薰陶——她的年輕歲月是在文藝復興的輝煌中度過，她對老羅馬家族最近的流言蜚語耳熟能詳；有錢的美國女子名聲讓維特瑞紅衣主教和瑪格麗特皇后，都知道她這號人物，甚至稍有文化水準的名流，都曾聽過她的芳名。她在英國學會喝威士忌加蘇打水而不喝葡萄酒，因此在維也納過冬這段期間，她的閒話家常題材也在此催化之下，朝向兩方面拓展。總而言之，碧翠絲．奧哈拉接受了十分難能可貴的教育經驗；一種根據某人對於鄙視或是著迷事物的多寡作為衡量方式的個別指導；那是一個富含一切藝術和傳統，卻缺乏思想的文化。就像在過去，一個偉大的園丁折損品種不佳的玫瑰，生產出完美的花蕾所孕育出來的文化。

她不再受到重視之後，返回美國，遇見史蒂芬．布萊恩之後，選擇跟他結婚——原因歸結起來可以說她覺得有些疲倦，有些悲傷。她唯一的孩子則選擇在最令人疲憊的季節裡出世，於一八九六年的春天誕生。

艾莫瑞五歲時，已經是個可以逗母親開心的伴了。他有著一頭紅褐色的頭髮，以及一雙長大之後吸引人的明亮大眼睛，還有一顆富於想像的心靈，和對於化妝服飾的特殊品味。從他四歲到十歲這個階段，他和母親乘坐著外祖父的私家轎車，遊遍整個美國，從科羅拉多州到墨西哥，母親待在昂貴的旅館裡，幾乎無聊到要精神崩潰的地步，卻在墨西哥染上了輕度的傳染性肺癆。這個病並沒有讓母親感到沮喪，反而令她覺得十分慶幸，之後的日子裡，她便把這個病當成是她內在氣息的組成部分——特別是喝了幾口驚人的烈酒之後。

所以，那些多少帶點幸運的有錢小少爺，在紐波特的沙灘上反抗家庭教師，或是被打屁股、挨訓、被要求把《敢作敢當》、《密西西比的法蘭克人》從頭到尾唸一遍時，艾莫瑞卻在沃爾道夫酒店招惹那個默默順從的旅館大廳服務生，對室內樂和交響樂少了天生的厭惡感，並從母親那兒習得了專門的知識。

「艾莫瑞。」

「是的，碧翠絲。」（這樣稱呼自己的母親真是奇怪，但她堅持讓他這麼喊。）

「親愛的，別急著想要下床。我總認為年輕人起得太早，會讓人神經緊張。克羅絲黛會幫你把早餐送過來。」

「好的。」

「我今天感到自己特別衰老，艾莫瑞，」她嘆了一口氣，臉龐宛如一張稀有、略帶感傷的浮雕，聲音大小控制合宜，雙手如伯恩哈茲[1]般優雅。「我的精神瀕臨崩潰邊緣——隨時會崩潰。我們明天得立刻離開這個鬼地方，到充滿陽光的地方去。」

艾莫瑞那雙銳利的綠色雙眼正透過糾結的髮絲，望向母親。即使到了現在這個年齡，他對母親絲毫不抱任何幻想。

「艾莫瑞。」

「噢，是的。」

「我要你好好洗個熱水澡——水越熱越好，這樣會讓你覺得放鬆些。可以的話，你可以在澡盆裡看書。」

他不到十歲母親就朗讀《華麗饗宴》[2]的片段給他聽；十一歲時，他就已經對布拉姆斯、莫札特和貝多芬瞭若指掌，琅琅上口。一天午後，他獨自一人待在溫泉市的旅館，偷嚐了母親的杏子甘露酒，由於味道好極了，最後竟有些微醺。只是這個樂趣只維持了片刻，他便在情緒亢奮的當下，接著嘗試點起煙來，讓自己沉浸在粗俗與不雅的反應中。雖然這件事嚇壞了碧翠絲，但她心裡卻暗自竊喜，後代的人或許會把這點歸結於她的「遺傳」。

「我這個兒子，」一天他聽見母親對著滿屋子既驚訝又羨慕的女人說，「十分世故，而且具有魅力——雖然有些嬌貴——我們不都是嗎；說到這裡，你們懂我的意思。」她把光彩奪目的手貼在美麗的胸脯上；然後突然壓低嗓門，小聲地告訴她們兒子偷喝杏子甘露酒的事。她們因為她的大膽言辭全都笑成一團，但是那天夜裡這些女人家中的餐具櫃全都上了鎖，免得巴比或是芭芭拉也做出這樣的事來……

這些家庭的朝聖之旅始終講究排場；隨行的有兩個女傭，私家車，如果時間允許的話，布萊恩先生偶爾也會加入，當然大部分都有醫生隨行。要是艾莫瑞一連咳嗽不止的話，四個令人厭惡的專職醫護人員便會聚在他的床邊，面面相覷；在他染上猩紅熱時，身邊照顧

1：法國著名女伶。

2：法國象徵主義詩人魏崙（Paul-Marie Verlaine, 1844-1896）於一八六九年出版《華麗饗宴》（*Fêtes galantes*）。

他的醫生和護士就多達十四位。雖然他的血比肉汁還要濃稠，他終究還是度過了危機。

布萊恩家族不屬於任何一個城市。他們是日內瓦湖畔的布萊恩家族；他們的家族成員人數多得足以取代朋友的不足，而且從帕薩迪納市到鱈魚角[1]皆擁有令人稱羨的地位。但是碧翠絲卻只越來越喜歡結交新朋友，因為她有許多故事，例如她的病史，以及許多最新的情況，還有當年她在國外度過的那些往事，對她來說都必須每隔一段時間重複一遍。就像佛洛伊德所分析的那些夢境般，這些回憶都必須說出來，否則將會侵略並圍剿她的神經系統。但是碧翠絲對美國女人卻十分挑剔，特別是那些打西部來的流動人口。

「她們說起話來充滿口音，我的老天，」她對艾莫瑞說，「她們操的不是南方口音或是波士頓口音，也不是美國任何地方的口音，反正就是有一種腔調。」——她有些含含糊糊的。「學習說老式、怪腔怪調的倫敦口音，這只會讓他們向厄運低頭，只是他們覺得在英國說話必須要這樣，結果說起話來彷彿像是在芝加哥大歌劇院裡待過幾年之後的的英國男管家腔調。」她說話開始變得沒有條理——「假想——每個西部女人一生中都會碰到這樣的時刻——她感覺到丈夫富有到讓她足以擁有——口音——她們這麼做只是為了讓我印象深刻，我的老天——」

雖然她覺得整個身體虛弱不堪，甚至連靈魂也都病入膏肓，但這也因此讓她想起生命中重要的事。她曾經是個天主教徒，但是當她發現自己對聖母院失去與獲得信仰的過程中，神父們將比平時表現得更為殷勤關注，於是乎她對信仰的態度始終維持在一種擺盪的態度。她對於美國天主教神職人員的庸俗特質也總是感到痛惜，深信倘若自己繼續生活在歐洲大陸大教堂的庇蔭之下，她的靈魂就會如同羅馬教廷裡巨大祭壇中的微弱火光。儘管如此，繼醫生之後，神父變成了她最愛嘲弄的對象。

「噢，魏斯敦主教，」她明白表示，「我不想談論自己。我可以想見有一大群歇斯底里的女人，在你的門外焦躁不安，懇求你的仁慈，」——在與神父之間發生過一段插曲之後——「可是我的心情——卻是——全然不同的感覺。」

她只會對大主教以及職位更高的神職人員吐露，自己曾與一個神父在他投身天主教之前，發生過一段羅曼史。當她首度回到自己的祖國時，遇見一個艾西維爾市來的史汶彭恩[2]異教徒，他那熱情的吻以及不煽情的對話，頗投合她的喜好——他們討論著事情的正反面，絲毫不帶有一點虛情假意的智性戀愛。最後她還是決定跟門當戶對的人結婚，而這位艾西維爾市來的青年歷經了一場信仰上的危機後，加入天主教教會，如今成了——達西神父。

「沒錯，布萊恩太太，他仍是令人愉快的朋友——現在是大主教身邊的得意左右手。」

「艾莫瑞總有一天會去找他，我知道，」這位美麗的女士深吸了一口氣，「達西神父會了解他，就像他了解我一樣。」

1：帕薩迪納是美國加州南部洛杉磯縣的一座城市，鱈魚角是美國東北部麻薩諸塞州伸入大西洋的一個半島。這句話意旨整個美國。

2：史汶彭恩（A. C. Swinburne, 1837-1909），英國詩人，主張無神論。

艾莫瑞長到了十三歲，身材瘦削修長，比起以前更能猜透凱爾特母親的心思。他偶爾會接受家庭教師的輔導——基本上他得從「上回中斷的地方」，「趕上」進度，但是卻從來沒有一個家庭教師弄清楚上回的進度到哪裡，他在這方面的小聰明顯得機伶多了。再過幾年，他會變成什麼樣的人，還是個問題。然而，一回他與碧翠絲乘船離開美國前往義大利途中四個鐘頭之後，艾莫瑞突然盲腸炎發作，或許是太常在床上用餐的緣故，經過一連串往返於歐洲和美國之間的忙亂電報之後，令旅客驚訝的是，這樣一艘大船竟緩緩掉過頭去，最後終於把艾莫瑞送回紐約，安置在碼頭。你不得不承認如果不是攸關性命的事，輪船掉頭回港的場面實在壯觀。

手術過後，碧翠絲精神崩潰，疑似出現震顫性譫妄的症狀，因此艾莫瑞將在未來的兩年裡，留在明尼阿波里斯和姑丈與姑媽住在一起。一股原始、粗俗的西部文明氛圍頭一回吸引了他——可以說是赤身裸體的接觸。

艾莫瑞的初吻

當他讀著信箋時，嘴唇微噘。

我將舉辦一場雪橇晚會（信上寫著），時間訂在十二月十七日星期四，五點鐘，誠摯邀請你來。

敬請賜覆

蜜拉．聖．克萊兒

艾莫瑞已經在明尼阿波里斯待了兩個月，他內心最大的掙扎便是如何不讓「學校那些傢伙」知道他感覺到自己有多麼優越，然而這個信念卻像是建立在移動的沙灘上，一點都不牢靠。一天艾莫瑞在法文課上（他被分到法語高級班），因為瞧不起瑞亞登先生的口音而給他難堪，藉此炫耀自己，取悅同學。瑞亞登十年前曾經在巴黎待過幾個星期，現在只要一打開書本，就想著要如何拿法語的動詞變化來報復他。另外一次，艾莫瑞又想在歷史課上班門弄斧一番，結果卻只是自討沒趣，因為班上那些跟他年紀相仿的男同學，在接著下來的一個禮拜，互相發出些怪腔怪調充滿影射的言詞：

「噢……我認為，難道你不知道，美國革命多半是中產階級關注的事，」還有「華盛頓承襲自優良傳統，噢……十分優良，我相信。」

艾莫瑞為了扭轉劣勢，有時會故意說錯話。他在兩年前開始著手閱讀美國的歷史，這本書雖然只講到殖民戰爭為止，一直為母親所津津樂道。

他表現最差的項目是在運動方面，但是一旦艾莫瑞發現運動才是權力和人緣的試金石之後，他便開始賣力不懈地鍛鍊，想要在冬季運動會上爭取佳績，由於太過投入，導致關節疼痛變形，他仍每天下午在羅雷里溜冰場一圈又一圈地勤練，但是心中卻不免納悶何時才能拿著曲棍球球棍，而不會纏住自己的冰鞋。

蜜拉．聖．克萊兒的雪橇晚會邀請函，一整個上午就放在他的大衣口袋裡，和裡頭的花生糖發生難分難捨的親密接觸。到了下午時，艾莫瑞把邀請函拿到燈光下嘆口氣，思索了一會兒之後，就在柯勒與丹尼爾合編的《初級拉丁文》封底上寫下草稿：

親愛的聖．克萊兒小姐：

今天早上很高興收到你將在下星期四晚上辦晚會的邀請函。希望我有這個榮幸，在下個星期四晚上，親自表達我對你的讚美。

誠摯地

艾莫瑞．布萊恩

因此，星期四日子一到，他便若有所思地走在用鐵鏟剷平且容易打滑的人行道上，不久，等到蜜拉的房子映入眼簾時，已經是五點半左右。他心想母親肯定會贊成艾莫瑞晚到半個鐘頭。他站在門廊上，眼睛滿不在乎地半閉著，一邊計畫著想要在適當時機入場。他要不急不徐地橫過大廳，走到聖．克萊爾太太的面前，用最適切的語調說出：

「**親愛的**聖．克萊爾太太，我**極其**抱歉我來遲了，我的女傭」——他停了一會兒，發現自己好像在背書——「我和姑丈得去見一個朋友——對了，我是在舞蹈學校遇見了妳迷人的女兒。」

然後他會伸出手來握手，並且用一種帶點外國味道的鞠躬禮，向在場拘謹的小女人們行禮，並向站在一旁的人點頭，他們一動不動三五成群站在一起，相互依靠。

這時一個男管家（明尼阿波里斯三個男管家的其中一個）打開大門。艾莫瑞進門去後，隨即脫下便帽和外套。他感到有些詫異，因為他並未聽見隔壁房間傳來尖聲怪叫，後來他想或許這也是禮節之一。心裡便不那麼在意——就像他忍受那些男管家一樣。

「蜜拉小姐，」他說。

令他覺得訝異的是男管家竟然露出駭人的詭異笑容。

「噢，是的，」他說，「她在。」他沒注意他的倫敦土腔讓他失職。艾莫瑞冷眼打量著他。

「但是，」男管家繼續說，聲音卻不由自主提高，「屋裡只有她一人。晚會結束了。」

艾莫瑞冷不防倒抽一口氣。

「什麼？」

「她在等艾莫瑞．布萊恩。是你，對不對？她的母親有交代，如果你在五點半抵達，你們兩個就搭乘帕克汽車去追他們。」

蜜拉小姐出現後，艾莫瑞簡直失望到極點，她身上包裹著一件厚絨呢大衣長到耳際，臉色顯得有些蒼白不悅，語氣則帶著些強顏歡笑。

「嗨，艾莫瑞。」

「嗨，蜜拉。」用他曾形容自己精神奕奕的語氣。

「嗯……你**來**了，**不管怎樣**。」

「嗯……我要告訴妳。我猜妳不知道那件車禍的事，」他語帶玄虛說。

蜜拉睜大了眼睛。

「有誰受了傷？」

「呃，」他繼續編造謊言，「姑丈、姑媽和我。」

「有人**死了**嗎？」

艾莫瑞沉默了一會兒，便點點頭。

「是你姑丈嗎？」蜜拉顯然有些驚恐。

「噢，不是——是隻馬——好像是一匹灰色的馬。」

聽到這裡那個操著蘇格蘭高地口音的男管家發出竊笑。

「或許是引擎死了吧。」他在一旁補充。艾莫瑞恨不得在解剖台上將他五馬分屍。

「我們走吧，」蜜拉冷冷地說。「艾莫瑞，我們已經訂了五人坐的大雪橇，所有人都會到這裡來，所以我們不能再耗下去了。」

「呃，我也是不得已的，對吧？」

「所以媽要我等到五點半。我們要趕在雪橇抵達明尼哈哈鄉村俱樂部之前追上他們，艾莫瑞。」

艾莫瑞剩餘的丁點沉著眼看就要瓦解。他的腦海浮現了一個畫面，一群歡樂的人乘坐著叮噹響的雪橇沿著積了雪的大街上奔馳。豪華大轎車出現時，他跟蜜拉降臨在三十對充滿責備眼神的目光面前，他得道歉——**這回必須**真心誠意。。他嘆了一口氣。

「怎麼了？」蜜拉問。

「沒事。我只是打了一個哈欠。在他們到那裡之前，我們**肯定**真能趕上他們？」他心裡還懷抱著一絲希望，希望他們可以趁機溜進明尼哈哈俱樂部去，在那裡遇見其他的人，找一處僻靜的角落，坐在爐火面前，重新找回他喪失的自信。

「噢，麥克當然可以幫我們趕上他們——不過動作要快。」

他們進入汽車時，他突然覺得胃部一陣翻攪，他匆忙照著自己所設想的方格形狀一樣的程序表，說出帶著外交色彩的話來。那是根據他在舞蹈學校聽到的幾句「恭維話」，意思是說他「很俊俏，而且表現得像個**英國人**。」

「蜜拉，」他降低音量，字斟句酌，「我想向妳至上無限的歉意。妳能夠原諒我嗎？」

她面色凝重地望著他，他那雙熱切的綠色眼睛，他的雙唇，對她這個十三歲崇尚時尚的女孩來說，不啻是浪漫的完美典型。沒錯，蜜拉可以輕易地原諒他。

「為什麼——嗯——沒問題。」

他再一次地看著她，然後便垂下雙眼。他的睫毛很長。

「我真是太糟糕了，」他難過地說。「我覺得自己很失常。我不知道自己為何這麼**失態**」。或許是因為我不在乎，我想。」然後，他突然冒出一句：「我大概是煙抽多了。成了老煙槍。」

蜜拉腦中想像著一個吞雲吐霧的頹廢畫面，加上艾莫瑞面色蒼白，被尼古丁污染的肺部讓他變得昏沉沉的，於是她輕輕倒抽一口氣說。

「噢，艾莫瑞，別抽煙。抽煙會阻礙你的**發育**！」

「我不在乎，」他一臉憂愁、語氣堅定。「抽煙已經成了習慣。我還做了很多其他的事，如果家人知道了」——他猶豫了一會兒沒往下說，留給她一些時間去做負面想像——「上個星期，我去看了一場滑稽歌舞雜劇[2]。」

蜜拉表現得還算鎮定。他那雙綠色目光又再一次望向她。

「妳是鎮上我最喜歡的一個女孩子，」他情緒激動地說，「妳非常**討人喜歡**。」

蜜拉不確定自己是不是這樣的人，儘管這話聽起來很入時，她卻隱隱覺得不妥。

外頭暮色降臨，此時豪華轎車一個急轉彎，她撲倒在他身上，他們的雙手互相碰觸。

「艾莫瑞你不該抽煙，」她輕聲說。「你難道不知道？」

他搖搖頭。

「沒有人會在乎。」

蜜拉猶豫了一會兒。

「**我**在乎。」

艾莫瑞內心突然翻攪了一下。

「噢，是啊，妳當然在乎。妳迷戀的是佛格．派克。這一點大家都很清楚。」

「不，我沒有。」她語氣和緩說。

四周一片寂靜，艾莫瑞顯得十分激動。蜜拉坐在溫暖的車內，冷冽空氣被阻隔在外，她的模樣如此迷人。她全身裹著厚重的大衣，滑冰帽之下露出幾絡金髮。

「因為我也迷戀著某人……」他停了一會兒，彷彿聽見遠處年輕人發出的笑聲，他從結霜的車窗看出去，街道上已經是華燈初上，黑暗中似乎見到雪橇晚會上人影綽綽。他必須立刻採取行動。他突然笨拙地用力握著蜜拉的雙手——確切來說是她的大拇指。

「叫司機直接開到明尼哈哈俱樂部，」他說。「我有話對妳說——而且**非說**不可。」

蜜拉看到晚會活動，立刻見到母親也身在其中，然後——出於禮節——瞥了一眼身旁的那雙眼睛。

「轉進旁邊那條街，理查，直接開到明尼哈哈俱樂部！」她透過通話器大喊。艾莫瑞躺回座椅，鬆了一口氣。

「我可以親她，」他心想。「我一定可以。我一**定**可以！」

頭頂上的天空呈現出半透明，半朦朧的色調。在緊張的氛圍之下，夜晚顯得淒冷和顫慄。從鄉村俱樂部的台階上，道路向外伸展開來，夜色在白色毯子上留下皺痕；白色積雪堆在道路兩旁，就像是一隻大鼴鼠掘開的通道。他們在台階上待了一會兒，然後便望著白色假期中的月色。

1：原文為法文 faux pas。

2：含有脫衣舞表演的低俗歌舞演出。

「在如此蒼白的月色下，」——艾莫瑞朦朦朧朧比劃一番——「人們變得**神秘**了起來。妳看上去彷彿是脫去了帽子，滿頭亂髮的年輕女巫」——她用手抓了抓頭髮——「噢，別管頭髮了，這樣很好。」

他們步上階梯，蜜拉引領他進入夢中的巢穴，在那張大沙發前面，燃燒著溫暖的熊熊火焰。幾年過後，這裡將成為艾莫瑞的偉大舞台，裝載著許多情感危機的搖籃。現在他們正在談著關於雪橇晚會的事。

「每回總會有一群害羞的傢伙，」他高談闊論，「坐在雪橇的尾端，看上去像是瑟縮一團，又像是在喃喃低語，或是相互推擠。然後總會遇上鬥雞眼的女孩」——他做了一個很糟的模仿——「老對那些陪伴她參加晚會的人嘰嘰喳喳個沒完。」

「你這個人很有趣，」蜜拉有些不解地說。

「這話怎麼說？」艾莫瑞立刻提高注意，最後終於回到自己能掌握的狀態。

「噢——你總是說些奇怪的事。你何不明天過來和瑪莉蓮跟我一塊滑雪？」

「我不喜歡白天見到女孩子的樣子，」他簡潔地說，但是在發覺這麼說很唐突之後，又加上一句：「但是我喜歡妳。」他清了清喉嚨說道：「妳是我排名第一喜歡，第二喜歡，第三喜歡的女孩子。」

頓時，蜜拉的眼睛變得迷濛了起來。這個故事如果告訴瑪莉蓮該有多精彩！在這張沙發上，旁邊坐著一個長相**帥氣**的男生——前面還升著火——現在就只有他們倆獨自在這棟大樓裡——

蜜拉投降了。這時的氣氛再適合不過了。

「你是我排名前第二十五個喜歡的男生，」她坦承，聲音顫抖著，「佛格・派克變成第二十六個。」

短短一個鐘頭，佛格就下滑到排名第二十六的位置，可是他自己可能沒有發覺到。

艾莫瑞當場以迅雷不及掩耳的速度，俯身親吻蜜拉的臉頰。他以前從未親吻過女生，他好奇地舔著自己的唇，好像津津有味嚐著新鮮的水果。之後，兩個人的唇相互摩擦，就像是兩朵在風中搖曳的野花。

「我們真瘋狂，」蜜拉掩不住喜悅說道。她順勢把手滑向他，頭枕在他的胸膛上。一陣噁心感突然向艾莫瑞襲來，頃刻間眼前這一切令他覺得十分嫌惡。他極力想逃開，從此不再見蜜拉一面，也不再親吻任何人；他意識到他和她的臉，他們緊握的手，讓他極力想掙脫這軀體，躲在一個沒人找得到的地方。

「再吻我一回。」她的聲音彷佛從廣袤的虛空中傳來。

「我沒有辦法，」他聽見自己如此回答。四周又是一陣沉默。

「我沒有辦法吻妳！」他又重複了一遍。

蜜拉跳了起來，她的雙頰因為聽見這些傷人的話泛紅了起來，後腦杓像是受人重重的

I：原文為法文 mystérieuse。

一擊。

「我恨你！」她大喊。「你別想再和我說話！」

「什麼？」艾莫瑞結巴了起來。

「我要跟我媽說你親了我！我一定要告訴她，一定要，等我告訴她後，她就會不准我們兩個一起玩。」

艾莫瑞起身，無助地看著她，就好像她是地球上他從未注意的新生物。

門突然打開，蜜拉的母親在門口出現，手裡拿著長柄眼鏡。

「嗨，」她小心的調整手上的眼鏡，「接待處的人告訴我，你們兩個在這裡——你好嗎，艾莫瑞。」

艾莫瑞看著蜜拉，等著看事情爆發——但是卻相安無事。蜜拉氣得噘起的嘴不見了，泛紅的臉也消退了，她的聲音如同夏日的湖水一般平靜。

「因為我們遲了點出門，媽媽，所以我想我們乾脆……」

他默默跟著母親及女兒下樓時，聽見樓下傳來尖聲怪笑，還聞到巧克力熱飲以及茶點的味道。留聲機的樂音和女孩們哼著歌曲的聲音在空氣中散開來，艾莫瑞突然覺得自己開始發熱，漸漸地全身都熱了起來。

「凱西・瓊斯——攀上火車頭
凱西・瓊斯——手裡拿著工作命令。

凱西．瓊斯——攀上火車頭
踏上旅途要前往應許之地。」

年輕自大狂的速寫

艾莫瑞在明尼阿波里斯市待了近兩年的時間。第一個冬天他穿著黃色的莫卡辛鞋，之後，由於鞋子混雜了鞋油和泥土，鞋子顯現出成熟的顏色，一種骯髒、黃中帶綠的的棕色；他還喜歡穿彩格雙排鈕扣厚呢短衣，戴著紅色雪橇帽。他的狗，戴爾伯爵，每回見到這頂紅帽子就想叼走，於是姑丈給了他一頂灰色的帽子，這頂帽子可以壓低帽沿遮住臉。問題是這種帽子呼出來的氣息會結冰，有一天帽子上結的冰和他的臉頰黏在一起。他在臉頰上抹上一些雪，結果臉頰變成了藍黑色。

戴爾伯爵有次吃了一盒漂白劑，不過牠毫髮無傷。但是過沒多久，牠還是發瘋似地衝到街上去，撞上圍欄，在溝中打滾，不讓艾莫瑞發現牠的古怪舉動。艾莫瑞躺在床上大哭了一場。

「可憐的小伯爵，」他哭喊著。「噢，**可憐**的小**伯爵！**」

幾個月之後，連他自己都懷疑伯爵是在演戲。

艾莫瑞和佛格．派克都認為《亞森．羅頻》第三幕裡有句台詞很棒。他們在星期三和星期六上演的日場戲裡，坐在前排的位置，這句台詞是：「一個人若不能成為一個偉大的藝術家或是傑出的軍人，另外一個選擇就是去當個十惡不赦的壞蛋。」

艾莫瑞覺得自己又陷入了戀愛，因此寫了一首詩。那首詩是：

瑪莉蓮和莎莉，
都是我的女朋友。
瑪莉蓮比起莎莉，
帶給我更深且更甜美的愛。

他感興趣的事物包括，明尼蘇達州的麥可高文是否能奪下全美最佳橄欖球選手第一、第二的名次。怎麼變紙牌魔術和硬幣魔術，變色領帶是怎麼回事，嬰兒怎麼生出來的，或是有三根手指頭的布朗是否會比克里斯迪．馬修森更能勝任投手的任務。

他還讀了其他的書籍：《榮耀學校》（*For the Honour of the School*），《小婦人》（*Little*

Women）（二次），《公共律法》（*The Common Law*），《莎弗》（*Sapho*），《危險的鄧・麥可葛瑞》（*Dangerous Dan McGrew*），《寬廣的公路》（*The Broad Highway*）（三次），〈阿夏家族的沒落〉（*The Fall of the House of Usher*），《三個星期》（*Three Weeks*），《瑪莉・華爾》（*Mary Ware*），《小上校的好友》（*The Little Colonel's Chum*），《康加杜根》（*Gunga Dhin*），《加賽提警探》（*The Police Gazette*），《吉姆—詹・吉姆斯》（*Jim-Jam Jems*）。

他閱讀韓提[1]充滿個人對歷史解讀的故事，他還特別喜歡閱讀瑪莉・羅伯特[2]那些令人驚奇的謀殺小說。

學校毀了他對法文的興趣，並且讓他對那些庸俗的作者感到厭煩。大部分的老師則認為他懶散，不值得信任，耍小聰明。

他蒐集許多女孩子的髮束。手上戴著數個戒指。最後，他借不到戒指的理由是因為他有個神經質的習慣，他會咬壞那些戒指。這個習慣似乎總會引起下一個借戒指的人的猜忌。

1：韓提（G.A. Henty, 1832-1902），英國小說家，擅長撰寫十九世紀末的歷史冒險小說。

2：瑪莉・羅伯特（Mary Roberts Rinehart, 1876-1958），美國作家，有美國的阿嘉莎・克莉絲蒂的稱號。

整個夏天艾莫瑞和佛格．派克每個星期都會光臨專業劇團去看演出。然後在八月的夜晚趁著涼爽的空氣，走過朦朧的漢尼平及尼可雷特大街，穿過歡樂的人群，漫步回家。艾莫瑞覺得奇怪人們為何會對他這麼優秀的男生視而不見，當人群中的那些臉龐，迷濛的雙眼，注視著他時，他會做出最富情調的表情，想像自己像空氣般走在十四大街的柏油路上。

每當他就寢時，總有一堆——模糊，消逝，誘人的聲音——出現在他的窗外，在他進入夢鄉之前，他會做一個他最喜歡的夢，夢見自己是個橄欖球前衛，或是夢見日本入侵美國時，他被指派為世界上最年輕的將軍，獲得嘉獎。他在夢裡頭可以化身各種角色，雖然現實生活中他一樣也沒當上。這當然稱得上是艾莫瑞的特色。

年輕自大狂的法則

在他被喚回日內瓦湖之前，他顯得害羞卻鋒芒內斂，他頭一回穿上他的第一條西裝長褲後，搭配上一條紫色的折疊領帶，和「貝爾蒙特」領子，領子部分天衣無縫地緊扣，然後穿上紫色的襪子，一條鑲有紫邊的手帕，在胸口的口袋裡露出一角。此外，他在此時也奠定了他的人生法則，遵行不悖的法則，說得貼切一點，這是一種貴族式的，以自我為中心的法則。

他意識到他最大的利益必定與某個不定、持續不斷變化的那個人緊密相連，這個人的標籤過去總是跟他連在一起，那就是艾莫瑞・布萊恩。艾莫瑞認為自己是個年輕的幸運兒，有無限開展的可能性，不論好壞。他並不把自己視為一個「意志堅定」的人，卻十分仰仗自己的能力（快速吸收新知），以及優越的心智（因為他閱讀了許多富有深度的書籍）。他引以為傲的是他不會只是一個機械工或是科學天才。他的生活當中沒有任何的設限。

外表方面：艾莫瑞覺得自己無可救藥地英俊。他的確如此。他想像自己是個體育健將，或是體態輕盈的舞者。

社交方面：他在這一方面的條件或許是最致命的。他認為自己極具個人魅力、吸引力、充滿自信、處之泰然，擁有凌駕其他同齡男性的能力，讓所有女子為他瘋狂的天賦。

心智方面：完全且毫無疑問的優越感。

現在該是做出自白的時候。艾莫瑞的內在其實充滿了清教徒的良知。但這並不代表他完全受此良知的支配——在他日後的人生歲月中，他幾乎排除它的存在——但是當他在十五歲時，認為自己比起其他同儕還要壞……還要更肆無忌憚……那種想要改變每個人的想法每天都存在著，甚至是惡意的……對事情漠不關心，缺乏感情，有時候甚至表現得過於殘酷……易於轉變的榮譽感……自私自利……對性有關的事物雖不了解，卻興致勃勃。

此外，他的性格貫穿著一種奇怪的軟弱特點……，年紀比他大的男孩如果口出惡言（大男生一般來說都很討厭他），他內心的平靜將一掃而空，整個人變得陰沉而敏感，或是變得膽怯而愚蠢……，他被自己的情緒主宰，儘管有時候他表現的魯莽且肆無忌憚，卻缺乏堅忍不拔的勇氣或是自尊。

如果沒有這一層自知之明的話，虛榮加上自我猜忌，一股想要人們自動順從他個人的意志，想要「超越」其他同儕的慾望，將驅使他盲目地向世界的頂端邁進……，就是在此種心理背景之下，艾莫瑞朝向他的青春期漂流而去。

為偉大的冒險預作準備

火車在仲夏緩緩地朝向日內瓦湖停下來，艾莫瑞看見母親坐在車子上等待，車子停在舖滿砂礫的車道上。這部老爺車是舊樣式，漆上灰色的色調。看見母親纖細的身子，筆直地坐著，臉上有著美麗與高尚的神態，散發出一股醉人的笑容，艾莫瑞突然因此而驕傲了起來。在兩人冷冷地親吻寒喧之後，他進了車裡，深怕自己喪失了必需的魅力，不再符合母親的標準。

「我親愛的兒子——你長得真高……，往後瞧瞧，看有沒有什麼東西跟上來……」

她左顧右盼了一會兒，小心地把油門加到時速兩英里，要求艾莫瑞充當哨兵；到了一處交通繁忙的十字路口，她還要他下車，到前頭像交通警察一樣指揮交通。碧翠絲真可說是一個謹慎的駕駛。

「你**長高**了不少——但依舊這麼英俊——你已經經歷過了那段尷尬的年齡，我想是十六歲，或許是十四或十五歲；我自己也記不住；不管怎麼說你已經過了那個年齡。」

「別讓我難堪了，」艾莫瑞喃喃地說。

「可是，我的好兒子，多奇怪的衣服！它們看上去像是一**整套**套裝，不是嗎？你不會連內衣也都是紫色的吧？」

艾莫瑞沒好氣地嘟囔著。

「你一定要到布魯克斯服裝店去買些好衣服。噢，我們今晚可以聊一聊，或許是明天晚上。我想談談你的心——你一定忽略了心的問題——你**不知道**這一點。」

艾莫瑞覺得最近這種沉重的世代關係有些膚淺。除了些許害羞，他覺得和母親間互相挖苦的舊有關係一點都沒有打破。返家後頭幾天，他漫步在花園或是湖邊，覺得十分的寂寞無助，只有在車庫和司機抽起「公牛」牌香煙時，才感覺到一點百無聊賴的滿足。

六十英畝的土地上零星分布著新建和舊有的避暑小屋，還有許多的噴水池，被植物遮蓋的隱蔽之處，有許多白色椅子倏地映入眼簾；還有數量不斷持續增加的白色小貓在花圃四周到處走動，到了夜晚會在樹影幢幢中突然出現。布萊恩先生一如往常在他的私人圖書室消磨夜晚時，碧翠絲最後終於在一處陰暗的走道上逮到艾莫瑞。在指責他的刻意迴避後，她帶他到月光下做一個面對面[1]的長談。他不得不承認母親的美貌，對他來說，她就只代表

1：原文為法文 tête-à-tête。

母親的形象，細緻的頸項和香肩，代表了一個三十歲女人的優雅神態。

「親愛的艾莫瑞，」她低聲呼喚著，「你不在身邊的這段時間，我的日子過得真是奇怪與不可思議。」

「是嗎，碧翠絲？」

「我最後一次精神病發作後」——她陳述這件事的口氣像在描述一件豐功偉業。

「醫生告訴我」——聽得出來她說這話的口吻似乎有信心多了——「換作任何一個男人像我這樣不斷酗酒，他的身體肯定早**搞垮**進**墳墓**裡去了，親愛的——老早進了墳墓。」

艾莫瑞臉部肌肉抽搐了一會兒，假想佛格．派克聽到這些話作何感想。

「沒錯，」碧翠絲繼續悲傷地說，「我做過一個夢，場景十分驚人。」她的掌心摀住了雙眼。「我看見青銅色的河水，拍打著大理石般的河岸，大鳥在空中翱翔，多彩的鳥兒身上有著斑斕的羽毛。耳邊傳來奇怪的音樂，還有連串震天嘎響的鼓聲——怎麼著？」

艾莫瑞竊笑著。

「怎麼回事，艾莫瑞？」

「繼續說，碧翠絲。」

「我說完了——這夢境一再地發生——花園裡到處充滿繽紛的色彩，對照之下，那些旋轉著和搖擺著，比冬天還要蒼白，比秋收還要金黃的月色，顯得單調許多。」

「妳現在完全康復了嗎，碧翠絲？」

「我很好——將來也是一樣。我不懂，艾莫瑞。我知道很難向你表達清楚，艾莫瑞，但是——我就是不了解。」

艾莫瑞十分感動。他將手臂搭在母親肩上，他的頭輕輕地在她的肩上來回移動。

「可憐的碧翠絲——可憐的碧翠絲。」

「談談**你**吧，艾莫瑞。這兩年你也**不好過**吧？」

艾莫瑞本想說謊，但是他決定說真心話。

「不，碧翠絲。我過得很快樂。我讓自己適應了中產階級的生活，變得世俗多了。」

他很訝異自己會這麼說，假想佛格聽到的話，可能會目瞪口呆。

「碧翠絲，」他突然開口說，「我想出去念書。在明尼阿波里斯市大家都出去念書。」

碧翠絲聽完十分吃驚。

「可是你才只有十五歲。」

「沒錯，可是每個人都十五歲就去念書了，我也想這麼做，碧翠絲。」

在碧翠絲提議散步之下，這個議題暫時擱下，但是一個星期過後，她說出了一個令人欣喜的決定：

「艾莫瑞，我決定聽從你的決定。如果你想要的話，可以去念書。」

「真的嗎？」

「到康乃迪克州的聖瑞吉去念。」

艾莫瑞欣喜萬分。

「事情我都安排好了，」碧翠絲接著說。「我很高興你想出去看看。我希望你能先到伊敦，然後再到牛津大學的基督教學院，雖然目前到那裡去並不十分合適——現在先別去想上大學的事。」

「妳有什麼打算，碧翠絲？」

「天曉得。我這幾年的歲月就在這個地方消磨掉了。但是我卻沒有後悔自己身為美國人的身分——真的，只有一些粗俗的人，才會一天到晚追悔，我對我們的國家有信心——只是」——她嘆了一口氣——「我覺得自己的生命就要隨著那些古老、成熟的文明一起消磨，在一個蓊鬱大地和秋日的金黃國度中度過。」

艾莫瑞沒有搭腔，因此他的母親接著說：

「我唯一的憾事，就是你還沒到國外去過，但是既然你現在長大成人，你理所當然得在那嗥叫的老鷹之下成長——我沒用錯字眼吧？」

艾莫瑞覺得母親說的沒錯。她一定無法忍受那些日本人的侵略。

「我什麼時候可以到學校去念書？」

「下個月，你得往東岸早點動身，以參加考試。之後你有一整個星期的空檔，但是我要你前往哈德森一趟，去幫我探視朋友。」

「探視誰？」

「探視達西神父，艾莫瑞。他想見你。他念過哈洛公學，也念過耶魯大學——然後成為一個天主教徒。我希望他能跟你談談——我覺得他對你可以提供很大的助益——」她輕拍著他紅褐色的頭髮。「親愛的艾莫瑞，親愛的艾莫瑞——」

「親愛的碧翠絲——」

九月初，艾莫瑞的行李中帶著「六套夏季穿的內衣，六套冬季穿的內衣，一件毛衣或稱T恤毛衫，一件針織衫和一件大衣和冬天的衣服等。」出發前往新英格蘭，一個學校雲集的聖地。

眾多學校裡，只有安多佛和艾賽斯特學校提醒人們記得新英格蘭那已不復存在的記憶——偌大的校園，以及具備學院般的民主精神。聖馬可、葛洛登和聖瑞吉招收的多半是從波士頓和移民紐約的家庭募集而來的學生。聖保羅則有自己的大溜冰場。龐佛瑞特和聖喬治向來一派繁榮富裕，穿著考究。塔福特和哈特奇斯則動用中西部的財富，為了在耶魯大學功成名就而鋪路。保林、威斯特敏斯、喬艾特和坎特等百餘家，年復一年打造悠久且傳統，令人嘆為觀止的印象；他們的建校精神皆彰顯在學校的入學測驗當中；這些學校創辦的大致精神，可以從上百張的宣傳文宣中得知：「為了傳授一位基督教紳士所需的徹底精神、道德和體能方面的訓練，讓每位學子都能**處理他們的時代與他們那一代人的問題**，為他們在藝術和科學上打下堅實的基礎。」

艾莫瑞在聖瑞吉待了三天，信心滿滿地進行考試，然後再折回紐約去探訪他的監護人。除了清晨他在哈德遜運河行駛的渡輪上見到的高聳白色建築物散發的潔淨感讓他稍有印象，高樓林立的大都市並未吸引艾莫瑞的目光。說真的，他滿腦子想的都是如何在學校當上體育健將風雲人物，而這次的探訪，不過是偉大冒險旅程中的一頁無趣的扉頁。然而結果可能不是他所想的那樣。

達西神父的房子是一幢老舊、坐落於小山丘的房子，可以俯瞰哈德遜運河，房子的主人就住在充滿了羅馬天主教氣息的屋子裡，但他卻更像是個被放逐的都鐸國王，等待著有朝一日被召回統治自己的國家。達西神父已經四十四歲，卻還是閒不下來——身材微胖稱不上勻稱，有著一頭金髮，個性聰穎內向。當他進入房子裡，從頭到腳都是紫色的華服，看上去像是一抹透納[1]的落日，吸引人的仰慕與關注。他寫過兩本小說：其中一本小說強烈地反對天主教，那是他在皈依之前所寫的。五年之後，他完成另外一本小說，他把當年用來對天主教的嘲弄，巧妙用在含沙射影地攻擊美國的新教聖公會上。他是個極端固守儀式的人，極富激情，對信仰上帝的熱愛讓他抱定獨身主義，並且非常敦親睦鄰。

孩子們喜歡他，因為他就像小孩一般；年輕人喜歡跟他一塊歡鬧，因為他依舊像個年輕人，這點不會令他們感到驚愕。倘若恭逢其盛、生逢其時的話，他或許會是個黎胥留[2]——目前他是個固守道德，篤信宗教（即使稱不上特別地虔誠）的神職人員，神秘地在幕後操弄，並盡情地體會生活，即使並不完全樂在其中。

他和艾莫瑞一見面就十分投緣——其中一個是令人愉快且印象深刻的高級教士，可以在大使館的舞會上吸引眾人的目光，另一個則是有著一雙綠色眼睛，心神專注的年輕人，這是他第一次穿上西裝長褲，在經過半個鐘頭的閒談之後，他們各自在內心接受這種宛若父與子之間的關係。

「親愛的孩子，我已經等著見你好幾年了。找張大椅子坐下來，我們好好聊一聊。」

「我剛從學校來——你知道的，聖瑞吉。」

「你母親說了——她是個了不起的女性，抽支煙吧——我知道你抽煙。假如你像我，那麼你討厭理科和數學——」

艾莫瑞點頭如搗蒜。

「我討厭這兩門課，喜歡英文和歷史。」

「當然，你會有一段時間討厭念書，但是我對你去念聖瑞吉感到欣慰。」

「為什麼？」

「因為它是一所專門培養紳士的學校，民主不會太早在你心中萌芽。上了大學後，你就會發現民主隨處可見。」

「我想去念普林斯頓大學，」艾莫瑞說。「我也不知道為什麼，只是覺得那些去念哈佛的男生都太娘娘腔了，像我從前那樣，耶魯的男生則喜歡穿著寬鬆的藍色毛衣，嘴裡刁著煙斗。」

神父咯咯笑了起來。

1：透納（Joseph Mallord William Turner, 1775-1851），英國風景畫家。

2：亞曼・尚・迪普萊西・德・黎胥留（Armand Jean du Plessis Richelieu, 1585-1642），法王路易十三的宰相，及天主教的樞機主教。

「你知道我是那其中一個。」

「噢，你不一樣——我覺得普林斯頓校風顯得較慵懶，漂亮與高貴——你知道，像是春天一樣。哈佛則似乎顯得保守——」

「耶魯就像十一月，清冷且生氣勃勃，」達西總結說。

「是這樣沒錯。」

他倆輕鬆愉快地親密聊起天，沉浸在其中。

「我喜歡英俊王子查理[1]，」艾莫瑞說。

「你當然也喜歡——漢尼拔[2]——」

「沒錯，還有南方邦聯。」他對身為一個愛爾蘭的愛國者感到相當懷疑——他懷疑身為一個愛爾蘭人有些尋常——但是達西向他保證，愛爾蘭是浪漫註定失敗的原因，愛爾蘭人非常有魅力，這點絕對是他的最大偏見。

無所不談一個鐘頭過去之後，煙也抽了好幾支，言談之間令達西感到驚訝卻並非反感的是，艾莫瑞並沒有被養育成一個天主教徒，他聲稱自己有客人來訪暫告失陪。這位客人原來是波士頓的松頓．漢考克閣下，駐海牙的前任公使，是一部內容博大精深的中世紀史作者，也是一個傑出、愛國、輝煌家族的最後一個遺族。

「他到這來歇息，」達西把艾莫瑞看待成是同齡的友人般，對他坦承相待。「我像是個厭倦不可知論的人逃避的地方，我想我是那個唯一的人，知道他那冥頑不靈的腦袋如何漂流在海上，渴望抓住教會這個堅實的圓木。」

他們的第一次午餐是艾莫瑞少年時期一場難忘的饗宴。他渾身光芒四射，散發獨特的聰穎與魅力。達西提出一些他認為很好的建議和問題，艾莫瑞則是把內心裡那些無數閃過的絕佳念頭、慾望、反駁、信念和恐懼說出來。他和達西先生暢談愉快，年紀大的長者雖不表示贊同，卻也沒有澆他冷水，似乎樂意當個聽眾，沉浸在兩人之間的溫暖陽光中。達西向來總是帶給別人陽光，年輕的艾莫瑞也擁有這樣的陽光，等到年歲漸增，彼此間再也沒有出現如此這般自然的情感互動。

「他是個前途看好的年輕人，」松頓．漢考克心想，他曾見識過兩塊大陸的輝煌，與帕奈爾[3]、葛拉得斯頓[4]和俾斯麥[5]交談過——事後，他對達西說：「這個年輕人的教育不該託付給學校或是大學。」

但在接下來的四年中，艾莫瑞把他的聰明才智全放在追求流行事物上，以及用在錯綜複雜的大學社交體系，用在代表了美國社會的比爾特摩茶會，溫泉城的高爾夫球場。

1：查爾斯．愛德華．斯圖亞特（Charles Edward Stuart, 1720-1788），詹姆斯．斯圖亞特之子，覬覦英國王位。
2：漢尼拔（Hannibal, 247 B.C.-183 B.C.），迦太基著名軍事家。
3：帕奈爾（Charles Stewart Parnell, 1846-1891），愛爾蘭民族主義者。
4：葛拉得斯頓（William Ewart Gladstone, 1809-1898），英國自由黨領袖。
5：俾斯麥（Otto Eduard Leopold von Bismarck, 1815-1898），德意志帝國首相。

……總的說來，這是個令人愉快的一周，艾莫瑞把自己的想法從裡到外徹底表達出來，他堅守的無數理論以及對於生活的樂趣，使他變得野心勃勃。他們的談話並非跟學業有關——最好別跟學業扯上關係！艾莫瑞就連對蕭伯納的瞭解都模糊不清——但是達西倒是大談《摯愛的流浪者》[1]（*The Beloved Vagabond*）和《奈吉爾騎士》[2]（*Sir Nigel*），小心翼翼不讓艾莫瑞覺得艱澀難懂。

但是艾莫瑞與同一世代的人，初次相互交鋒的號角，已在他心中響起。

「當然，對於離開不必感到遺憾。對於像我們這樣的人來說，我們的家園就是讓我們不帶有遺憾的地方，」達西說。

「我真的很遺憾——」

「不，你不必感到遺憾。在這世上，沒有一個人對你我來說，是不可或缺的。」

「那麼——」

「後會有期。」

自大狂走下坡

艾莫瑞待在聖瑞吉的兩年時光裡，儘管過得痛苦卻也嚐到勝利的滋味，但是正如被大學踐踏在腳底的美國「預科」學校一般，並未對他自己的生活以及一般的美國生活帶來多大的意義。我們沒有伊敦這樣的地方，可以創造出具有自我意識的統治階級；相對地，我們有乾淨、軟弱以及無害的預備學校。

他一開始就做錯了，被人視為一個自負、傲慢，普遍令人感到唾棄的人。他認真打橄欖球，球場上儘管行徑魯莽，在合宜的情況下，他既想避開危險，還要兼顧自身的安全。可是他卻在一場兵荒馬亂中，拒絕和一個跟他同樣體型的男生打架，讓他招來許多嘲笑的噓聲，一個星期過後，他又歇斯底里地找一個大個兒幹架，雖然被打得遍體鱗傷，卻引以為傲。

他恨透了那些壓在他身上的權威思想，因此對於作業採取懶散與不予理會的態度，惹惱了學校裡的老師。他變得沮喪，覺得全世界的人都在排斥他。躲在角落裡生氣，熄燈之後，才開始念書。由於害怕孤單，他結交了幾個好友，但是這幾個好友並不是學校裡的菁英份子，他只是拿他們當作自己的鏡子，讓他可以在鏡前顧影自憐的一群聽眾。他寂寞極了，也非常不快樂。

然而還是有些令人稍感安慰的事發生。每當艾莫瑞向下沉淪時，他的虛榮心總是最後落到檯面之下，所以當學校裡那個耳聾的校工「烏哩瓜拉」告訴艾莫瑞他是她見過最漂亮

1：英國小說家洛克（William J. Locke, 1863-1930）於一九〇六年出版的長篇小說。

2：英國小說家柯南．道爾（Arthur Conan Doyle, 1859-1930）所寫的歷史小說。

的年輕人時，艾莫瑞還是打從心裡覺得欣慰。另外令他高興的還有他是橄欖球隊中最年輕、最靈巧的隊員。還有當道格博士在一場激烈爭辯的討論會後告訴他，如果他希望的話，他可以拿到學校的最高分數，光是這一點就足夠令人高興。但是道格博士錯了。艾莫瑞的天性是永遠不可能得到學校的最高分。

艾莫瑞感到痛苦，加上被關在學校裡，學校的老師和同學都不喜歡他——這便是艾莫瑞度過的第一個學期。但聖誕節時，艾莫瑞回去明尼阿波里斯市什麼也沒說，而且還一如反常地高興。

「噢，我一開始只不過是人生地不熟罷了，」他不屑地對佛格．派克說，「不過後來適應多了——而且還是隊上最靈巧的人。你應該去念書，佛格。念書很好。」

善意教師的一件小事

第一個學期結束的最後一個晚上，高年級導師馬爾葛森先生傳話到自習室，要艾莫瑞九點鐘到老師的宿舍去一趟。艾莫瑞知道又是一番長篇大道理在等著他，不過他決定要禮貌些，畢竟馬爾葛森老師人還不錯。

傳話要他來的老師神色凝重吩咐他坐下來。他清了清幾次嗓子，人看上去還算和善，似乎想小心處理眼前棘手的問題。

「艾莫瑞，」他啟口說。「我找你來，純粹是個人因素。」

「是的，老師。」

「我這一年以來都在注意你，而且我——我喜歡你。我覺得你有一種——優秀的人格特質。」

「是的，老師，」艾莫瑞本想開口說話。他討厭聽訓，因為這麼一來好像默認自己做錯了事情。

「但是我注意到，」這位長者繼續不明就裡說，「你在男同學之中好像不受歡迎。」

「是的，老師。」艾莫瑞舔了舔唇。

「嗯——我想你也許不知道他們——嗯——在反對什麼。我要告訴你，因為我知道——嗯——當一個人知道自己的問題後，處理起來就容易多了——符合別人對他的期待。」他又清了一次喉嚨，沉默了一會兒之後，繼續說：「他們覺得你——嗯——太自以為是了一點——」

艾莫瑞再也忍耐不住了。他從椅子上跳起來，幾乎控制不住自己的音量。

「我知道——噢，**難道**你不認為我知道嗎。」他提高音量。「我知道其他人怎麼想；你認為你非得**告訴**我這些！」他停了一會兒。「我要——我現在要回去了——希望我不會太冒犯——」

他迅速地離開房間。外面有些冷，當他走往宿舍的方向時，他因為自己拒絕他人的幫助而感到高興。

「這個**該死**的老頭！」他發瘋似地大叫，「他當我好像不**知道**這一切似的！」不管怎麼說，他認為這是一個很好的藉口，讓他當晚可以不必再回去自習教室，可以舒服地躺在自己的床上，一邊吃著巧克力甜點，一邊讀《白色軍團》[1]。

關於美麗女子的二三事

二月出現一顆明亮的星星。華盛頓誕辰紀念日這天舉行了一場令人期待已久的盛事，火樹銀花的紐約令艾莫瑞大開眼界。紐約在他眼裡就像是耀眼的白光襯著深藍天空，在他心中留下了一幅光彩奪目的圖畫，媲美《一千〇一夜》裡的夢幻城市；不過這一次是藉著霓虹燈光所見，百老匯上一個羅馬戰士拉著馬車的看板，以及阿斯特大飯店內那些女士的眼神，無不閃爍著耀眼的浪漫色彩。阿斯特是他和聖瑞吉的小帕斯特克用餐的地方。他們走進劇院的走道時，立刻聽見了未調弦的小提琴緊張的撥弦聲，發出十分不和諧的音調，並聞到胭脂的強烈香氣撲鼻而來，引領艾莫瑞進入一種享樂的愉快氣氛裡。每件事都令他十分陶醉。這齣《小百萬富翁》為喬治·柯漢所主演，舞台上一位令人驚艷的黑髮年輕女子表演的舞姿令他感動地目不轉睛，望著她出神。

「噢……你……美麗的女子，

你是個絕世的美人……」

男高音的歌聲，默默地感動著艾莫瑞，令他內心洶湧激動。

「所有……你的……美妙字句

震顫著我……」

到了最後的音符，小提琴琴聲增強發出顫音，女子在舞台上倒下，成了折翼的蝴蝶，劇院裡立刻響起熱烈的掌聲。噢，在那樣轟轟烈烈的愛戀之下，搭配令人覺得慵懶的神奇曲調多麼美妙！

最後一個場景是發生在屋頂花園，大提琴的樂音對著月亮發出嘆息，輕快的冒險旅程與泡沫一般流暢的喜劇表演，在銀白月光下來回展開。艾莫瑞像著了火似的，覺得自己彷彿是屋頂花園的常客，和一位面貌如同舞台上的女子那般的姑娘私會——最好跟這位姑娘一樣，她的髮絲沐浴在金色的月光下；閃閃發光的酒，被一個笨手笨腳的侍者給潑灑出來。當帷幕最後一次拉下時，他長吁了一口氣，使得前排座位上的人忍不住回頭張望，說話的

I：英國作家柯南・道爾於一八九一年發表的歷史小說。

音量大到連他自己都聽得見：

「真是**俊俏**的男孩！」

這番話讓他暫時不去想那齣劇，他好奇自己的長相是否真的讓紐約人為之傾倒。

帕斯克特和他安靜地走回旅館。帕斯克特率先開口。他那不確定的十五歲男孩的聲音，打破了艾莫瑞憂鬱的沉思：

「我今晚好像娶了那位女子。」

當然沒有必要去問他指的女子是誰。

「我會很驕傲地帶她回家，把她介紹給我的家人認識，」帕斯克特繼續說道。

艾莫瑞覺得印象深刻。他希望說這番話的是自己，而不是帕斯克特。那話聽上去十分成熟。

「我在想那些女演員，是不是心腸都很壞？」

「不是的，先生，事情不是你所見的那樣，」世故的年輕人強調著，「我知道那個姑娘很善良，我看的出來。」

他們倆繼續走著，混雜在百老匯穿梭不斷的人群中，陶醉在咖啡店內傳來的樂聲。新面孔突然迎面閃現又倏地消失，像無數的燈火，蒼白、粗糙的臉孔，儘管疲憊卻興奮地支撐著。艾莫瑞著迷似地看著這群人。他正在計畫著他的將來。他準備住在紐約，要讓各個餐館和咖啡店都知道他這號人物，穿著一身燕尾服從黃昏待到清晨，然後回家倒頭睡去，打發午前的煩悶時光。

「是的，先生，今晚我娶了那位女子！」

大受喝采的英雄

十月，是艾莫瑞在聖瑞吉的第二年，也是最後一年，卻讓艾莫瑞永誌難忘。和葛洛登中學之間的賽事從令人興奮與情緒激昂的午後，就這麼持續至秋日的黃昏，艾莫瑞是隊上的四分衛，不斷激勵隊上的士氣，也做了許多不可能辦到的擒抱，嘶啞地叫喊著進攻戰術的代號，瘋狂沙啞地喊叫，還有時間陶醉在自己頭上滲出血跡的繃帶帶來的興奮感，以及在衝撞、猛撲和四肢疼痛的時候，享受著英雄氣概帶給他的光榮。在這個重要的時刻，他的勇氣就像是十一月黃昏傾倒出來的葡萄酒汨汨流出，他成了不朽的英雄，既是一個高踞在挪威大木船船首的海盜，也是羅蘭[1]、荷瑞休斯、奈吉爾騎士和泰德科伊[2]，歷經淬鍊，然後憑藉自己的意志，挺身迎向攻擊，聽見遠方傳來的喝采聲……最後渾身淤紫、筋疲力盡，卻仍然執意戰到最後，避開襲擊、轉身、改變步調、伸手擋駕……最後倒臥在葛洛登

1：法國史詩《羅蘭之歌》主人公。
2：美國著名的橄欖球球員。

守門員身後，腿上壓著敵對的兩個人，那是這場比賽唯一的一記觸地得分球。

老滑頭的哲學

從那些優越卻備受嘲弄的高中歲月以及所取得的成就，艾莫瑞帶著一種嘲諷似的驚訝回顧自己過去一年的處境。他完全蛻變成了真正的艾莫瑞．布萊恩所能做到的一切。艾莫瑞加上碧翠絲，再加上在明尼阿波里斯度過的兩年生活——當他進入聖瑞吉就讀時，這些已經成為他的人格特質不可或缺的要素。但是在明尼阿波里斯的日子卻掩蓋不住寄宿學校裡那些搜尋的目光，想要掀出「艾莫瑞加上碧翠絲」的雙重底細，因此，聖瑞吉也相當費盡心思地想要把碧翠絲從艾莫瑞身上驅離，開始在原始的艾莫瑞身上構築一個嶄新卻傳統的架構。但是聖瑞吉和艾莫瑞並沒有意識到這個原始的艾莫瑞並未真正改變。他身上的那些特質，他的喜怒無常，他的裝腔作勢，他的懶散，他的喜歡愚弄他人，如今已被視為天經地義，成為這個明星四分衛、出色演員、《聖瑞吉學報》編輯的怪癖：他不解地看著眼前這個敏感的小男孩，老愛裝出一副虛榮的樣子，這種行為不久前還是個可鄙的弱點。

橄欖球賽季過後，他又墜入了一種夢幻般的滿足感之中。假期前的舞會之夜，他溜回宿舍，早早上床，只為了想要享受聆聽草地上傳來的小提琴琴音透過窗戶流瀉進來的樂趣。許多夜裡他醒著躺在床上，想像著蒙馬特那些神秘的咖啡館裡，象牙白膚色的女子和那些外交子弟或是富有軍人之間的浪漫情事，管弦樂奏出匈牙利華爾茲，空氣因為浪漫的異國情調、月光與冒險而變得凝重。春天一到，在老師的要求下，他重讀了米爾頓〈快樂的人〉（*L'Allegro*），詩中的阿卡迪亞田園牧歌式生活以及牧羊神潘的主題激起他對詩歌的興趣。他搬動他的床鋪，好讓早晨的太陽光喚醒他，這樣一來等他穿好衣服後，就能走到高年級教室旁的蘋果樹，去坐在掛在樹上的老鞦韆。他坐在鞦韆上，讓自己越盪越高，盪向寬闊的天空，盪進了森林之神和仙子們遊玩的仙境，仙子的面容令他憶起伊斯特卻斯特大街上所見到的金髮少女。當鞦韆盪到最高點時，他當真見到世外桃源出現在山脊頂端，棕色的路面逐漸變得細小，最後縮成一個金色的圓點。

整個春天他讀了很多書，此時他正值十八歲：《印第安納的紳士》（*The Gentleman from Indiana*）、《新天方夜譚》（*The New Arabian Nights*）、《馬可仕・奧迪恩的道德》（*The Morals of Marcus Ordeyne*）、《名叫星期四的男子》（*The Man Who Was Thursday*），這是一本他很喜歡卻無法理解的書；《耶魯的斯托弗》（*Stover at Yale*）幾乎成了一本教科書；讀《董貝父子》（*Dombey and Son*）是因為他覺得自己應該讀些更經典的書；羅伯・錢伯斯（Robert Chambers）、大衛・葛拉罕・菲力浦斯（David Graham Phillips）以及菲力普・歐潘漢姆（E. Philips Oppenheim）全集，還有一些丁尼生和吉卜林的零散詩歌。在所有的指定教材裡，只有〈快樂的人〉和講究嚴謹規則的幾何學能夠吸引他懶散的興趣。

隨著六月的腳步接近，他覺得需要找人對話，幫助自己建構思想，令他訝異的是，他發現高年級班長羅希爾是個可以一塊談論哲學的同好。許多地方都有他們談話的蹤跡，在大路旁，或趴在棒球場邊，或是深夜在點燃香煙的黑暗中，他們反覆討論學校教育的問題，因此想出「老滑頭」這樣的字眼。

「有香煙嗎？」熄燈之後五分鐘，羅希爾一晚把頭探進房間裡問道。

「有。」

「我進來了。」

「你何不拿兩個枕頭，躺在窗台上。」

羅希爾躺在窗台上準備跟他談話，艾莫瑞在床上坐起身子點了一根香煙。羅希爾最喜歡討論的議題無非是高中生的未來，而艾莫瑞對於規劃他人未來的藍圖一點都不感到疲累。

「泰德·康佛斯，這很容易。他因為考不及格，整個暑假都要在哈茲特倫念書，憑藉四個條件進入雪菲德大學，大學第一年還沒念完就被退學。然後回到西部老家去，在那裡混吃等死；最後，他的父親要他接掌家裡的油漆工作。結婚後，生了四個笨兒子。永遠記得都是聖瑞吉毀了他的人生，所以他會送四個兒子到波特蘭的私立學校就讀。四十一歲時，死於運動失調症，他的老婆會做一個洗禮架，管它叫什麼，送到長老教會，上頭寫著他的名字——」

「等等，艾莫瑞。這太悲觀了。你自己又如何？」

「我會進入高等班。你也是。我們都是哲學家。」

「我不是。」

「你當然是。你腦筋不錯。」但是艾莫瑞知道沒有任何抽象的、理論的或是任何泛泛之談可以打動得了羅希爾，除非他能提出具體內容。

「我可不是你說的那種人。」羅希爾很堅持。「我在這兒讓朋友找我麻煩，可是我一點好處也沒有撈到。我是他們之間的獵物，真該死——替他們寫功課後，解決他們的問題，夏天還蠢到去拜訪他們，還得逗他那些小妹們開心；當他們只想到自己時，我還要學著控制自己的脾氣，然後換來他們投我一票，對我說我是聖瑞吉的『老大』，當作是對我的回報。我想到每個人都會到完成自己功課的地方去，給他們指點迷津。我厭倦了待在學校對每個人都得卑恭屈膝。」

「你不適合當老滑頭。」艾莫瑞突然開口說。

「什麼？」

「老滑頭。」

「那是什麼鬼名詞？」

「嗯……那種人……有很多。可是你不是其中一個，我也不是，雖然我比你要接近。」

「誰是這種人？你憑什麼變成那樣的人？」

艾莫瑞思索了一會兒。

「為什麼——為什麼，我想這種人的特徵就是那個把頭髮沾了水往後梳理的傢伙。」

「像卡斯泰爾斯那樣？」

「是的——沒錯。他就是一個老滑頭。」

他們花了兩個晚上對這個名詞研究出正確的定義。老滑頭通常長相不錯，或是至少外表**乾乾淨淨**；他有頭腦，有社交手腕，擅長用各種誠信的手段，讓自己出鋒頭，受歡迎，受景仰，永遠不會惹禍上身。他穿著得體，外在一塵不染，頭髮理得很短，不是抹了水，要不就是抹上奎寧水，然後依照現在流行的樣式將頭髮中分往後梳。當年老滑頭的刻板樣貌不外是玳瑁紋鏡框，這個特徵很容易辨識，艾莫瑞和羅希爾從來沒有漏掉過。這種老滑頭分布在學校裡，總是比起同儕要聰明還有狡猾，喜歡搞小團體，而且喜歡把自己的小聰明隱藏起來。

一直到艾莫瑞念到大一，都覺得老滑頭的這個名詞很受用，當定義變得模糊不清時，就必須再加以細分，變成唯一的特質。艾莫瑞的理想目標是擁有老滑頭的所有特質，除此之外，加上他缺少的勇氣、精明的頭腦和才華——但是艾莫瑞同時也承認自己有個無法成為十足老滑頭的古怪個性。

這是他與學校傳統的虛偽首度劃清界線。老滑頭跟大學預備學校裡的「老大」在本質上有所不同，他們絕對是校內的成功人物。

「老滑頭」
一、對社會價值有較敏銳的感知。
二、穿著體面。假裝衣飾是膚淺的東西——但是實際上認為不是這樣。
三、從事那些他認為可以大放光彩的活動。
四、世俗說來，他們都進了大學，而且名利雙收。

五、頭髮油亮。

「老大」

一、通常較駑鈍，對社會價值沒有感知。

二、認為衣服是膚淺的東西，通常不注重穿著。

三、認為什麼事都有義務插手。

四、上了大學，不過通常是學校裡的問題人物。如果不搞小團體，就會感到失落，總是話說當年的高中時代很快活。回到母校，大談聖瑞吉校友的成就。

五、頭髮不油亮。

艾莫瑞最後還是決定去念普林斯頓大學，雖然那年跟他進同一所大學的聖瑞吉校友只有他一人。根據明尼阿波里斯以及曾參與過「骷髏會」的聖瑞吉畢業生那裡聽到對於耶魯流傳的說法，向來充滿浪漫和誘惑，因此，聖瑞吉的學生骨子裡都相信那一套，但是普林斯頓還是最吸引他，明亮色彩的校園氣氛，以及享有美國以鄉村俱樂部著稱的誘人聲望。大學入學考試在即，聖瑞吉時代已走入過去。幾年之後，當他回到聖瑞吉，他似乎早已忘了高中時代的成就，記得的只有一個跟同學格格不入的男孩，匆匆越過走廊，遭到世故的偏激同儕取笑的日子。

第二章 尖塔與醜惡之徒

起初，艾莫瑞只注意到艷陽爬上大片綠草如茵的草皮，在鑲嵌玻璃上舞動，優游在尖塔的頂端，以及有城垛的牆上。漸漸地，他才意識到自己漫步在大學校園裡，意識到自己提著手提箱，走起路來也有了一個新的姿態，見他人迎面走來，他的眼睛仍定定地朝前看。他發誓好幾次人們帶著異樣的眼光回過頭來看他。他納悶是不是自己衣著不整的關係，懊惱自己早上沒有在火車上刮鬍子。在一群身穿白色法蘭絨長褲，沒有戴帽子的年輕人當中，從他們走起路來的優雅姿態判斷，他們應該是學校裡的三、四年級生，他走在他們之間不自覺地感覺到全身僵硬與不自在。

他發現大學路第十二號樓房不但寬敞，而且是一棟幾近頹圮的建築物，目前看來顯然沒人居住，雖然他知道樓層通常會住上十來個大一新生。在跟宿舍女房東起了口角後，他決定來一趟探險旅程，問題是他還沒走完一區，就發現自己恐怕是整個城裡唯一一個戴著帽子的人。他火速返回大學路第十二號樓房，留下他的圓頂窄邊禮帽，不戴帽子，閒逛到拿索街，在一家商店的櫥窗前停下來，仔細端詳一批運動員的照片，包括一張橄欖球隊隊長艾倫比的放大照片。另一個吸引他目光的是，一家掛著「冰淇淋聖代」招牌的甜點店櫥窗。他覺得很熟悉，於是決定進去看看，進去後便選定一張高腳椅坐下。

「巧克力聖代，」他對一個黑人說。

「雙份巧克力聖代嗎？還需要什麼？」

「呃——好。」

「培根麵包？」

「呃——好。」

他吃了四個，覺得味道還不錯，想趁著肚子還可以吃得下的時候，再叫一個雙份巧克力聖代。目光匆忙掃過店內的靠枕套、皮製三角旗，以及牆上的吉布森少女畫像之後，才離開甜點店，然後雙手插在口袋，繼續在拿索街閒逛。漸漸地，他學會分辨高年級生和低年級生的不同，雖然新生的帽子要下個星期一才發。那些表現出明顯興奮的是新生，每一班火車載來的新生很快就融入在不戴帽子，穿著白色鞋子，抱著很多書的人群裡，這些人沒事就喜歡在街上閒逛，用著嶄新的煙斗吞雲吐霧。到了中午，艾莫瑞就發現新到的新生已經把他看成是高年級學生，他儘可能表現出一副輕鬆愉快且淡然的態度，另一方面又表現出一副正經與挑剔的模樣，這些都是他從大部分學生臉上的表情所觀察到的。

到了五點鐘，他覺得有必要聽聽自己的聲音，於是返回宿舍，去看是否有其他人到達。

他爬著晃動的梯子，他仔細觀察寢室裡的動靜，做出自己可能無法隨心所欲佈置房間的結論，除了擺上一些旗子和合照。此時突然有人敲了門。

「請進！」

一個瘦削的臉龐，搭配上一雙灰色眼睛，以及帶著幽默笑容的傢伙，出現在門邊。

「有鐵鎚嗎？」

「沒有——抱歉。或許十二號太太，管她叫什麼呢，也許會有。」

陌生人進來房間。

「你是這間收容所的病患？」

艾莫瑞點點頭。

「繳這麼多錢，卻住在這個糟糕透頂的屋子裡。」

艾莫瑞不得不承認。

「我想到校園去逛逛，」他說，「但是他們說大一新生很少，去了會迷路，最好枯坐著等，找點事做。」

灰眼睛的男生決定自我介紹。

「我是赫拉岱。」

「我是布萊恩。」

他們時髦地俯低身子，相互握手。艾莫瑞露齒而笑。

「你念哪所預備學校？」

「韓德佛——你呢？」

「聖瑞吉。」

「噢，是嗎？我有個表哥也在那兒念書。」

他們的話題一直繞著那個表哥打轉，然後赫拉岱說他六點晚餐時，要跟他的弟弟碰面。

「要不要過來一塊用餐。」

「好啊。」

艾莫瑞在肯尼沃斯見到了伯恩．赫拉岱——灰色眼睛的是克瑞——他們安靜地喝著清湯和索然無味的蔬菜，然後張著眼看著其他大一新鮮人，他們有的零星坐在一塊，看上去很不自在，也有三五成群一起愉快地坐著。

「聽說大學裡的伙食很差，」艾莫瑞說。

「那些都是道聽塗說。但是如果你不在餐廳吃飯——就得自掏腰包。」

「沒天理！」

「不公平！」

「在普林斯頓的第一年，你什麼都得吞下去。就像是在預備學校裡頭一樣。」

艾莫瑞同意這一點。

「儘管什麼都像預備學校，」他堅持說，「不過我怎麼樣都不會想到耶魯去。」

「我也不會。」

「你們有加入什麼社團活動嗎？」艾莫瑞問年紀較長的哥哥。

「我是沒有——不過伯恩有加入普大學報——《普林斯頓人學報》，你聽過吧。」

「聽過。」

「你想加入社團嗎？」

「什麼——想啊。我想加入大一的橄欖球球隊。」

「在聖瑞吉時打過？」

「只會雕蟲小技。」艾莫瑞竟謙虛了起來，「不過我現在的體格太瘦弱。」

「你不會太瘦。」

「去年秋天我的身材很結實。」

「真的！」

吃過晚飯後，他們去看了電影，艾莫瑞竟然被前座喋喋不休的男子所吸引，全場不斷聽見他的大聲咆哮和亂叫。

「**好耶**！」

「噢，蜜糖——你好強壯，可是，噢，又如此**溫柔**。」

「擁抱！」

「噢，**擁抱**！」

「親她，快親那個女人！**快點**！」

「噢……！」

大夥開始吹著口哨，哼著「美麗海濱」的曲調，觀眾開始騷動不安。這首歌詞含糊不清的歌曲裡，還有不少跺腳聲，然後成了一首永無止盡而且不連貫的輓歌。

「噢……
她在果醬工廠工作
而且——不過一點都不打緊
你騙不了我
因為我知道地——清清——楚楚
她並沒有整晚在做果醬
噢……！」

當他們簇擁在人群中離開戲院時，受到不少好奇的眼光，艾莫瑞還滿喜歡那部電影，想要像那些前排的高年級生一樣享受看電影的樂趣，把手放到椅背後面，他們用凱爾特語發表尖酸刻薄的評論，態度混和了批評的才智和有限度的玩笑。

「想吃聖代嗎——我是說冰淇淋聖代？」克瑞問。

「好啊。」

他們吃飽了晚餐後，才又漫步走回第十二號宿舍。

「夜色真美。」

「真吸引人。」

「你們要回去整理行李？」

「沒錯。走吧，伯恩。」

艾莫瑞決定在門前的台階上坐一會兒，於是跟他倆道晚安。

濃密的樹影在最後一道太陽光線照射下變得樹影幢幢。提前出來的月亮把拱門烘托成淡青色，朦朧的月色瀰漫了整個夜空，突然掠過一首極度悲傷的歌曲，極其短暫，卻充滿了惆悵悔恨。

他記得九〇年代的畢業校友，曾經告訴他一個關於布斯．塔金頓找樂子的辦法：半夜裡站在校園中央沒多久，對著星星扯開喉嚨高歌一曲，肯定會勾起倒臥在長沙發那些大學生的複雜情緒。

現在，在宿舍遠處之外，人影幢幢的馬路上，一群身穿白衣的人影打破了陰暗的夜色，這群行進隊伍身著白色襯衫，白色長褲，大搖大擺走在大街上，手挽著手，昂首闊步：

「回去——回去，
回去——到——拿索——廳，
回去——回去——
回到——最棒的——古老大樓。
回去——回去，
參加——這場——塵世的——舞會，

我們將——清出——道路——我們往回走——
回——去——拿索——廳！」

隨著這群幽靈似的行進隊伍越來越靠近，艾莫瑞閉上了眼睛。當歌曲音調越唱越高，除了那個男高音，所有人都唱不上去，他成功的把高音唱上去，然後交給優美的合唱隊。艾莫瑞接著張開雙眼，有些害怕眼前的景象會破壞瑰麗的和諧幻想。

他急切地嘆了一口氣。在這群白衣隊伍前頭領軍的正是橄欖球隊隊長艾倫比，他身材瘦削，目中無人，神情彷彿透露今年全校的所有希望都寄託在他身上，大夥期待他那一百六十磅的體重能穿過重重障礙，奪得勝利。

艾莫瑞出神看著這群手臂交疊並肩前進的隊伍，馬球襯衫上頭那些模糊的臉龐，和交雜著勝利凱歌的各種聲音——接著遊行隊伍便穿過了坎普貝爾拱門，隨著隊伍向東繞行過校園，遊行的聲音逐漸變得微弱。

幾分鐘過去之後，艾莫瑞依舊安靜地坐在那裡。對於禁止大一新生在宵禁後出校門的禁令感到十分遺憾，他不過是想在幽暗且充滿著香氣的巷道內漫步。在那裡惠勒斯普恩樓可比是黑夜裡的母親，看顧著兩個閣樓裡的孩子會格樓和克里歐樓，蛇一般的黑色哥德式建築向著利爾勒樓和帕頓樓蜿蜒而去，這兩棟樓又依次將神祕的色彩染遍湖邊靜謐的斜坡，朝向湖心捲落。

普林斯頓的白天樣貌慢慢地滲透到他的意識裡——威斯特學院和聯合大樓，讓人聯想起六〇年代的大學生活，七十九大樓以紅磚搭建蔚然矗立，上拜恩大樓與下拜恩大樓彷彿貴族般的維多利亞女士，不滿足居住在店主之間，懷著清明的藍色渴望登上侯爾德和克里夫蘭塔樓如夢似幻的巨大尖頂。

他一眼便愛上普林斯頓——它的閒散之美，它那無法讓人全盤理解的意義，狂野月色下的喧鬧聯歡會，俊美，野心勃勃的人群簇擁一塊，以及瀰漫於全年級的競爭氣氛。大一新生睜大了眼，筋疲力竭，身穿緊身運動衣坐在體育館裡。推選希爾學校出身的人做班代，勞倫斯維勒出身的名人做副班代，聖保羅出身的曲棍球明星擔任總幹事，從這天起一直到大二下學期結束都依循著這樣的慣例，令人喘不過氣的社會體系，對於令人感到恐懼的「大哥級人物」的崇拜，卻極少給他一個名號，這樣的人物甚至沒有真正受到認可。

起初來自各地的學生，除了艾莫瑞一人來自聖瑞吉，有來自聖保羅、希爾、龐佛瑞特等地的他校生，艾莫瑞望著小團體慢慢地形成、擴大、再形成；在公共食堂裡，他們會默默坐在預留的桌前用餐，在體育室裡，他們會在自己的角落更衣，無意識地在自己的團體外築起一道不甚起眼的屏障，然而這道屏障卻代表著他們社交上的野心，保護他們避免受到想表示友好而困惑的高中生所干擾。艾莫瑞對這樣的情況了然於心的那一刻起，他便對這樣的社交屏障感到憎恨，認為這道屏障是強者為了替他們弱勢的追隨者撐腰，把近似強者的人排拒在外的人工圍籬。

為了成為班上受到崇拜的明星之一，他報名參加新生的橄欖球球訓，但是卻在扮演四分衛二個星期後，在《普林斯頓人學報》的一角見到這樣的消息，他因為嚴重扭傷腳踝，以致於將在其他季的賽程裡，遭受禁賽的命運。這個消息迫使艾莫瑞不得不退休，仔細考慮眼前的處境。

「大學路十二號宿舍」蘊藏著許多的問題在其中。有三、四個來自勞倫斯維勒不甚起眼並受到驚嚇的男學生，另外兩個來自紐約私立學校的業餘狂人（克瑞・赫拉岱將他們命名為「粗俗的醉鬼」），一個猶太年輕人，還有同樣來自紐約的赫拉岱兄弟也算是對艾莫瑞做了些抵補，因為他立刻就跟這對兄弟打成一片。

據說赫拉岱兄弟為孿生兄弟，但是黑髮的那個其實比起金髮的弟弟伯恩要大上一歲。克瑞身材高挑，有一雙風趣的灰色眼睛，還有著令人難以招架、吸引人的笑容；他很快就成為這棟宿舍的導師，給予他人中肯的意見，成為思想的審查者，罕見與嘲諷式幽默的推銷者。艾莫瑞替他們未來的友誼做了預備，對於大學應該具備的條件與意義有他的想法。克瑞的個性從不認真看待事情，因此婉轉責備他不要選在不適當的時機發揮他對複雜的社交體系探究的好奇心，不過他還是喜歡艾莫瑞的，雙方彼此關心且相處愉快。

伯恩，有著一頭金髮，沉默，致力於課業，在宿舍裡像個忙碌的幽靈，夜裡無聲地出現，清晨起床後便前往圖書館念書——忙著角逐《普林斯頓人學報》的位子，另外還有其他四十個人覬覦這個競爭激烈的位子。十二月時，他因為染上白喉而退出，有人因此接替他的位置，但是當他在二月回到學校時，又再次毫無畏懼地追逐人人嚮往的寶座。艾莫瑞對他的認識僅止於進出教室時的三分鐘閒聊，因此他無法深入瞭解伯恩全心投入的興趣，挖掘出隱藏其下的奧妙之處。

艾莫瑞是個不易感到滿足的人。他想念讓他出名的聖瑞吉，他在學校裡聲名大噪且受人敬重，但是普林斯頓卻帶給他刺激，許多事情可以激發出他潛藏於內心的馬基維利精神，只要他能在其中插入一個楔子。今年夏天時，他找到一個不情願多說的畢業生談及高年級社團的事，激起他的好奇心：常春藤社團，派系分明的貴族氣息簡直令人窒息；村舍社團則是由傑出冒險家所組成的一個令人印象深刻的大雜燴，由一群衣著體面的紈褲子弟組成；老虎客棧社團的會員各個虎背熊腰、壯碩結實，由於忠實闡述入學規章而充滿活力；禮帽與長袍社團，滴酒不沾，隱約帶有宗教色彩，政治勢力雄厚；此外還有華麗的殖民主義社團；文學院的四方院社團；以及其他十來個年代與地位各不相同的社團。

把一個低年級生帶到耀眼的燈光下，讓他嶄露頭角的任何做法，都會被冠上「出風頭」的惡名。苛薄的評論才會讓電影歷久不衰，但是做這類批評的人往往就是在出風頭；談論社團也在出風頭；對任何事擁有強烈主張，舉例來說，飲酒聚會或是主張滴酒不沾，也是在出風頭；簡言之，個人太出風頭是不能被容忍的事，具影響力的人是不會承擔義務的，直到大二社團選舉時，每個人都必須替自己日後的大學生涯找到方向。

艾莫瑞發現替《拿索文學雜誌》撰稿並不會為他帶來好處，但是倘若能在《普林斯頓人學報》的編輯部擔任一職，肯定會有巨大的收穫。他本想在英國戲劇協會上做一場不朽的表演，但在他發現有著一流頭腦的天才主要聚集在「三角社」裡，原本的希望便消失殆盡，三角社是一個音樂喜劇社，每一年都會有聖誕節公演。此外，當他一個人在公共食堂裡感到寂寞與不安的時候，心裡便有一股新的慾望以及野心油然而生，他的第一個學期就在一種嫉妒與煩惱中度過，他嫉妒那些初嚐成功滋味的同學，並對克瑞大吐苦水他想不透的事，為何班上的菁英份子不肯接納他們。

多少個午後，他們慵懶地依靠在大學路第十二號宿舍的窗台邊，看著同學進出公共食堂，留意到追隨者們已經依附在那些佼佼者身上，或是看著落單、刻苦用功的學生，低垂著眼睛，踩著急促的步伐，羨慕校園裡那些愉快的團體總是成群結隊。

「我們是該死的中產階級，就是這麼回事！」一天，他癱在沙發上對克瑞抱怨，帶著精準的沉思抽著法帝馬斯牌香煙。

「呃，為什麼不好？我們念了普林斯頓，因此我們可以用這樣的態度看待那些沒有名氣的小學院──我們更加優秀，更加有自信，穿著更體面，更加出風頭──」

「噢，我並不在乎這種社交體系中的花花世界，」艾莫瑞坦承。「我喜歡看一群貓到處招搖，但是老天，克瑞，我一定要成為他們其中的一員。」

「可是艾莫瑞，剛剛你還是一個汗流浹背的中產階級。」

艾莫瑞躺了一會兒，不發一語。

「我不會──永遠如此，」他最後說。「但是我討厭辛苦拼鬥達到目的。我總有一天會出頭天，你難道不這麼認為。」

「令人敬佩的傷疤。」克瑞突然朝大街上伸長了脖子。「如果你好奇他長的什麼樣子，這就是朗基達克──亨博德正巧也在後面。」

艾莫瑞突然興高采烈站起身，在窗戶之中搜尋。

「噢，」他說，仔細端詳這些人，「亨博德令人印象深刻，但是這個朗基達克——則顯得較粗俗，不是嗎？我不信任那種人，所有的鑽石在加工之前看上去都很大顆。」

「唔，」激動平息後，克瑞說，「你是個文學天才。就看你自己有沒有把握住機會。」

「我想」——艾莫瑞停頓一會兒——「如果我寫得出好作品。我承認我有時候也會這麼想。這聽起來很邪惡，不過除了你，這話我不會對任何人說。」

「嗯——繼續。把你的頭髮留長，能夠讓你寫出像文豪德尹維里哀一般的詩作。」

艾莫瑞懶懶地從桌上成堆的雜誌上拿起一本。

「讀過他最近的大作了嗎？」

「從不曾錯過。這類作品不常見到。」

艾莫瑞隨手翻開雜誌。

「哈囉！」他驚訝的大叫，「他是大一新生，不是嗎？」

「沒錯。」

「聽聽這個！我的老天！」

「一個女僕說：

黑絲絨拖著裙擺迎向曙光，

白色蠟燭禁錮在銀色的燭台裡，

搖擺著微弱的火焰，像是風中的影子，
皮耶，龐皮耶，來了——又走——」

「那指的是什麼鬼東西？」
「這是餐具室裡的一景。」

「她的腳指頭僵硬，像是飛行的鸛鳥；
她躺在床上，在白色的床單上，
她的雙手像是聖徒般放在光滑的胸脯，
貝拉．庫尼薩，到光線裡來！」

「我的老天，克瑞，這裡寫的是什麼？我發誓，我完全不懂，好歹我也稱得上是個文藝青年。」

「的確很難猜想，」克瑞說，「只不過在讀的時候會讓人想到靈車和酸奶。這一首不像其他首詩熱情。」

艾莫瑞把雜誌丟到桌上。

「唉，」他嘆了口氣，「我確定自己還沒找到方向。我知道自己不是好交際的人，但是我卻厭惡那些不擅交際的人。我不知道自己該培養心智，當一個優秀的大劇作家，或是對《英詩金庫》（*Golden Treasury*）嗤之以鼻，當一個普林斯頓老滑頭。」

「為什麼非得做出決定？」克瑞說。「像我一樣，任意漂流。我要藉由伯恩的提攜，航行在傑出人士的行列。」

「我不想任意漂流——我要別人對我感興趣，我要成為操控大局的人，即使為的不是自己，當上《普林斯頓人》主編，或是三角社社長。我想受人景仰，克瑞。」

「你想的都是跟自己有關的事。」

聽到這裡，艾莫瑞坐起身子。

「不，我也有想到你。如果當一個自負驕傲的人很有趣，我們最好立刻動身，融入班上的圈圈裡。例如，六月舉行年級舞會時，我會帶隻小沙丁到會場，但是除非我可以處理得一派優雅，否則我不會去做——把她介紹給紈褲子弟，足球隊隊長或是其他頭腦簡單、四肢發達的人物。」

「艾莫瑞，」克瑞急著說，「你別瞎忙。如果你想出風頭，走出去，試試別的東西；如果不想這麼做，就別把事情看得太重。」他打了一個哈欠。「好了，煙霧散去後。我們一塊下去看橄欖球球隊練習。」

艾莫瑞逐漸習慣這個看法，決定下個秋天就要開展他的成名計畫，他要好好看著克瑞獨自享受大學路十二號宿舍裡的樂趣。

他們在猶太男孩床上擺滿檸檬派；每天晚上，他們把艾莫瑞房裡的煤氣吹熄，搞得滿宿舍都烏煙瘴氣，連特爾芙太太和修水管的工人都不知道是怎麼回事；他們擺了粗魯醉鬼一道——把房間裡的畫、書籍和家具——全搬進廁所裡。兩個醉鬼從特瑞頓回來朦朧之中發現東西被調換位置，一時間丈二金剛摸不清頭腦；最後兩個醉鬼決定把這事當成玩笑看待，令他們非常失望；吃過晚飯後到隔天清晨，他們玩起紅狗撲克、二十一點、累積賭金的遊戲，並在同學生日那天，說服他買了許多香檳痛快慶祝。見到生日會的出資者沒有喝醉，克瑞和艾莫瑞竟意外將他推落兩層階梯，事後滿心羞愧和悔過，接著下來的一個星期到醫務室去探望他。

「說，這些女人是誰？」一天克瑞一邊說一邊抱怨艾莫瑞收到的郵件數量。「我最近特別留意這些信件上的郵戳——法明頓，杜布斯，威斯妥佛，還有達娜霍爾——這是怎麼回事？」

艾莫瑞露齒而笑。

「他們都來自雙城。」他還一一喚出她們的名字。「瑪莉蓮．迪威特——長的很漂亮，有自己的車，行動不受拘束；莎莉．惠勒比——身材越來越胖；蜜拉．聖．克萊爾，她是老情人，如果你想要的話，隨時可以吻她。」

「你都跟她們說了什麼？」克瑞問。「我試過了一切方法，但是她們機靈得很根本不怕我。」

「你是好男孩的類型，」艾莫瑞說。

「沒錯。母親總認為女孩子跟我在一起會很安全。說真的，我自己卻很受不了這一點。

如果我想握住一個人的的手，她們會笑著讓我握著她們的手，好像這隻手不是她們身上的一部分。一旦我握住了一隻手，她們又立刻把我推開。」

「真嘔，」艾莫瑞附議。「告訴她們你快瘋了，讓她們改造你——氣憤地回家去——半個鐘頭過後再回來，包準令她們大吃一驚。」

克瑞搖了搖他的頭。

「沒有機會了。去年我給聖提摩西女子學校的女孩寫了封文情並茂的情書。我在信中情急之下說：『我的老天，我愛妳！』她拿了把修指甲小刀把『我的老天』刮掉，然後把這封信秀給全校傳閱。行不通的。我只是個『老好人克瑞』，蠢極了。」

艾莫瑞笑著，想像自己是個「老好人艾莫瑞」，不過連他自己都難以想像。

二月雨雪不斷，轉眼間這些新生們颶風似的度過了半個學期，就算沒有特別意義，十二號宿舍的日子倒也算有趣。每一天艾莫瑞總會到「喬之家」吃總匯三明治，玉米片，再配上薯條，通常都有克瑞或是艾列克．康納吉作陪。後者是個安靜，來自哈奇斯學校，冷漠的老滑頭，他住在隔壁寢和艾莫瑞一樣，因為全班同學都去念了耶魯大學，所以總是獨來獨往。喬之家的裝潢並不起眼而且不太講究衛生，但是由於店家可以無限制的賒帳，這點對艾莫瑞來說提供很大的方便。他的父親最近把錢投資在礦產股票，因此雖然每個月的零用金可以自由運用，卻不是他所期望的數字。

喬之家還有一項優點便是，可以避開高年級好奇的眼光，因此每天一到下午四點，艾莫瑞在朋友或是書本的伴隨之下，就會到這裡來吃東西。三月的某一天，他走進餐館發現所有的桌子都坐滿了人，於是他走到盡頭的一張桌子前，在一個埋首於書本的新生對面拉把椅子坐下。他們簡單地點個頭。在這二十分鐘裡，艾莫瑞一邊吃著培根麵包一邊閱讀《華倫夫人的職業》（這本蕭伯納的書是他在學期中在圖書館裡瀏覽時，偶然發現的）；對面的新生也正埋首於他的書本中，一邊喝著一旁的麥芽巧克力牛奶。

不久，艾莫瑞的目光開始好奇地打量對方的書。他倒著拼出作者和書名——史蒂芬·菲力普斯[1]的《馬珮莎》（*Marpessa*）。這一點對他來說沒有任何意義，他對詩歌格律的瞭解只停留在「快進到花園來吧，莫德」這樣的週日經典歌曲，以及最近強迫記下的莎士比亞和密爾頓的片段詩句。

艾莫瑞想跟對方說話，於是假裝對手中的書讀得興致高昂，然後不由自主的大聲驚呼：「哈！好東西！」

那位新生抬頭看了一眼，艾莫瑞假裝自己覺得有些困窘。

「你是指培根麵包嗎？」他的聲音沙啞，語氣和藹，配上厚重的眼鏡，帶給人一種心思敏銳的印象。

「不，」艾莫瑞回答。「我是指蕭伯納。」他把書本轉向他解釋道。

「我沒讀過蕭伯納的書，我一直都想看。」男孩停頓一會兒後，繼續說道：「你讀過

1：史蒂芬·菲力普斯（Stephen Phillips, 1864-1915），英國詩人。

史蒂芬，菲利普斯的書嗎？或是你喜歡讀詩嗎？」

「是的，我的確喜歡，」艾莫瑞熱切且肯定的回答。「雖然我對菲力普斯的詩不太了解。」（他只知道已過世的大衛．葛拉罕，從沒沒聽說過菲力普斯這號人物。）

「詩句很美，我想。當然他是維多利亞時期的詩人。」他們開始討論起詩歌來，並相互做了自我介紹，結果艾莫瑞的這個同伴正是「博學的托馬斯．帕克．德尹維里哀」，《文學雜誌》裡那些熱情的愛情詩歌的作者。他或許只有十九歲，卻有著佝僂的肩膀，淡藍眼睛，這是艾莫瑞大致能從他的外表所判斷而來的結論，對於社會的競爭意識，以及諸如此類令人關心的現象知道的不多。然而，他喜歡書本，艾莫瑞似乎很久沒遇到這樣對書著迷的人；只要隔壁桌那群聖保羅學校來的那群人，沒有把**他**錯認為一個文藝愛好者的話，他會覺得今天兩人的相遇會很有趣。他們似乎並未引起注意，所以也就順其發展，彼此討論起書來——有些是他讀過的書，有些書他從未聽到過，像布列塔諾書店的店員可以一口氣羅列一大串書名。德尹維里哀部分受到拐騙，談起書卻是真心感到歡喜。他出於善意認為普林斯頓學生有一部分十足的庸俗，另外一部分的人則是很用功的學生，而能夠找到一個人提到濟慈的名字而不結巴，卻又就此打住，讓人覺得是難得的樂趣。

「讀過奧斯卡．王爾德的書嗎？」他問道。

「沒有。是誰寫的？」

「這是作家的名字——難道你不知道？」

「噢，當然。」微弱的心弦在艾莫瑞的記憶中撥動。「有齣喜歌劇《佩萱絲》（*Patience*）

裡寫的是不是他？」

「沒錯，就是這個傢伙。我最近才讀完一本他的書《格雷的畫像》，我誠摯推薦你也能讀這本書，你會喜歡的。如果你願意的話，我可以借你。」

「噢，我會喜歡的，謝謝你。」

「你何不上來我的宿舍坐坐？我還有其他本好書。」

艾莫瑞猶豫了一會兒，看看聖保羅學校那群人一眼——他們其中一個人正是傑出、俊美的亨博德——他思索這個朋友的意志會有多堅定。他從未想過結交一個新朋友後，又放棄他們——他不夠冷酷到足以這麼做——所以他想像著托馬斯·帕克·德尹維里哀無庸置疑的吸引力和價值，與隔壁桌那些戴著玳瑁邊框眼鏡後面那雙冷眼所散發的威脅相對照。

「好，我去。」

他找到了《格雷的畫像》、〈朵樂斯〉還有〈無情的妖女〉；一整個月下來，他都把時間花費無足輕重的事物上。世界變得蒼白，具有吸引力，他試著透過奧斯卡·王爾德和史汶彭恩充分滿足的眼睛，去看待普林斯頓——或是以玩笑的口吻稱王爾德是「芬格·歐弗雷荷蒂」（Fingal O'Flaherty），稱史汶彭恩是「艾爾格儂·查爾斯」（Algernon Charles）。夜晚他大量地閱讀——蕭伯納、卻斯特頓、巴瑞、皮那洛、葉慈、辛吉、歐尼斯特·道森、亞瑟·西蒙斯、濟慈、蘇德曼、羅伯特·休·班森，以及薩佛依喜歌劇——他什麼都讀，因為他突然發現，他已經多年沒有閱讀任何東西。

湯姆·德尹維里哀一開始只是一個無謂的理由，稱不上是一個朋友。艾莫瑞每個星期大約見他一次，他們一起把湯姆房間的天花板鍍金，還用了拍賣會買來的仿製掛毯裝飾壁面，以及高架燭臺和緹花窗簾。艾莫瑞一開始喜歡他的聰明和不矯揉造作的文學氣質。事實上，反倒是艾莫瑞不斷賣弄才華，而且費盡心思把每句話說的像是警語一般，如果一個人只滿足於這類警世之言，許多技藝就更為困難。大學路十二號宿舍的日子倒也算愉快。克瑞閱讀了《格雷的畫像》之後，把自己比擬為亨利勛爵，老跟隨著艾莫瑞，並且稱呼他為「多利安」，假裝慫恿他發揮邪惡的念頭，讓日子不至於太過無聊。當他把這個習慣帶到食堂，其他桌的人用著驚異的表情看著他們時，艾莫瑞覺得困窘極了，大發雷霆一頓，從此以後，艾莫瑞僅僅在德尹維里哀面前，或是正好面對著鏡子時才會朗讀佳言警句。

一天，湯姆和艾莫瑞隨著克瑞的留聲機節奏，嘗試背誦唐薩尼爵士的詩句。

「**唱誦**！」湯姆大喊。「不是背誦，是唱誦！」

此時艾莫瑞正在興頭上，一臉惱怒，宣稱他需要一個有較少鋼琴伴奏的唱片。克瑞隨即在地板上滾動起來，不敢笑出聲。

「那就表演『心和花』！」他大喊。「噢，我的上帝，我心煩意亂極了。」

「關掉留聲機，」艾莫瑞又大喊，臉都漲紅了。「我不是在個人演出。」

在此期間，艾莫瑞巧妙地想要喚醒德尹維里哀對社交體系的瞭解，因為他知道這個詩人比他更傳統，僅僅需要把頭髮抹上一點水，和一小群人交談，加上一頂深棕色的禮帽，就能夠更符合常規。但是他對穿著李維斯頓衣領和黑色領結的禮拜儀式服裝卻充耳不聞；事實上，德尹維里哀對他的費心安排頗有微言；也因此艾莫瑞規定自己每個星期只造訪他一次，偶爾帶他到大學路十二號宿舍去。這總是引發其他新生暗自竊笑，稱他們是「約翰遜博士和包斯威爾。」

另一名常客艾列克．康納吉，隱約有些喜歡他，卻也對他的博學感到害怕。克瑞看出他潛藏在內心深處、可敬的詩意，覺得十分有趣，每次總喜歡閉著雙眼，躺在艾莫瑞的沙發上，聽他背詩：

「她是沉睡著或是甦醒著？深深的一吻
在她的頸項上留下一個紫色的吻痕
痛苦使血液顫動，奔流；
輕柔的吻，輕輕地刺痛——比色斑的顏色更美……」

「太棒了，」克瑞輕聲地說。「這詩句讓大哥赫拉岱感到欣喜。我猜想這是一位偉大的詩人。」湯姆受到聽眾的鼓舞，便開始朗誦《歌謠集》裡一首首的詩歌，直到最後艾莫瑞和克瑞幾乎跟他一樣熟稔。

一個春天的午後，在靠近普林斯頓校區的一個花園裡，人工湖裡的天鵝營造了一個美好的氣氛，雲朵在柳樹上頭緩緩有節奏地飄動著，艾莫瑞不禁詩興大發寫起了詩。五月來得太快，艾莫瑞突然受不了牆垣的禁錮，他在星光下，還是在淅瀝淅瀝的大雨中，徜徉在校園裡。

一個潮濕的象徵式插曲

夜晚薄霧降臨。月亮之下，薄霧開始捲曲，並聚集在尖塔和塔頂上，然後便沿著尖塔和塔頂下沉，因此，建築物迷濛的尖頂仍對著蒼穹有著熱切的想望。白天，從塔頂向下望，人影變得一點一點像是螞蟻一般大小，到了夜晚，卻又立刻變得像鬼影幢幢一般，在面前穿梭來去。哥德式建築的大樓和迴廊在黑暗中突然隱然出現，無數的方形黃色燈光的映照之下，顯現出建築物的輪廓，更增添了神秘感。遠方傳來的低沉的鐘聲，敲響了近一刻鐘，艾莫瑞在日晷前面駐足，在潮濕的草地上伸展四肢躺臥著。露水浸濕了他的雙眼，延緩了時間的流逝——在慵懶的四月午後，時間不知不覺地爬過，在漫長的春天黃昏中，似乎變得難以捉摸。每個黃昏中，高年級的歌聲帶著一股憂鬱的美感充斥於校園，在大學生思想的外殼之下，內心迸裂出一股對灰色的牆垣和哥德尖塔建築，以及對這些作為對消逝年代的貨棧所代表的熱愛，寄予深厚的虔敬之心。

從他的窗戶望出去，可以清楚見到高聳入雲直通向塔頂的尖塔，尖塔最頂端處在早晨的天空中已經高到幾乎看不清，這使他意識到一個個校園身影的轉瞬即逝與無常，他們僅僅是基督使徒代代相傳的繼承者。他喜歡向上延伸的哥德式建築，尤其適合大學校園，這已經成為他個人的一個體悟。一大片綠草地無聲地開展，安靜的教學大樓伴隨著幾盞挑燈夜戰的燈光，總能激起他的想像，而高雅的大樓尖塔也就成了這個感知的象徵。

「可惡，」他大聲叫喊著，把被露水浸濕的雙手，插進頭髮裡。「明年我一定要更努力！」然而他知道尖塔與塔樓的精神可以讓他夢幻般地默許，接下來的一年將會受到它們的震懾。現在他只體認到他的自我矛盾，努力奮鬥了之後才能讓他體悟到他的無能與不足。

大學之夢繼續——醒著。他感覺到一股激動的興奮之情，也許會為他的緩慢心跳，注入一股非常的悸動。就像是一條小溪，朝它投進一顆石頭，就在石頭離開手的剎那，淺淺的漣漪也隨之消失一般。好比他從不給予，也就無需要求回報。

一個遲到的新生，走在鬆軟的小徑上，他的油布雨衣發出很大的摩擦聲響。不知道從哪裡冒出一個聲音，「把頭伸出去！」從下面的窗戶傳來。在濃霧的籠罩之下，一長串細碎的淙淙流水聲最終進入他的意識。

「噢，老天！」他突然大叫，聲音劃破寂靜。天空突然降下大雨。他動也不動在草地上躺著，雙手緊握。然後一躍而起，拍了拍身上的衣服。

「我渾身溼透了！」他大聲對著日晷說。

歷史上的一刻

大一新生那年夏天，開戰了。除了德國進軍巴黎這件事還令他感興趣之外，戰爭的一切已經吸引不了他，也引不起他的興趣了。他抱著對令人發笑的通俗劇可能會有的態度，希望這場戰爭可以打得長一些、血腥一些。如果戰爭不能繼續長久打下去，他會覺得自己像是買了觀看職業拳擊賽門票的觀眾，卻沒見到血腥搏鬥的拳擊場面而破口大罵的人。

這就是他對這場戰爭的全部反應。

「哈——哈，奧爾唐斯[1]！」

「好了，合唱隊女演員！」

「用力搖！」

「嘿，合唱隊女演員——別理會那個爛遊戲，用力搖一下屁股如何？」

「嘿，合唱隊女演員！」

指導老師無可奈何地七竅生煙，三角社社長焦慮地怒目而視，一邊大聲喝斥，一邊無精打采坐在一旁，想著這場該死的表演該如何在聖誕節巡迴演出。

「好了，現在排練海盜歌曲吧。」

合唱隊演員們使勁猛吸一口手裡的香煙，懶懶地就定位；女主角趕緊奔向前台，雙手和腳擺出撩人的姿態，當指導老師拍著手，跺著腳，嘴裡不斷唱著節奏，他們便開始跳起舞來。

三角社俱樂部活像是一個熱鬧吵雜的蟻塚。俱樂部每一年都會演出一齣音樂喜劇，帶著演員，合唱隊、管絃樂隊和布景，在聖誕假期做巡迴演出。大學部的本科生負責劇本和音樂部分，這個社團在校園裡頗具影響力，每年都有近三百個學生角逐參與。

艾莫瑞在大二那年第一次輕鬆獲選為《普林斯頓人學報》的編輯，遞補了戲劇公演一角的空缺，擔綱演出「煮沸的油，海盜隊長」這一角色。大二最後一個禮拜每天晚上，他們都會在卡西諾排演《哈——哈，奧爾唐斯！》，通常是從下午兩點排練到隔天早上八點，靠著濃烈的咖啡支持體力，白天則在課堂上打瞌睡，課間照睡不誤。卡西諾是個令人驚嘆的演出地點。像穀倉一般的寬敞大會堂，男演員們有的扮演女人，海盜或是小孩；布景仍在如火如荼地搭建中；負責操控燈光的人把怪異的光束照射在憤怒的眼睛裡，樂隊不停地調音，三角社俱樂部歡快的主旋律不停地演奏著。負責替音樂劇寫詞的男孩站在角落，嘴裡咬著筆，有二十分鐘可以考慮安可曲目；劇場經理則和俱樂部秘書在爭辯該花多少錢在「那些該死的擠奶女工的衣服」上；九十八級的老畢業生社長坐在箱子上，想著他們那個年代事情單純好辦得多。

三角社如何開始演出他們的第一齣戲始終是個謎，但不論如何誰做出最大的貢獻，就

I：奧爾唐斯・德・博阿爾內（Hortense de Beauharnais, 1783-1837），荷蘭國王路易・波拿巴之妻，拿破崙三世之母。

可以在錶鏈上多加一個黃金三角形。《哈——哈，奧爾唐斯！》一共改寫過六遍，節目單上也出現了九個合作者的名單。三角社俱樂部的劇目剛開始寫時都聲稱「很不一樣——並非一般的音樂喜劇」，但是當其他合寫的作者，社長，指導老師和其他學院委員會一起審查完之後，就只剩下一套值得信賴的老笑話和三角社俱樂部創社之初的節目。喜劇主角往往不是在巡迴演出之前遭開除、生病，就是因為其他原因而缺席，飾演合唱隊女演員負責跳芭蕾舞的黑鬍子男人，他「堅決一天不會刮兩次鬍子，真是見鬼了！」

《哈——哈，奧爾唐斯！》當中有一處精彩的地方，就是不論何時，每當深受矚目的耶魯大學「骷髏會」成員聽見普林斯頓這個神聖的名號時，他就必須退場，這是普林斯頓的一個傳統。另一項傳統就是身為「骷髏會」的成員，將來大多能功成名就，累積許多的財富、選票、債券，任何他們想要累積的東西都能夠達到。因此每一場《哈——哈，奧爾唐斯！》的演出，都會有六個席次是不售出的，他們很可能是從大街上雇來的六個面目可憎的無賴，經由三角社俱樂部的化妝師一番巧手打造令他們改頭換面。當演出進行到〈放火者，海盜頭目〉手指著他的黑色旗子說，「我是耶魯畢業生——骷髏會成員！」——這時候那六個預先安排好的無賴便會遵照指示從座位上起身，帶著憂鬱的神情和受傷的尊嚴離開劇場。雖然未經證實，但是據說那些雇來的人裡頭有個叫做艾利斯的人，當真因為受到這樣的安排自我膨脹一番。

整個聖誕假期，他們就在八個大城裡表演。艾莫瑞最喜歡的是路易斯維爾和曼菲斯這兩個城市：這些城市知道如何接待陌生人，注入獨特的活力，炫耀令人讚嘆帶有女性之美的服飾。芝加哥這個城市充滿了活力，超越了當地人的濃重口音——然而，這是個帶有耶魯味道的城市，當耶魯歡樂俱樂部將在同一個星期蒞臨演出，三角社得到的只有零星的尊敬。在巴爾的摩，普林斯頓人則覺得賓至如歸，每個人都像是在談一場戀愛。所到之處都要喝上一杯烈酒；有個人每次總會很興奮地搶到台前，聲稱他對角色的特殊詮釋需要借助酒精才能辦到。他們有三節私人車廂；然而，大家都只會睡在第三節車廂上，大夥管它叫「動物車廂」，因為那是聚集了樂隊裡帶著眼鏡的樂手。每件事情都匆匆忙忙的，根本沒時間覺得無聊，但是當他們一行人抵達費城時，假期已經接近尾聲，他們不疾不徐地擺脫鮮花和濃重彩妝，合唱團的男演員們則忙著退去束縛，好減輕腹部的痛楚，好好地喘口氣。

巡迴演出解散之後，艾莫瑞盡快動身前往明尼阿波里斯市，因為莎莉．惠勒比的表妹伊莎貝爾．伯爾吉要趁著父母出國時，到明尼阿波里斯來過冬。他對伊莎貝爾的印象停留在他初到明尼阿波里斯時，偶爾一塊玩耍的玩伴。後來她搬到巴爾的摩定居——但是自從那之後，她給人的印象還停留在過去。

艾莫瑞大步行走，充滿自信，有些緊張，卻得意洋洋。匆忙回到明尼阿波里斯，去見一個童年玩伴，似乎是一件十分有趣而且浪漫的事，他內心毫無歉意地致電母親不必等他返家……，他坐在火車裡的三十六個鐘頭裡，他想的都是自己。

「愛撫」

當三角社在做巡迴演出時，艾莫瑞接觸到當前美國最流行的活動「愛撫晚會」。沒有一個保守守舊的母親——多數的母親都是如此——會想到自己的女兒多麼隨便讓人親吻。「只有女僕才會這樣，」哈斯頓—卡麥麗太太對她那受歡迎的女兒說。「一旦她們接受親吻，接著下來就會被求婚。」

但是受歡迎的女兒在十六歲到二十二歲的年齡之間，每六個月就會訂親一次，當她準備嫁給坎貝爾與漢普貝爾公司的小開漢普貝爾時，漢普貝爾還愚蠢到認為自己是她的初戀，每次的訂婚之後，受歡迎的女兒（舞會有個不成文的規矩，喜歡適者生存，她就是這樣在舞會中被選定的）總會在月光下、火爐邊或是外面的黑暗中，跟其他人來一個感傷的最後一吻。

艾莫瑞見到那些女子，做了一些在他印象中根本不可能做的事情：跳完舞之後，凌晨三點繼續在令人難以忍受的咖啡館裡享用宵夜，一邊一本正經，一邊戲謔地談論生活各方面的瑣事，這種鬼鬼祟祟的興奮，讓艾莫瑞不禁想到道德淪喪。他從不了解這種現象究竟有多普遍，直到他把紐約及芝加哥之間的城市當作是個巨大的少年陰謀。

午後的廣場，冬天的暮色盤旋在外，樓下傳來模糊的鼓聲……，他們在大廳內昂首闊步卻又苦惱，給自己又斟了一杯雞尾酒，衣著整齊焦急等候。沒多久旋轉門轉動了，三個裹著毛皮大衣的人裝腔作勢地走進來。隨後去看了戲劇演出；挑了張桌子觀看《午夜嬉戲》歌舞表演——當然那些母親們會被單獨留在那，只有她孤單一人獨坐桌旁，但是這樣一來她的出現只會讓事情變得更具神秘與炫耀，心裡想著這種消遣不至於太糟，只不過令人相當疲憊。可是受歡迎的女兒又會再次陷入戀愛……，很奇怪，不是嗎？——雖然計程車上的空位子還有很多，受歡迎的女兒和來自威廉斯學院的男生似乎被擠出車子外頭，只得鑽進另一輛車。真奇怪！你有沒有注意到當她七分鐘後出現，受歡迎的女兒滿臉通紅？不過這位受歡迎的女兒總有辦法「掩飾」。

「美女」成了「調情者」，「調情者」卻又變成「蕩婦」。「美女」每天下午都會有五到六個訪客。如果因為某些奇怪的意外有兩個人來找受歡迎的女兒，那麼落單的那一個心裡一定很不是滋味。舞會休息時間，「美女」總會被成打的男人包圍。想要在舞會的空檔去找受歡迎的女兒，你只得**設法**去找到她。

同一個女孩……，正沉浸在叢林音樂的氛圍之下，挑戰傳統禮教。艾莫瑞每每想到他可以在八點之前把到那些受歡迎的女孩，然後在十二點之前親吻到她們，就感到十分興奮。

「我們為何會在這裡？」一天晚上，當他們在路易維爾的鄉村俱樂部外，坐在某人的豪華禮車裡，他這麼問那個戴著綠色髮簪的女孩。

「我也不知道。我全身上下都充滿著邪惡。」

「說明白一些——我們應該不會再見面。我之所以會和妳在這裡，那是因為我覺得妳是眼前最漂亮的一個。妳不會在乎是否會再見到我，對吧？」

「不是的——不過你該不會對每個女孩都這麼說？我憑什麼受到這樣的對待？」

「難道妳不覺得跳得很累，或是想抽根煙，或是有其他理由？妳只想要——」

「我們進去吧，」她突然把話打斷，「如果你想要**分析**。那我們就不要**談論**它。」

艾莫瑞見到時髦的無袖手工針織衫，就忍不住喚它們為「愛撫之衫」。這個名稱很快就在那些公子哥兒們和受歡迎的女兒們中口耳相傳。

客觀描寫

艾莫瑞如今已是十八歲的翩翩少年，有著近六呎的身高，長得很好看，卻不是傳統所認為的英俊模樣。他有張年輕的臉龐，率直的個性卻有著一雙懾人的綠色眼瞳，加上長長的眼睫毛。他缺乏某種對異性的強烈吸引力，而這種特質往往只會在那些俊男美女身上才找得到；他的個性傾向精神層面，他卻沒辦法像控制水龍頭開關一樣能夠開關它。但是人們卻很難忘懷這樣的臉孔。

伊莎貝爾

她駐足在樓梯上方。站在跳板上的跳水選手，首場演出之夜的領銜女主角和年度橄欖球賽開賽當天身材壯碩魁梧的年輕隊員，他們當時內心的激動情緒現在全都湧向她。她原本該隨著鼓聲響起或是《泰伊斯》和《卡門》的互不協調的主旋律步下樓梯。她從未對自己的出場感到好奇，她從未對她的出場感到如此滿意。她已經十六歲半了。

「伊莎貝爾！」她的表姊莎莉在更衣室門口喚她。

「我準備好了。」她覺得喉嚨好像被一團輕微的緊張堵住。

「我得叫人回去再取一雙便鞋。只要一會兒。」

伊莎貝爾朝化妝間走去，對著鏡子瞧了最後一眼，但是似乎有什麼原因讓她駐足在那兒，順著明尼哈哈俱樂部的寬闊階梯向下望。樓梯彎彎曲曲向下繞去，她似乎瞥見樓下大廳裡有兩雙男人的腳。清一色全是黑色的厚底皮鞋，沒有任何暗示能夠分辨是誰的腳，但是她迫切想要知道其中一雙是不是艾莫瑞．布萊恩的。她與這個年輕男子至今尚未謀面，卻讓她大半天時間都魂不守舍——從她到這兒來的第一天起就是如此。從火車站上了汽車之後，莎莉問了一堆問題、下評論、揭露真相、誇大事實之後，主動提到：

「妳記得艾莫瑞．布萊恩吧，**當然**。嗯，能再見到妳，他簡直要瘋了。他會在學校多待上一天，今晚就會過來。他聽說好多關於妳的事情——還說他記得妳那雙眼睛。」

這些話伊莎貝爾聽了心裡十分高興。這就把他們放在平等的條件上，雖然她有能力不需要加以渲染，就可以成功搬演她的羅曼史。但是隨著她的這股期待感帶來的喜悅顫抖之後，突來的一股沮喪感讓她忍不住開口問道：

「妳說他聽說許多關於我的事是怎麼回事？關於我哪方面的事？」

莎莉笑著。她覺得自己可以權充她那出落得標緻動人的表妹的經紀人。

「他知道妳——妳相當漂亮」——她停頓了一會兒——「我猜他一定知道妳已經被別人親吻過了。」

聽到這番話，在那件毛皮袍子底下，伊莎貝爾突然緊握起她的小拳頭。她已經漸漸習慣過去的不堪日子老是被提起，每回總會激起她同樣的憤恨感；然而——在異地的小鎮上，這無非對她的名聲有利。她是一顆「興奮劑」，對吧？那麼——讓他們去發現吧。

窗外，伊莎貝爾看見結霜的早晨，雪飄落下來。這裡比起巴爾的摩要冷得多了；她已經不記得了；旁邊的玻璃門都結霜了，窗戶的角落裡也都堆滿了雪。可是她的心理只想著一件事。他跟那裡的男孩子穿著同樣的衣服嗎？靜靜地走在繁忙的街道，腳上踩著鹿皮軟鞋，**他**身上穿著冬季嘉年華會的行頭？多麼充滿**西部風格**啊！當然他不是這樣的人：他念普林斯頓，現在應該是大二了吧。說真的，她對他並沒有特別的想法。有的只是在那本陳舊的相簿裡頭，蒐藏的一張陳年的照片，照片裡那個令她印象深刻的男孩有著一雙大眼睛（現在那雙眼睛說不定更加吸引人了）。不論如何，在最後一個月，當她決定利用寒假拜訪莎莉時，他就已經假想作為一個旗鼓相當的對手該是什麼模樣。孩子們則是最精明的月老，他們迅速策劃活動，莎莉則是扮演一個聰明的傳信人角色，激起伊莎貝爾容易激動的個性。伊莎貝爾在某些時候會表現出激烈的情緒，即使只是非常短暫的片刻……

他們的車停在那棟寬闊的白色石頭建築物旁，與積雪的大街相隔一段距離。惠勒比太太熱情地迎接她，幾個有禮節的年輕表弟妹不好意思地從角落裡出來。見到他們後，伊莎貝爾得體地與他們打招呼。她盡其所能拉攏那些初次見面的親戚——除了年齡較長的女孩和其他女人。她刻意去營造給人的印象。那個早上才與她初相識的六個女孩，都因為她的直率的個性和她的名聲一樣出名，而感到印象深刻。艾莫瑞．布萊恩是個公開討論的話題。很明顯地大家對他帶有一點愛意，既不是很受歡迎，也不是不受歡迎——每個在場的女孩似乎或多或少都跟他有過誹聞，可是卻沒有人自願提供有利的消息。他將為她陷落愛情的漩渦……，莎莉已經把這番話告訴她那些年輕的姊妹淘，她們的目光也都緊盯著伊莎貝爾不放，一有任何動靜，就立刻回報給莎莉。伊莎貝爾偷偷下定決心，如果有必要，她會**強迫**自己去喜歡他——她覺得自己虧欠莎莉。如果不這麼做，莎莉肯定會很失望。莎莉把他描繪得多麼好——他很英俊，而且「小有名氣，如果他想要出名的話」，很會說情話，卻對感情不怎麼專一。事實上，以她的年紀和環境來說，驅使她對一切浪漫產生林林總總幻想的人莫過於艾莫瑞。伊莎貝爾納悶樓下的柔軟地毯上，遲疑地跳著狐步舞曲的雙腳是否就是他。

說真的，對伊莎貝爾來說，所有的印象和想法都令她眼花撩亂。她身上帶有一種社交及藝術特質的奇妙混和，這兩種性格特質往往可以在兩類人身上找到，一類是社交名媛，另一類則是女演員。她的教育，說得確切一點，她的老練態度，可以說都是從那些繞著她打轉的男孩身上所汲取來的。她的圓滑世故出於本能，而她談情說愛的能力僅僅受限於電話線範圍所及的另一端有情人的數目。她那雙深棕色的大眼睛，閃動著媚人的笑容，並透過她的肢體強大的吸引力散發出來。

那天晚上，她站在樓梯上等待，等人送來她的便鞋。正在她開始感到不耐煩時，莎莉從化妝間走出來，如同往常笑容滿面，精神抖擻，她們倆便一塊下樓去，此時伊莎貝爾的心裡突然閃現兩個念頭：她很高興自己今晚顯得閃亮動人，另外一個念頭就是，不知道他的舞跳得好不好。

樓下是俱樂部裡的寬敞舞廳，她被下午見過面的那些女孩們包圍了一會兒，便聽見莎莉不斷叫著一串名字，然後朝六位身穿黑色與白色衣服的拘謹男子且似曾相似的身影鞠躬。其間似乎有人呼喊布萊恩這個名字，她起初並沒有看見他。一股困惑、洋溢著青春的笨拙時刻，緊接著連串的倒退與碰撞，每個人都發現自己正在跟一個他們最不太情願面對的人說話。伊莎貝爾和一個過去她曾跟他玩過跳房子遊戲的男生，哈佛大學的大一新生佛格．派克，一起穿過人群在階梯上找了地方坐下。他們幽默地談起過去，這正是她現在需要的。伊莎貝爾的交際手腕十分高明。首先，她不斷用一種熱情洋溢的女低音聲調，外加上帶點南方口音的腔調說著話；然後把說過的話放到一邊讓別人去說，自己只是笑看著——她那笑容令人神魂顛倒；然後把同一番話換一種方式談，就像是在玩一種心理戰術，而這個交談不過是名義上的一個幌子。佛格被迷倒了，完全沒發現伊莎貝爾這個把戲並不是為了他，而是那個頭髮仔細抹了水、梳得閃亮，以及閃爍著綠色眼睛，站在她左邊不遠方向的男子，伊莎貝爾此時看見了艾莫瑞。作為一個演員，即使意識到自己充滿魅力而羞得滿臉通紅，仍會對那些前排的人有深刻的印象，因此伊莎貝爾開始偷偷打量著對方。首先，他有著一頭紅髮，而從她失望的感覺看來，她知道她預期對方會是個深色頭髮，像廣告上看到的那樣，身材纖瘦……，至於其他部分，他的臉色微微泛著紅暈，身材挺拔，帶著浪漫氣息的形象；一套合身的西裝，帶有褶邊的絲質襯衫，這是女人所樂見男士穿在身上的穿著，但是男人們卻開始對這樣的穿著感到厭煩。

在被盯著瞧的當兒，艾莫瑞安靜地看著。

「難道**你**不這麼認為？」她突然開口說話，轉向他，一副無辜的眼神。

一陣小騷動過後，莎莉領著他們到餐桌去。艾莫瑞坐往伊莎貝爾的身邊，小聲地說：

「你是我的晚宴搭檔，你知道的。我們都被教導要替對方著想。」

伊莎貝爾倒抽一口氣——這正中她的下懷。但是她卻彷彿感覺到絕佳的台詞從明星手裡被取走，交給了另一個小角色……，她不能讓對方搶盡鋒頭。為了誰該坐在哪裡，晚餐桌上笑聲不斷，不久所有好奇的眼光轉向她。伊莎貝爾非常樂在其中，而佛格．派克因為全神貫注在耀眼的伊莎貝爾身上，忘了替莎莉拉開椅子，因而陷入一陣困惑之中。另一方面，艾莫瑞則充滿了自信和虛榮，公然愛慕地望著她。他直言不諱地說話，佛格也是：

「妳還紮著辮子的時候，我就聽說很多關於妳的事——」

「今天下午不是很有趣嗎——」

兩個人停下來。伊莎貝爾害羞地轉向艾莫瑞。從她臉上的表情看得出來她的心意，但她還是決定說出來。

「怎麼知道的，誰告訴你的？」

「從每個人那裡聽來的——自從你離開之後，這幾年還是聽得到你的事。」伊莎貝爾滿臉通紅。在她右手邊的佛格此刻像是**失去戰鬥力的人**，儘管他自己還不明白是怎麼回事。

「我會告訴妳這幾年來，我所記得妳的事，」艾莫瑞接著說。她微微向他身上靠過去，優雅地看著眼前的芹菜。佛格嘆著氣——他了解艾莫瑞，他似乎天生擁有應付這類場面的能力。他轉向莎莉，問她明年是否會到外地求學。艾莫瑞連珠砲似地說個不停。

「我想到一個形容詞很適合你。」這是他最拿手的開場白——其實他的心裡頭還沒想到任何隻字片語，只不過這個說詞引人好奇，想知道他接下來要說些什麼，不過要是真的逼急了，他還是可以說出些恭維的話來。

「噢——什麼？」伊莎貝爾一臉好奇問道。

艾莫瑞搖搖頭。

「我對妳還不是很了解。」

「你能不能晚點——再告訴我？」她半小聲地說。

他點點頭。

「我們到外面坐。」

伊莎貝爾點點頭。

「有人對你說過，你有一雙深邃的眼眸？」她說。

艾莫瑞試著讓自己的眼睛看上去更深邃。他假想著，但是並不十分確定，桌子底下，她的腿剛才好像碰了他一下。或許可能只是桌腳。艾莫瑞自己也分不清楚。但這依舊令他十分雀躍。他腦中閃過一個念頭，不知在樓上找一個幽靜的小房間難不難。

林中女孩

毫無疑問伊莎貝爾和艾莫瑞稱不上純真，也不能說他們倆十分厚臉皮。此外，對他倆正在進行的遊戲來說，外行人的勝算不大，這個遊戲可能在今後多年，成為她主要的研究方向。她跟他一樣都是因為姣好的外貌和令人覺得興奮的氣質而開始這個遊戲，遊戲的其餘部分則是從那些受歡迎的小說，或是年代久遠的小說選集裡所收集到的更衣室裡的對話所導致的結果。伊莎貝爾於九點三十分時步伐顯得故作姿態，她那雙大而明亮的眼眸則顯示出她的天真，艾莫瑞可沒有被那雙眼睛矇騙。他等著她摘下面具，同時也沒有質疑她擁有戴著面具的權利。對她來說，艾莫瑞那種世故精明的態度並未讓她印象深刻。她待過大城市，對男女交往的情事稍微佔些優勢。但她卻十分欣賞他裝腔作勢的姿態——這是男女交往過程中的其中一個小伎倆。他知道自己現在受到特別的青睞是因為她受過訓練。目前看來，他處在一個絕佳的遊戲之中，必須在喪失優勢之前，給自己多製造一些機會。他們倆耍著無數的小詭計，這或許會嚇壞她的父母。

晚餐過後，舞會順利……開始。順利？——每隔幾步就會有男孩們想跟伊莎貝爾共舞，在角落相互口角：「你得讓我再靠近一點！」或是：「她也不喜歡這樣——她說下次我可以截舞。」沒錯——她對每個人都這麼說。跳完舞後，她都會緊緊握住每雙手說：「你的舞讓我的這個夜晚更加豐富。」

但是隨著時光流逝，兩個鐘頭過後，再遲鈍的公子哥兒都該知道把自己假裝很熱情的雙眼投向別處，因為十一點鐘時，伊莎貝爾和艾莫瑞被發現坐在樓上書房旁的小房間內的沙發上。她知道他倆是天造地設的一對，似乎適合在這裡獨處，沒有樓下閃耀的燈光，以及喋喋不休的吵雜聲。

經過房門口的男孩們看見他們，個個看了十分嫉妒——女孩們經過見到只是笑著，皺著眉頭，心裡也就明白了。

他們倆現在都來到一個確定的階段。自從上次見面後，他們彼此交換了這些日子以來兩人的改變，她聽著許多早已聽說過的事。他是大二的學生，是《普林斯頓人學報》的編輯委員之一，高年級有希望晉升為總編。他知道伊莎貝爾在巴爾的摩交往的男孩們都是「興奮劑的愛好者」，帶著興奮的狀態前來跳舞；他們多數年紀約在二十歲上下，開著招搖的紅色斯圖茲汽車。其中大半的人從各個高中和大學退學，有些則在運動方面小有名氣，這點倒是令艾莫瑞佩服伊莎貝爾。事實上，伊莎貝爾跟大學的密切關係才正要開始。許多跟她有點頭之交的年輕人，都認為她「很漂亮——會讓人忍不住多看兩眼」。若把這些名字串起來，就連維也納貴族聽了也會感到驚歎。這便是坐在沙發上的年輕女低音展現吸引力的本事。

他問她會不會覺得他很自負。她說自負跟自信很不同。她欣賞有自信的男人。

「佛格是你的好友嗎？」她問道。

「很好的朋友——為什麼問？」

「他不怎會跳舞。」

艾莫瑞笑笑。

「跟他跳舞的女孩像是貼在他的背上，而不像是攬在他的臂彎裡。」

她覺得他的描述很貼切。

「你很擅長評價別人。」

艾莫瑞想反駁，但他繼續批評了幾個她身邊的男生。然後話題便轉到手上面。

「你的手指很修長，」她說。「看上去好像很會彈琴，你會彈琴嗎？」

我提過他倆現在來到一個確定的階段——不只是如此，而是一個更關鍵的時刻。艾莫瑞多留下來一天跟她相處，他要搭當天晚上十二點十八分的火車離開。他的皮箱以及行李已經在車站，口袋裡的懷錶開始顯得沉重。

「伊莎貝爾，」他突然說道，「有件事我想告訴妳。」他們倆當時正輕鬆談起伊莎貝爾「眼神中帶著有趣的表情」，她突然從他態度的轉變猜到有事情即將發生——沒錯，她其實也好奇這個時刻什麼時候會到來。艾莫瑞把手伸向頭頂，關掉電燈，現在他們倆完全處在黑暗中，除了書房那盞檯燈從門縫透出的紅色光芒。接著他便說：

「我不知道妳是否已經猜到——我想說些什麼。天啊，伊莎貝爾——這**聽起來**很像笑話，但是它不是。」

「我知道，」伊莎貝爾輕聲地說。

「或許我們倆不會再有機會像這樣見面——有時候我的運氣不怎麼好。」他的身體從她身旁移開，靠到沙發的另一邊扶手，然而她在黑暗中可以清楚看見他的眼睛。

「你會再見到我的——傻瓜。」最後那個字眼口氣有些重——因此聽上去倒像是撒嬌的字眼。他繼續壓低音量說：

「我喜歡過不少——女孩——我猜妳也愛過不少——男孩，我是指，老實說，妳——」他突然停了下來，傾身向前，雙手貼著下巴：「噢，那有什麼用——妳走妳的路，我想我也會走我的路。」

一陣沉默後。伊莎貝爾有點激動；她把手帕揉成一團，藉著投射在她身上微弱的光線，可以見到她故意將揉成一團的手帕扔往地上。他倆的雙手立刻碰觸在一起，但卻沒有交談。沉默變得更頻繁，更耐人尋味。外頭一對伴侶上樓來，在隔壁房間試著彈奏鋼琴。在慣有的前奏〈筷子之曲〉之後，其中一個人開始彈奏起〈林中女孩〉，輕柔的男高音緩緩唱出的歌詞傳入僻靜的書齋：

「把你的手給我——
我將明白
我倆將朝向夢鄉前去。」

伊莎貝爾輕輕哼起歌來，當她感到艾莫瑞的手緊握住她時，她顫抖著。

「伊莎貝爾，」他輕輕呼喚。「妳知道我為妳瘋狂。妳也**當真**在乎我。」

「是的。」

「妳有多在乎我——妳心裡愛著其他人嗎？」

「沒有。」他幾乎聽不見她的回答，儘管他緊靠著她，感覺到臉頰上她的氣息。

「伊莎貝爾，我得回學校去，待上漫長的半年，我們何不——留下一件讓我難以忘懷的回憶——」

「把門關上……」她突然發出聲音，因此他不確定她是否真的開口說話。他輕輕關起門，音樂就在門外迴盪。

「月光皎潔，
給我一吻，讓我進入夢鄉。」

多美妙的歌曲，她心想——今晚的一切是如此美好，最重要的是房間裡這一幕浪漫場景，還有緊握的雙手，動人的一幕不由自主地愈來愈接近。她未來的人生遠景似乎像是連串沒有結束的場景：在月光下、在隱約的星光裡、豪華禮車後座、在濃密的樹蔭下停著低矮舒適的敞篷車裡——只有男主角或許會不同，眼前的這個多麼帥氣啊。他輕柔地握著她的手。傾刻間，他拉過她的手，湊到自己的唇邊，吻著她的掌心。

「伊莎貝爾！」他的輕聲呼喚混和著音樂，他倆似乎貼得更緊密了。她的呼吸變得急促。「我可以吻妳嗎，伊莎貝爾——伊莎貝爾？」她的雙唇微張，黑暗中，她把頭靠向他。

突然一陣吵雜聲和一連串腳步聲，向著他們的方向而來。艾莫瑞倏地站了起來，打開燈。門突然打開，出現了三個男孩，氣呼呼、急著想要跳舞的佛格也在其中衝了進來，艾莫瑞卻已經坐在那裡翻閱著桌上的雜誌，伊莎貝爾則是鎮靜地坐著，泰然自若，絲毫不覺得難為情，甚至還對著他們微笑。但其實她的心在怦怦跳著，感覺彷彿被剝奪了一個機會。

很明顯地機會不再。大家爭著要求跳舞，他倆相互交換了眼色——他感到絕望，她則感到十分遺憾，接著夜晚回到先前的模樣，那些公子哥兒們的疑慮消除後，便是無止盡的邀舞。

差十五分就要十二點了，艾莫瑞在一群祝他好運的人之間，跟伊莎貝爾握手，表情嚴肅。霎時艾莫瑞喪失了他的理智，伊莎貝爾也亂了方寸，因為人群之間隱約出現一個聲音語帶諷刺說道：

「帶她到外頭去，艾莫瑞！」他握著她的手，輕按了一下，她也緊握他的手作為回應，如同那天晚上她緊握著其他二十雙手那樣——就這樣而已。

兩點鐘時，返回惠勒比家時，莎莉問她跟艾莫瑞是否在小房間裡共度了「美好時光」。伊莎貝爾沒有任何回應。她的雙眸閃爍著理想主義的光芒，如同聖女貞德一般不容褻瀆的夢想家。

「沒有，」她回答道。「我不再做那種事了；他對我提出要求，但是我拒絕了他。」就寢後，她心想不知道明天他會怎麼交代他的遭遇。他的雙唇真美——她會不會——？

「十四個天使正看顧著他們，」莎莉在隔壁房間慵懶地唱著。

「該死！」伊莎貝爾喃喃自語，一面把枕頭拍打蓬鬆，然後慢慢鑽進冰冷的床單裡。

「該死！」

狂歡

艾莫瑞為了處理《普林斯頓人學報》的事務，回到了學校。少數幾個諂媚的勢利鬼，嘗試在成功的溫度計上微微取得平衡，隨著社團幹部選舉日子的接近，對艾莫瑞表現得十分熱情。幾個高年級班級的學長也為此拜訪艾莫瑞跟湯姆，他們一臉尷尬地進來，斜倚在家具的邊緣，他們什麼話題都談，就是不談令人感興趣的話題。艾莫瑞望著那些投射在他身上的熱切眼光感到十分有趣，如果來訪的人代表了他不感興趣的社團，他總喜歡說些不正經的話，嚇嚇他們，藉此替自己找樂子。

「噢，我瞧瞧——」一天晚上，他對一個目瞪口呆的社團代表這樣說，「你代表哪一個社團？」

如果來的是常春藤、小村舍或是老虎客棧的社團代表，他總會自在地扮演「有禮、純潔與天真的男孩」，並裝作一副不懂對方來意的樣子。

三月初，當那個關鍵的早上來到，整個校園陷入歇斯底里的狀態，艾莫瑞跟艾列克．康納吉一起悄悄溜進小村舍，望著他那些突然感到驚訝與激動的同學。

一些善變的團體穿梭在各個社團間；還有那些認識才兩三天的朋友，淚眼汪汪地相約要參加同一個社團，沒有什麼可以把他們分開；還有那些長期壓抑的憤怒，例如突然名聲大噪的人憶起大一時受到的怠慢，如今都被披露出來。有些默默無聞的人在收到垂涎已久的社團邀請函時，身價會突然提高；還有其他自以為「搞得定一切」的人，沒料到自己竟然會樹敵，感到自己一籌莫展，遭到遺棄，激動地說著要退學。

在他的小圈圈裡，艾莫瑞見到有人因為戴了綠色帽子，被排拒在外，或是成為「該死裁縫師的假模特兒」，或是「動不動就提到天堂的事」，以及一夜狂飲後「一點都不像一個紳士，老天」，還有除了反對票的操縱者外，無人知道那些深不可測秘密的人。

這種充滿社交意味的狂歡，在拿索客棧的大型派對上達到高峰，大碗裝的潘趣酒分給每個人喝，整個客棧樓下變成了一個狂亂的場面，人群穿梭不斷，聲音不斷叫囂。

「嗨，迪比——恭喜！」

「好小子，湯姆，你在禮帽社團認識一幫人。」

「就是說嘛，克瑞——」

「噢，克瑞——我聽說你跟一群舉重的傢伙到老虎客棧！」

「唔，我可沒到小村舍去——那是花花公子找樂子的地方。」

「他們說歐佛頓拿到常春藤社團的邀請函時昏了過去——他在第一天就簽名加入了嗎？——噢，不。他匆忙騎上腳踏車上趕往穆瑞．道吉大樓——恐怕他們搞錯了。」

「你怎麼進禮帽社團的——公子哥兒？」

「恭喜！」

「恭喜你自己吧。聽說不少人擁戴你。」

酒吧打烊後，派對人潮分散成幾個團體，蜂湧而出，哼著歌，擠滿了被雪覆蓋的校園，在虛幻的氣氛中，勢利與緊繃氣氛終於結束，接下來的兩年他們大可為所欲為。

之後，艾莫瑞回想起來，大二春分的學期，是他這輩子最快樂的日子。理想跟現實生活配合得很好；他只想隨波逐流，做白日夢，跟十來個新結交的朋友消磨四月午後的時光。

一天早上艾列克．康納吉跑到艾莫瑞的房間，把他從陽光和窗子上閃爍著坎貝爾樓獨特的光暈中喚醒。

「起床，沒罪惡感的傢伙，快點梳洗。半個鐘頭後在朗威克咖啡館前集合。有人弄到車囉。」他拿起衣櫃的蓋布，小心翼翼放置好，連同其他的小擺設放在床上。

「你們從哪裡弄來車子？」艾莫瑞不懷好意地問。

「這是秘密，不過你別太多嘴，否則不讓你去！」

「我寧可睡覺，」艾莫瑞平靜說完，拉起被子，把手伸向床邊點起煙來。

「睡覺！」

「有何不可？我十一點半才有課。」

「真是的！當然，如果你不想到海邊——」

艾莫瑞從床上跳起，衣櫃蓋布上的小擺設散落一地。海邊……，他很久沒有去了，自從上回跟母親一塊旅行以來。

「還有誰要去？」他一邊問，一邊穿內褲。

「噢，迪克・亨博德、克瑞・赫拉岱、傑西・佛瑞比——唔，大概五六個人吧。動作快，小老弟！」

十分鐘後，艾莫瑞在朗威克吃起玉米片，九點三十分一夥人快樂地出城去，向著狄爾海灘出發。

「你知道，」克瑞說，「這輛車打南方來的。老實說，車子是一個不知名的傢伙從艾許布里公園偷來的，後來他把車子丟在普林斯頓，逃到西部去了。沒心肝的亨博德經過市議會許可才弄來這輛車。」

「誰身上有錢？」佛瑞比從前座回過頭說。

大夥異口同聲說沒有。

「這下可好。」

「錢——什麼錢？我們可以把車賣了。」

「把它當成急難救助金或其他什麼的。」

「我們拿什麼買東西吃？」艾莫瑞問道。

「說真的，」克瑞邊回答，邊看了艾莫瑞一眼，「你對克瑞要活過短短三天的能力感到懷疑嗎？有些人沒東西吃照樣可以活好幾年。讀讀《童子軍月刊》吧。」

「三天，」艾莫瑞想了一會兒，「我還得上課勒。」

「其中一天還是安息日。」

「還是一樣，我不能翹課超過六堂，學期還有一個半月結束。」

「把他扔出去！」

「走回去的話可遠得哩。」

「艾莫瑞，你沒別的詞可用吧，我可以造新的詞。」

「你要不要找點麻醉劑，艾莫瑞？」

艾莫瑞不想再爭辯，望著風景陷入了沉思。史汶彭恩的詩句倒是很符合目前的心境。

噢，冬雨和毀滅終於消逝了，
　連綿不絕的積雪和罪過；
這種天，戀人們各據一方，
　光芒消逝，黑夜取得了勝利；
時間記得的是被遺忘的憂傷，
冰霜消逝與花兒綻放，
綠色的灌木，覆蓋著
　朵朵綻放的花朵，開始這個春季。

奔流溪水滋養著花朵——

「怎麼了，艾莫瑞？艾莫瑞正在想著詩句，關於美麗的鳥以及花朵的詩。我可以從他的眼神察覺到。」

「沒有啊，我沒在想詩，」他撒謊。「我在想《普林斯頓人學報》。今天晚上本來要編輯；但我想我可以打個電話回去。」

「噢，」克瑞肅然起敬地說，「這些重要人物——」

艾莫瑞臉紅了，他好像看到被擊敗的對手佛瑞比的眉頭皺了一下。當然，克瑞只不過是在開玩笑，但他真的不該提起學報的事。

這一天真是美好時光，當他們接近海濱，鹹鹹的海風吹來，他開始描繪著大海和綿延的沙灘，以及俯視著藍色大海的紅色屋頂。接著他們匆匆越過小鎮，情感的偉大讚歌突然閃過艾莫瑞的意識……

「噢，老天！快**瞧**！」他大叫。

「什麼？」

「快讓我下車——我有八年沒見到海了！嘿，先生，快停車！」

「真是個怪胎！」艾列克說。

「我也覺得他是有點怪。」

車子被迫停在路邊，艾莫瑞一路奔向海濱的步道。首先映入眼簾的除了藍藍的大海，接著便是它的浩瀚無邊，以及不斷翻湧的海浪——這是一般人對大海的陳腐印象，但是倘若有人告訴他大海不過是如此這般，他鐵定會瞠目結舌。

「我們現在得吃點東西，」克瑞邊發出命令，邊跟大夥一塊走。「行行好，艾莫瑞實際點回到現實世界來吧。」

「我們先試試最高級的飯店，」克瑞繼續說，「然後再做打算。」

一行人沿著海濱步道走，看見一間最大間的飯店，便進入了餐廳，找了張桌子坐下來。

「八杯布隆克斯雞尾酒，」艾列克開始點餐，「還要一個總匯三明治和薯條。這是一人份。給其他人也準備同樣一份。」

艾莫瑞吃得不多，找了一個可以看海的位置坐下，感覺海浪的起伏。吃完午餐，大夥安靜地抽著煙。

「帳單呢？」

其中一個人瞄了一眼帳單。

「一共是八塊二角五分。」

「有那麼貴。我們只付給他們二塊，再給侍者一塊小費。克瑞，把零錢湊一湊。」

侍者走過來後，克瑞表情嚴肅遞給他一塊美元，另外二塊美元則用來付賬，轉身就走。他們從容地走到門口，過了一會兒侍者一臉起疑，追了上來。

「先生，好像搞錯了。」

克瑞拿起帳單仔細瞧。

「沒有不對啊！」他說，嚴肅地搖搖頭，然後把帳單撕成四半，把碎片交給侍者，只見侍者一動不動站著，目瞪口呆，面無表情看著他們大搖大擺走出去。

「他不會找人來追我們嗎？」

「不會，」克瑞說：「有一分鐘時間，他一度以為我們是老闆的兒子之類的吧；然後他會再核對帳單一次，通知經理，這時候——」

他們把車子留在艾許布里，改搭電車到艾倫荷斯特，擠進擁擠的亭子裡跟著賞景。四點鐘一到，到用餐室享用點心，這次，他們可以支付的錢更少了，大概是他們這一群人的外表和**本領**使得事情如預期發展，沒人向他們追討未付清的費用。

「你瞧瞧，艾莫瑞，我們成了馬克思社會主義者，」克瑞解釋道。「我們不信什麼資產，考驗它的價值。」

「當心夜路走多，」艾莫瑞說。

「好好看著，相信赫拉岱。」

五點三十分大夥恢復力氣，搭著手臂，一字排開在海濱步道來回閒逛，吟唱著傷心海浪的單調小曲。就在這時候，克瑞突然認出人群中的一張臉孔，吸引他的注意衝了過去，不久便帶著一位女孩過來，艾莫瑞覺得他從未見過相貌如此難看的女孩。她有著一張蒼白突出的大嘴唇，還有一排突出的大牙，眼睛有點斜視，斜睨著鼻子的另一側。克瑞正式介紹彼此認識。

「卡魯卡家族，夏威夷女王！我向你介紹這幾位是康納吉、史婁恩、亨博德、費瑞比和布萊恩。」

女孩依次向他們行屈膝禮。可憐蟲，艾莫瑞心想她這輩子可能沒有像今天這般受到注意——說不定她腦袋有問題。她在旁作陪時（克瑞邀請她一塊吃晚餐），她不發一語，所以無法證明艾莫瑞的假設。

「她喜歡吃本地菜，」艾列克表情嚴肅對侍者說，「食物不必弄得太細緻。」

一頓晚餐下來，克瑞畢恭畢敬對她說話，忙著跟坐在他對面的女孩獻殷勤，她則笑嘻嘻地咯咯發笑。艾莫瑞心滿意足坐著觀看眼前這齣戲，想著克瑞這會兒是多麼歡喜，可以把一個平凡事件變成一場曲折離奇的戲。他們或多或少都有這樣的潛力，跟大夥在一起令他覺得放鬆。艾莫瑞通常習慣與人個別相處，他害怕跟一大群人一塊，除非這一群人十分擁戴**他**。他奇怪每個成員對團體的貢獻為何，因為精神上每個人多少要付出一點。艾列克和克瑞有這方面的特質，可是卻成不了團體的中心人物。從某方面來說，安靜的亨博德和迫不及待表現出傲慢的史婁恩，反倒能成為領導的中心。

大一那年，艾莫瑞就看出迪克．亨博德擁有完美的貴族氣質。他身材修長卻很結實——留著一頭黑色捲髮，五官端正，皮膚稱得上黝黑。他說的每句話常令人難以理解，卻十分恰如其分。他勇氣過人，才智一般，具有榮譽感，明顯帶有魅力與貴族的高尚想法，和一般的正義感不同。他可以表現得放蕩，卻不會因此收不回來，就連他最放浪形骸的冒險似乎從來不會「用盡」。大家穿得像他，試著學他說話的模樣……，艾莫瑞相信他可以

I：原文為法文 savoir-faire。

阻止世界前進，但他卻絲毫改變不了亨博德⋯⋯

不同於中產階級基本上給人勤奮的健康形象——他似乎從來不需要辛苦幹活。有些人在車子往返之間是不會與司機熟稔的；亨博德卻與一個黑人在雪莉餐館用餐，然而人們竟也不知怎地知道這麼做並沒有什麼大不了。他不是個勢利鬼，雖然班上同學他只認識半數。他的朋友三教九流都有，但要跟他「交朋友」是不可能的。僕人們崇拜他，當他是神。他彷彿是上流階級人士試圖要成為的永恆榜樣。

「他像是《倫敦新聞畫報》上刊登的照片裡，那些被殺的英國軍官，」艾莫瑞曾對艾列克這麼說過。

「唔，」艾列克回答道，「告訴你一個驚人的事實，他的父親其實是雜貨店夥計，靠著在塔科瑪炒房地產起家，十年前選在紐約落腳。」

艾莫瑞不禁感到十分好奇。

目前這種結黨的型態是因為在社團選舉過後，一個班級的人集結在一塊的緣故——彷彿要做最後的一搏，團結一塊，擊退社團的緊繃氣氛。這就像是從原本嚴格遵守規定的傳統高度一路下滑。

晚餐過後，他們送卡魯卡走在海濱步道，然後沿著海灘，漫步回艾許布里。傍晚的海呈現出不同的風貌，大海的顏色和白天令人愉快的情緒都已經消失無蹤，似乎替北歐傳奇的哀傷更增添了荒涼的氣氛；艾莫瑞想到吉卜林的詩句：

海豹獵殺者來之前的陸坎那海灘。

它仍是一種音樂，儘管聽起來有無限的哀傷。

十點鐘時，他們身上身無分文。他們用僅剩的一角一分錢，吃了頓豐盛晚餐，然後唱著歌，穿過海濱步道上的涼棚和燈火通明的拱門，停下來恣意地欣賞樂團的演奏。克瑞拿出法國戰爭遺孤的一個紀念品換得了一塊兩角，拿著這筆錢，他們買了白蘭地，以免在夜裡著涼。在這一天的尾聲，他們去看了場電影，內容是經典喜劇，眾人發出一陣陣的爆笑聲，驚擾了其他觀眾，令他們感到惱火。他們的進場明顯是經過計畫的，因為每個人入場時，都急著指向跟在他後面的那個人。等其他人都已經進場後，史婁恩因為殿後成了眾矢之的，卻急著否認一切；接著收票員氣呼呼地衝進來，史婁恩還表現出若無其事的模樣跟在後面。

看完戲之後，他們在夜總會旁集合，商討如何過夜。克瑞糾纏著值班人員讓他們睡在表演台上，把從貨攤上收集來的成堆地毯當成床墊和蓋毯，他們一直聊到午夜，然後平靜地進入夢鄉。雖然艾莫瑞極力不讓自己睡著，想要望著明月從海面上落下。

他們一行人就這樣度過了兩天快樂的日子，搭電車或是汽車到海邊遊玩，或是走在人潮洶湧的海濱步道；有時候吃得很豐盛，但大部分時候都吃得很節儉，讓絲毫沒起疑的餐廳老闆買單。八個人各自在快速沖洗店內照了照片。克瑞堅持大夥一起拍張橄欖球「校隊」的合照，然後又拍張紐約東區的強悍幫派模樣照片，把外套反過來穿，他自己則坐在硬紙版製成的弦月中間的位置。拍照者還來不及拍好照片——至少，他們也不在乎是不是擺好了姿勢。天氣十分晴朗，他們又再度露宿街頭，艾莫瑞再度不情願地進入夢鄉。

星期日打破了冷淡與尊敬，連大海都彷彿發出咕噥和抱怨聲，因此他們決定返回普林斯頓，攔了路邊一個個經過的農夫們的福特汽車，忍著感冒造成的劇烈頭疼，除此之外，這回幸好沒有鬧出比這趟外出浪遊更糟的事來。

艾莫瑞比起上一個學年更加不在乎他的功課，但他不是刻意不用功，而是懶惰，因為受到了其他興趣干擾的緣故。座標幾何學和高乃依[1]與拉辛[2]的憂鬱六音步詩對他的吸引力很小，甚至連他當初非常期待學習的心理學，到頭來也只是一門沉悶的科目，內容不乏討論一些肌肉的反應和生物詞彙，而不是學習人類的性格及其所帶來的影響。那堂課開在中午，總是無聊的令艾莫瑞瞌睡頻頻。自從發現「既是主觀也是客觀，先生」這句話很好用之後，幾乎所有的問題，他都用這個答案，尤其是老師又準備問他問題時，佛瑞比或是史婁恩用手肘推醒他後，他氣喘吁吁地說的也是這句話，而鬧出了班級間的大笑話。

通常在橘郡或是新澤西的海邊會舉辦較多派對，紐約和費城就比較少，不過有個晚上他們一夥人從查爾茲酒吧找來十四個女服務生，帶她們坐在巴士上層，行駛在第五大道上。他們翹了太多課，這意味著來年他們必須多修一門課，但是春天真是大好時光，任何事都不能干擾他們享受多姿多采的漫遊。五月時，艾莫瑞被選為大二的年級舞會統籌，在跟艾列克長談一整夜之後，他們擬定了一份高年級學生會的暫定名單，他們認為自己肯定會當選。高年級學生會可能會由這十八個最具代表性的學生所組成，考慮艾列克對於橄欖球隊的管理能力，以及艾莫瑞擊敗伯恩．赫拉岱，擔任《普林斯頓人學報》的主編，他們的這個推測似乎很有道理。奇怪的是，他們倆都把德尹維里哀列入可能的名單中，這個猜測換作一年前出現，可能會令同學們張口結舌。

整個春天中，艾莫瑞與伊莎貝爾．伯爾吉斯仍斷斷續續保持書信往來，他們在劇烈的爭吵之後，便中斷了書信，最後因為艾莫瑞想替他對伊莎貝爾的愛意找些新的字眼時，又恢復了通信。但他發現伊莎貝爾的信總是不會感情用事，而且用字謹慎小心，因此感到很惱怒。然而，他還是懷抱一絲希望，希望伊莎貝爾不會成為繁花似錦畫面中一朵格格不入的花朵，而是像在明尼哈哈俱樂部裡那樣地自在熱情。五月時，艾莫瑞幾乎每天晚上都會寫上三十頁的信給伊莎貝爾，把信封塞得鼓鼓的，信封外還標註上「第一部分」和「第二部分」。

「噢，艾列克，我對大學生活已經感到十分厭倦，」他倆一塊在黃昏時散步時，他難過地說。

「在某方面來說，我也厭倦了大學。」

1：皮埃爾．高乃依（Pierre Corneille, 1606-1684），十七世紀法國古典主義悲劇作家。

2：尚．拉辛（Jean Baptistte Racine, 1639-1699），法國劇作家，與高乃依和莫里哀合稱十七世紀最偉大的三位法國劇作家。

「我希望能夠在一個鄉間組織一個小家庭，那是個溫暖的地方，有妻子，讓我的日子不再墮落。」

「我也是這麼想。」

「我想要退學。」

「你的女友怎麼說？」

「噢！」艾莫瑞一時間害怕地倒抽一口氣。「她連結婚都不考慮在內……，至少不是現在。將來或許有可能，你知道的。」

「我的女友會跟我結婚。我已經訂婚了。」

「你說真的？」

「是啊。千萬別對任何人說。我明年或許不會回來學校了。」

「可是你才二十歲！就這麼放棄念大學？」

「有何不可，艾莫瑞你不是才說——」

「沒錯，」艾莫瑞打斷，「但我只是隨口說說。不是真的想放棄念大學。我只是在這些美好的夜晚裡覺得感傷。我只是感傷時光飛逝，沒有好好利用這些夜晚。我希望和女友住在這裡。但是結婚——不可能。特別是我的父親不能像從前那樣供應我的生活費。」

「真是白白浪費了這些美好的夜晚！」艾列克也有同感。

但是艾莫瑞卻嘆了口氣，希望能好好利用這些夜晚。他有張伊莎貝爾的照片，珍藏在一只老式懷錶裡，每個晚上八點一到，他會關掉所有的燈，只點亮一盞桌燈，坐在打開的窗戶邊，把照片拿在面前，開始寫他那些為她痴狂的信。

……噢，我是如此思念妳，很難告訴妳我內心的真正想法；對我來說妳就像夢一般，難以用筆墨來形容。我收到了妳的信，寫得真好！我反覆讀了六遍，特別是最後一部分，但是我真的希望，有時候妳能夠坦白告訴我，妳對我的真正想法，可是妳最近這封信寫得太好，讓人很難相信它的真實，我真等不急六月到來！妳一定要到我們學校來參加舞會。我想舞會一定會很精彩，我想在美好的學年結束時帶妳到我們學校。我經常反覆思索妳那天晚上說過的話，並且想像這話有幾分真實性。假如換作是別人而不是妳——可是妳瞧，我第一次見到妳時，覺得妳是個三心二意的人，但是因為妳實在太受到歡迎，所以妳說妳最喜歡的人是我時，我簡直不敢相信是真的。

噢，親愛的伊莎貝爾——這真是個美好的夜晚。校園的一隅有人正在用曼陀鈴彈奏〈愛之月〉，音樂似乎把妳帶往我的窗邊。現在他在彈奏〈再見，男孩們，我已經釋懷〉這首歌真是符合我的心境。因為我已經對所有事情釋懷了。我已經下定決心不再喝雞尾酒，我也知道我不會再陷入愛河——我不可能再去愛——我日以繼夜地想著妳，根本沒心思去想其他女孩子。我常有機會遇見其他女孩子，但是她們一點都引不起我的興趣。我不想假裝厭倦這一切，因為事實並不是這樣。事實是我戀愛了。噢，親愛的伊莎貝爾（不知怎地，我不能只稱妳為伊莎貝爾，我怕六月時，我會在妳家人面前喚妳親愛的），妳一定要來參加舞會，然後我計劃到妳家拜訪一天，所有事情都會很完美……

因此，在永無止盡的單調重複話語中，對他倆人來說，卻彷彿有無限的吸引力，像是第一次聽到般新鮮。

六月一到，天氣變得十分炎熱和慵懶，他們都忘了還有考試這件事，每個迷濛的夜晚待在小村舍社團的露台消磨時間，談著遠大的抱負，直到石溪那片鄉村瀰漫了藍色的薄霧，網球場四周開出了白色的紫丁香花，他們停止交談，安靜抽著煙……，走在空無一人的遠景大道，然後走向四周傳來歌聲的麥克科什林蔭道，最後走進熱鬧活躍的拿索街。

湯姆．德尹維里哀和艾莫瑞這些天都很晚還一塊散步。賭博風氣在大二的班級間散播開來，在許多悶熱的夜晚，他們伸長了脖子盯著面前的骰子，一直玩到凌晨三點。賭完一盤後，他們便走出史婁恩的房裡，這才驚覺露水已經降下，滿天的星子也已失去了光亮。

「我們去借輛腳踏車，出去兜兜風，」艾莫瑞提議。

「好啊。我一點都不覺得累，今天差不多是這一年的最後一個晚上，星期一就要舉行年級舞會了。」

他們在霍德樓的庭院，找到兩輛沒有上鎖的腳踏車，凌晨三點半騎著腳踏車到勞倫斯維爾路。

「艾莫瑞這個暑假你有何計畫？」

「不要問我——我想還是老樣子吧。在日內瓦湖待上一、兩個月——希望你七月份可以到那兒找我——我們可以到明尼阿波里斯市，那兒有幾百場的夏日舞會，到處獻殷勤，最後玩膩一切——但是，噢，湯姆，」他突然補充說，「今年實在是棒透了！」

「是啊，」湯姆斷然地說，一個嶄新的湯姆，身上穿的是布魯克斯名牌衣服，腳上穿的則是法蘭克斯名牌皮鞋，「我贏了這回比賽，但我卻覺得不想再來一回。你說的對——你是個橡皮球，這個比喻很像你，但我卻厭倦了去迎合世上角落裡那些心地狹隘的勢利氛圍。我要到那些人們不會因為領帶顏色不入時，或是外套不夠硬挺而遭到排斥的地方去。」

「你辦不到的，湯姆，」艾莫瑞辯稱，他倆在星星零星散布的夜裡騎著腳踏車。「不論你到哪裡，你總會在無意識中套用這些世俗的標準。不論好壞，我們已經把你打上烙印，你是個典型的普林斯頓人！」

「唔，那麼，」湯姆抱怨起來，他痛苦地提高了沙啞的聲音說，「那麼我為何還得返回學校呢？我已經學到普林斯頓提供給我的一切。多待兩年學習假道學，在社團裡廝混，對我來說一點益處也沒有。他們只會將我瓦解，把我完全世俗化。即使現在的我已經變得沒有骨氣，在這樣下去我不知道是否可以因此擺脫這樣的我。」

「噢，但是你遺漏了真正的重點所在，湯姆，」艾莫瑞打斷他。「你不過是突然看清楚了那些勢力鬼的嘴臉。普林斯頓總是能讓有思想的人變得具有社會觀察的敏銳度。」

「你覺得自己在教導我，是嗎？」他疑惑地問道，在昏暗中看著艾莫瑞。

艾莫瑞暗自竊笑。

「我是在教導你是嗎？」

「有些時候，」他緩緩地說，「我覺得你是我的壞天使。我本來有機會成為一個才氣縱橫的詩人。」

「得了吧，這樣說未免太惡毒了吧。是你選擇到東岸的大學念書。要麼你就睜大眼看清楚人們你爭我奪的卑鄙行徑，要麼假裝什麼也沒看見，你是最討厭這樣做的——變成像馬堤．凱那樣的人。」

「沒錯，」他表示贊同，「你說的對。我是不喜歡那樣，但是要叫我在二十歲就變得憤世嫉俗，我很難辦到。」

「我生來就是這種人，」艾莫瑞喃喃說道。「我是個憤世嫉俗的代表。」他停頓一會兒，想著這些話意味著什麼。

他們騎到了沉睡中的勞倫斯維爾中學，準備掉頭往回騎。

「能夠騎騎腳踏車真好，不是嗎？」湯姆突然說道。

「是啊，這是個很好的結束，令人印象深刻，今晚一切都很美好。噢，在這樣一個燠熱且令人倦怠的夏天，有伊莎貝爾在的話不知有多好！」

「噢，你跟你的伊莎貝爾！我敢說她是個單純天真的女孩……，我們來談談詩吧。」

於是艾莫瑞對著他們倆行經的灌木叢朗讀起〈夜鶯頌〉。

「我絕對當不成詩人，」讀完詩之後，艾莫瑞如此說道。「我稱不上是個感覺敏銳的人；只有少數幾樣東西會讓我一眼便觀察到事物的美：女人、春天的夜晚、夜晚的樂聲以及大海；我觀察不到像是『清亮嘶吼的號角聲』這類細微的事物。我或許可以成為一個知識份子，但是我所寫出來的作品無非是一些普通的詩句。」

他們朝普林斯頓騎回去，朝陽替研究生院所背後的天空增添了些許色彩，回去後，很快地沖了一個澡，假裝他們從一個神清氣爽的睡夢中清醒。中午時分，一群穿著色彩鮮明制服的男生擠滿了整條街，他們是樂隊及合唱團學生，在迎風飄蕩的橘黑色相間旗幟下，帳棚裡有個校友聯歡會。艾莫瑞專注凝望著一頂帳篷良久，帳篷上印有「六十九級」的字樣。當各個年級的校友通過時，幾個頭髮花白的男人坐在那兒輕聲地交談，展現生活的全景樣貌。

弧光燈下

在六月的尾聲中，悲劇的綠色眼瞳突然眼睜睜望著艾莫瑞。就在他騎腳踏車外出到勞倫斯維爾之後，一行人在某天夜裡動身前往紐約冒險去了，到了午夜十二點大夥才決定分別搭乘兩輛車返回普林斯頓。他們一行人玩得很高興，有的人清醒，有的人醉茫茫的。艾莫瑞搭的是後面那輛車；他們的車繞錯了路，迷了路，因此想要急著趕上前面那輛車。

那天是一個清朗的夜晚，艾莫瑞感覺到大夥兒一路上都十分興奮。腦海中突然想到兩段詩……

一輛灰色的汽車在黑暗中潛行，車子行經的路上，安靜無聲……如同鯊魚在平靜的大海中伴著星光灑在海面上的粼粼波光前進，高掛天空的星子，銀白月光灑向樹木，相互輝映，夜行的鳥兒拍打著翅膀，在空中飛掠……

就著客棧的燈光和陰影，金黃色的月光下，金黃色的客棧——沉默一片，笑聲的至高點變得微弱……汽車又再度迎著六月的夜風前進，陰影隨著距離越遠變得更為柔和，最後陰影消失，變成了藍色……

車子倏地停了下來，艾莫瑞朝外面瞧了瞧，嚇了一跳。一個婦人站在路邊，跟車裡的艾列克說話。事後，他記起婦人身上的和服給人一種殘酷的感覺，還有她沙啞的說話聲聽上去十分空洞沉悶：

「你們是普林斯頓的學生？」

「是的。」

「唔，你們有個學生死在這裡，另外兩個也奄奄一息。」

「**老天！**」

「瞧！」她用手指頭指著，他們都十分驚恐地朝那方向看。在路邊一盞弧光燈的照耀之下，倒著一個人，面部朝下，地上還流了一灘血。

他們衝出車子。艾莫瑞想著那個人的後腦勺——那頭髮——那頭髮………然後他們把那個人翻過來。

「是迪克——迪克．亨博德！」

「噢，老天！」

「摸摸他的心跳！」

那個乾癟老太婆帶著勝利似的沙啞聲音，心急地說道：

「他沒救了。車子翻覆。另外兩個沒受傷的人把傷者抬進屋子裡，但是這個沒救了。」

艾莫瑞衝進屋裡，其餘的人跟著進去，手腳發軟，進到前廳後，便紛紛癱軟在沙發上。史妻恩的肩膀被刺穿，斜躺在另一張長沙發上。他顯得有些神智不清，不斷重複說著八點十分有化學課。

「我不知道發生了什麼事，」佛瑞比緊張地說。「迪克堅持要自己開車，不讓別人開，我們都勸他喝多了別開車——結果遇到一個該死的轉彎——噢，**老天！**……」他面朝地板，啜泣起來。

醫生到了，艾莫瑞朝沙發走去，有人遞給他一張床單，好蓋住死者。他經歷了一個突然的冷酷考驗，抬起迪克的一隻手臂，然後讓手臂無力地垂下。他的面容冰冷卻不是面無表情。他看著迪克早上綁好的鞋帶。**他**總是仔細繫好鞋帶——現在他成了眼前這具冰冷的屍體。艾莫瑞不斷想到那個他熟知的迪克，他的迷人魅力與性格——噢，真是太可怕了。他不再儀態高貴，而是如此貼近土地。一切的悲劇都如此怪誕與骯髒——如此徒勞無用……像是動物一般死去……艾莫瑞回想起幼時那隻倒臥在巷弄裡死狀極慘的貓。

「得有人跟佛瑞比回普林斯頓。」

艾莫瑞跨出門外，夜半吹來的風冷的令人發顫——深夜的一陣風吹動了彎曲的金屬保險桿，發出尖細與悲慘的聲響。

漸次增強！

隔天，因為一個仁慈的機會，使他在一陣暈眩當中度過。艾莫瑞在獨處時，他的思緒紛亂，腦中不可避免地出現一幅畫面，蒼白的臉孔出現一張血盆大口，極不相稱，但最後他下定決心，將眼前的興奮放進回憶裡，冷酷地將過往關在心門外。伊莎貝爾和她的母親四點鐘開車到城裡那條笑臉迎人的遠景大道，穿過歡鬧的人群，在小村舍社團裡喝茶。各個社團通常選在那天晚上舉辦年度晚宴，所以七點鐘時他把她交給一個大一新生，準備十一點跟她約在體育館，高年級畢業生到時也能一起參加的新生舞會。艾莫瑞一直期待著伊莎貝爾，他很高興每天所盼望的這天終於到來。九點鐘時，高年級們站在社團前面，看著低年級生舉著火炬喧鬧地繞行，艾莫瑞納悶那些身著正式服裝的一群人在漆黑、高貴莊嚴的背景以及在熊熊火炬的火光襯托之下，能否替目不暇給、歡欣鼓舞的大一新生把這個夜晚照亮，正如一年前他所經歷的那樣。

隔天又是一個令人暈眩的一天。他們在社團裡的私人用餐室和其他六個人一道吃午飯，伊莎貝爾和艾莫瑞面前擺著一盤炸雞塊，兩人溫柔地四目相接，明白他們之間的愛情將永誌不渝。他倆在舞會上不停地舞著直到五點鐘，沒帶舞伴的人開心地爭相與伊莎貝爾共舞，隨著舞會的時間越來越晚，邀舞的動作也更加熱絡，他們藏在衣帽間內大衣口袋裡的酒可以驅走疲倦，讓他們可以通宵達旦。爭相邀舞的男生都是同一個模樣，喜歡搖擺起舞的靈魂。要是有個黑髮美人從他們面前經過，隨著音樂搖擺，他們便會輕聲倒抽一口氣，這時候會有個舞技精湛的人冒出來接過她跳起舞來。因此這個六呎高的女孩（她是你們班上的凱帶來的舞伴，整個晚上不停想要把她介紹給你們）在舞會中出現時，這一群沒帶舞伴的人便往後退，一張張臉望著舞廳的另一端，只見凱焦急地滿身是汗，想在人群裡尋找熟悉的臉孔。

「我說老弟，我有個很棒的——」

「抱歉，凱，我已經選定這個了。我非得搶先跟她跳。」

「唔，那下一個呢？」

「什麼——呃——我發誓我一定要去搶舞伴——等她沒人邀舞的空檔來找我。」

伊莎貝爾提議離開一會兒時，艾莫瑞非常高興，他倆坐上她的車去兜風。快樂的時間總是過得很快，他們繞著普林斯頓的安靜小路前進，然後才忍不住心裡的悸動與害羞開始交談。艾莫瑞感到一陣不尋常的直率，卻沒有想要親吻伊莎貝爾。

隔天，他們開著車到新澤西的鄉間，在紐約一塊吃午餐，下午則去觀賞了一齣問題劇，演到第二幕劇時，伊莎貝爾不斷哭泣，艾莫瑞則顯得有些不知所措——儘管他一直溫柔地望著她。他想彎下腰去，吻去她的淚水，她則在黑暗的掩護下，把手滑進他的手裡，讓他溫柔地緊緊握著。

六點時，他們來到伯吉斯家族位於長島的避暑別墅，艾莫瑞衝上樓去，換了件準備去吃晚餐的大衣。當他別上飾鈕時，他明白自己此時正在享受著一生中最美好的一刻，而這一刻或許不會再出現。他的年輕歲月如同覆蓋著一層陰霾，因此萬事萬物顯得如此光怪陸離。他已經跟普林斯頓的佼佼者並駕齊驅。他墜入了愛河，而他的愛也得到回應。他打開房裡所有的燈，在鏡子前面看著自己，竭力從鏡中自己的臉上找到那種特質，那種讓他可以比其他人看的更清楚，讓他果斷做出決定，從而影響自己的意志，並能夠遵循自己的自由意志行事的特質。他的生命中現在極少需要改變……，牛津這個地方或許是個好開始。

他靜靜地欣賞著自己。他的外表看上去是那麼的合宜，晚餐的大衣多麼得體。他步入大廳，然後在樓梯上方等待著，因為他聽見了腳步聲向他走來。是伊莎貝爾，從她柔亮的頭髮到腳上穿的金色便鞋，她從未像今天這樣明艷動人。

「伊莎貝爾！」他情不自禁地喊道，伸出手臂。如同故事中的情節一般，她奔向他的懷抱，就在那一刻他倆的雙唇緊貼著，簡直到達了虛榮心的極點，年輕自大狂的巔峰。

第三章　自大狂細想

「哎喲！放開我！」

他鬆開手臂，讓手臂自然下垂。

「怎麼回事？」

「你襯衫上的飾鈕弄痛我了——瞧！」她往下看著自己的脖子，蒼白的肌膚上有一顆豌豆般大小的淤青。

「噢，伊莎貝爾，」他責備著自己，「我真蠢。我真的很抱歉——我不該把妳摟得這麼緊。」

伊莎貝爾有些不耐地抬起頭來。

「噢，艾莫瑞，現在說那些話於事無補，雖然不怎麼痛，但是我們**預備**怎麼處置它？」

「**處置**它？」他問道。「噢——那個印記，它很快就會消退。」

「不會，」她專注地看著印子好一會兒說，「它還在呢——看上去讓人很生氣——噢，艾莫瑞，我們做了什麼？它剛好在你肩膀的高度。」

「試試看按摩幾下，」他提議道，壓抑著有些想笑的衝動。

她用指尖仔細地按摩，眼眶突然盈滿淚水，順著臉頰滑落。

「噢，艾莫瑞，」她一邊說，一邊抬起惹人憐愛的臉龐，「再繼續搓揉下去，我的脖子就要**燒紅**了。我該怎麼辦才好？」

他的腦海中突然出現這麼一句話，他禁不住大聲複誦出來。

「『用盡一切阿拉伯的香料，也無法讓這隻小手變白。』」

她抬起頭，眼中的淚水像是晶瑩的冰一般。

「你很沒有同情心。」

艾莫瑞誤解這句話的意思。

「親愛的伊莎貝爾，我想——」

「不要碰我！」她大喊。「我的心情還未平復，你只會站在那裡**笑**！」

他又說錯話了。

「唔，**真有**意思，伊莎貝爾，那天我們不是才談到幽默感——」

她看著他，嘴角揚起的稱不上是笑，而是一抹黯淡，顯得十分陰鬱的微笑。

「噢，閉嘴！」她突然大叫，向走道奔去，衝進房間。艾莫瑞杵在那兒，一臉悔恨且困惑。

「該死！」

伊莎貝爾再次出現時，肩膀上披著一條披肩，他倆步下樓梯默默不語，一頓晚餐下來依舊沉默。

「伊莎貝爾，」當他們剛坐進車子裡，準備前往格林威治的鄉村俱樂部參加舞會時，艾莫瑞十分懊惱的開口說，「妳還在氣頭上，再過一會兒我也要生氣了，我們親吻一下算是和好。」

伊莎貝爾仍舊悶悶不樂思忖著。

「我最討厭被別人笑話，」她最後說道。

「我保證不再笑妳，我現在沒有在笑啊，對不對？」

「你剛才有。」

「噢，別這麼小家子氣。」

她嘴唇微微一撇。

「我想怎樣就怎樣。」

艾莫瑞努力按耐住脾氣。他意識到自己對伊莎貝爾不再存有一絲真感情，但是她的冷漠激怒了他。他想吻她，瘋狂地吻著她，因為只有兩人之間的親吻，能讓他明早離開後，不會再去在意。相反的，如果他沒有吻她，那麼連親吻她都辦不到的念頭將令他十分苦惱……這將跟他成為一個征服者的想法有所牴觸。對艾莫瑞來說，屈居於伊莎貝爾這樣的強悍勇士之下，**懇求**對方諒解是非常有失尊嚴的。

或許連伊莎貝爾對他也同樣感到懷疑。不論如何，艾莫瑞看著原本該是個實現浪漫的夜晚就這樣悄然溜走，只留下頭頂盤旋的一群飛蛾，聞到路邊花園裡傳來的濃郁香氣，沒有任何話語打破窘境，就連輕聲嘆息也沒有……

之後，他倆吃了薑汁汽水和巧克力蛋糕，艾莫瑞宣布一個決定。

「我明早就會離開。」

「為什麼？」

「有何不可？」他回嘴。

「你沒必要離開。」

「不管怎麼說，我一定要走。」

「唔，如果你堅持要這麼荒唐不可理喻——」

「噢，不准妳這麼說，」他強烈反對。

「——只因為我不讓你吻我。你就以為——」

「伊莎貝爾，」他打岔，「妳知道事情不是那樣——就算妳真這麼想。事情已經發展到這個階段，我們要麼應該親吻——要不——彼此分道揚鑣。妳似乎不是出於道德上的考量才拒絕我。」

她猶豫了一會兒。

「我真的不知道要怎麼看你，」她先開口說，聲音微弱，有違常情，似乎是想和解。「你這個人真的很怪。」

「怎麼說？」

「嗯，我原以為你是個自信滿滿的人，而且傲慢自大，記得你曾說過你可以做任何自己想做的事，得到任何你想得到的東西？」

艾莫瑞臉紅。他**曾**告訴過她很多事情。

「沒錯。」

「唔，今晚你表現的不若以往自信。或許你不過是個驕傲自滿的人。」

「不，我不是這樣，」他遲疑一會兒。「在普林斯頓——」

「噢，你跟普林斯頓！瞧你的口氣，你以為那就是全世界！或許你寫到熟悉的**普林斯頓人，能夠**寫得比任何人還要好；或許大一新生**的確**覺得你是個響噹噹的人物——」

「妳不了解——」

「不，我了解，」她打岔。「我**真的**了解，因為你老是在談論自己，從前我很崇拜你那一套，現在我可不會這樣。」

「我今晚也是這樣？」

「重點就在這裡，」伊莎貝爾口氣堅定。「你破壞了今天晚上的一切。你只是坐著，望著我的眼睛。還有跟你講話，我得不停思考——你老愛挑三撿四。」

「是我叫妳思考的嗎？」艾莫瑞的語氣中帶著一絲自負，重複說道。

「你別這麼神經質，」她加強語氣說，「你喜歡分析各種細微的情感和本能，我只是感到不解。」

「我知道，」艾莫瑞承認伊莎貝爾這番話，莫可奈何地搖著頭。

「我們走吧。」她站起身。

他茫然站起身，走到樓梯底下。

「我要搭哪一班火車？」

「九點十一分有一班火車，假如你真的非走不可。」

「是啊，我真的得走。晚安。」

「晚安。」

他們現在走到階梯頂端，艾莫瑞轉身回房時，覺得從她的臉上見到隱約的不滿。他在黑暗中，躺在床上醒著，想著自己到底有多在乎——他突然感覺到他的不幸有幾分是受傷害的虛榮心——是否就其性格而言，他並不適合談戀愛。

艾莫瑞醒來後，感覺到渾身神清氣爽。早晨的風吹動著窗邊的印花棉布窗簾，起初他發現自己不是在普林斯頓宿舍的房裡醒來還有些困惑，因為五斗櫃上方應該掛著橄欖球隊的照片，照片應正對著牆上的三角社俱樂部的照片。接著大廳裡的落地鐘敲了八下，於是他記起了昨天晚上發生的事。他下床後，像陣風一般迅速換好衣服；他必須在見到伊莎貝爾之前離開這棟房子。昨天晚上發生令人沮喪的事，現在似乎成了令人覺得厭煩的無聊事。他八點半就換完了衣服，然後在窗邊坐了下來。感覺他的心隱隱刺痛，比他所想的還要難受。早晨似乎成了令人感到啼笑皆非的嘲弄！——陽光燦爛，空氣中充滿花園裡的香味；他聽到樓下陽台傳來伯吉斯太太的說話聲，艾莫瑞納悶伊莎貝爾此時會在哪。

這時一陣敲門聲傳來。

「先生，車子會在八點五十分來。」

他又回到對戶外的沉思中，腦海中開始機械式地不斷重複著白朗寧的詩句，這段詩他曾在寫給伊莎貝爾的信裡引用過：

每個生命都未竟實現，你瞧，
縫補、拼湊的人生懸掛著，
我們沒有深沉的嘆息，恣意的笑，
飢餓、筵席、絕望——試著快樂。[1]

但是艾莫瑞的生命卻不會未竟實現。儘管感覺到憂鬱陰暗，卻相信伊莎貝爾或許並不這樣認為，一切只是他把事情想得太過複雜；這顯示出她的重點，沒有人可以強迫她去思考，然而這也正是她反對他之處，頃刻間艾莫瑞對於思考，思考，感到厭倦！

「去她的！」他憤恨地說道，「她糟蹋了我這一年！」

1：引自英國詩人羅伯特・白朗寧（Robert Browning, 1812-1889）《劇中人》中的一首〈青春與藝術〉第十六節。

超人漫不經心

九月裡一個塵土飛揚的日子，艾莫瑞在普林斯頓，跟著一大群汗涔涔與準備補考的人簇擁在街道上。以此作為高年級生的開場似乎有些愚蠢，一個早上花上四個鐘頭待在令人窒息的輔導教室裡，無聊地重複計算著圓錐形的剖面。魯尼先生把枯燥乏味的內容變得更加沉悶，他從上午六點一直講到傍晚，邊畫圖邊解方程式，手中不忘一根接著一根抽著帕爾美爾香煙。

「朗基達克，如果我用這個方程式，A點會是哪裡？」

朗基達克懶懶地移動著他那六呎三吋的橄欖球運動員的體格，試著集中注意力。

「噢——呃——如果我知道就見鬼了，魯尼先生。」

「噢，那是當然，你當然不會**解**這道方程式。**這正是**我要你說的答案。」

「為什麼，這麼肯定，當然是這樣。」

「你知道為什麼嗎？」

「錯不了——我想也是。」

「如果你不知道答案，告訴我。我現在就可以演算一遍給你看。」

「唔，魯尼先生，如果你不介意的話，我希望你再算一遍。」

「樂意之致。瞧，這裡是A點……」

教室就像是一間愚蠢的學習室——有兩根掛講課用紙的大支架，魯尼先生身穿襯衫站在支架的前面，一干學生歪斜地坐在椅子上：投手佛瑞德．史婁恩**非得**通過考試不可；「瘦皮猴」朗基達克只要可以考個五十分，今年秋天的賽季就可以擊敗耶魯；麥克杜威爾天真的大二生，認為他能夠在這裡跟這群優秀的體育健將一塊補課，值得炫耀一番。

「我真同情那些花不起錢來補課，還得苦撐一個學期的可憐蟲，」有一天魯尼先生這麼告訴艾莫瑞，他蒼白的嘴唇上垂著一支煙，表現出軟弱的友誼。「我早該知道這是個無聊差事，學期中在紐約還有其他事可以做。我猜他們不知道自己錯過了什麼。」聊起關於麥克杜威爾的事時，就像是只有「你跟我」才知道的秘密一樣，艾莫瑞真想把他從窗戶推出去……當他說起明年二月，他的母親肯定會納悶兒子怎麼不組一個社團，增加他的零用金……這個人簡直是個頭腦簡單的傻子……

煙霧瀰漫中，教室一陣嚴肅，認真學習的氣氛裡，不可避免會聽見這樣的聲音：

「我沒聽懂！能再說一次嗎，魯尼先生！」多數同學不是太笨，就是心不在焉，即使遇到不懂的問題，絕對不會承認，艾莫瑞顯然是後者。他發現自己根本學不會如何運算圓錐形剖面；他們冷靜、得體誘人的氣息，公然滲透進魯尼先生充滿惡臭的接待室，這樣的氛圍扭曲了他們的方程式，成為難解的字謎。他擦了那條人人皆知的濕毛巾後，在最後一晚臨時抱佛腳，開心地前去參加考試，但是他卻悶悶不樂想不透春天的繽紛色彩和野心怎麼都消失無蹤。不知怎的，隨著伊莎貝爾的背叛，艾莫瑞的雄心壯志已經激不起來他的想像，他心想他可能無法沉著地通過補考，即使那意味著他很有可能被《普林斯頓人學報》

的編輯委員除名，妨礙他被選進高年級學生會的資格。

他總是得碰碰自己的運氣。

他打著呵欠，在封面匆匆寫下他的誠信宣誓，從容走出房間。

「如果你沒通過補考，」剛到的艾列克說道，他倆坐在艾莫瑞房裡的窗台上構思該如何裝飾牆面，「你就會是全世界最蠢的笨蛋。在社團或是校園裡，你的聲望會像電梯一般急速下滑。」

「噢，該死，我知道。幹麻老提這檔事？」

「因為你活該。任何一個想要冒險爭奪你的位置的人，**應該**都配不上《普林斯頓人學報》主編的這個位置。」

「換個話題吧，」艾莫瑞抗議道。「你只要等著瞧，然後閉上嘴。我可不希望社團每個人都問我這個問題，好像我是灑了很多肥料的馬鈴薯，等著在農產會裡得獎。」

一個星期過後的一天晚上，在他去朗威克咖啡館的路上，他在自己房間的窗口下方停了下來，他看見房裡有燈光，大喊道：

「嘿，湯姆，有我的信嗎？」

艾列克從一方昏黃的燈光中把頭探出窗戶。

「有你的信。」

他的心怦怦跳得好快。

「裡頭是藍色，還是粉紅色？」

「不清楚。你最好自己上來看。」

他進了房間後，逕自走向書桌，此時發現房裡還有其他人在。

「嗨，克瑞。」他彬彬有禮。「喲，都是普林斯頓大學的同學。」他們多半都是哥兒們，於是他直接拿起上頭印有「教務處」字樣的信封，緊張地掂了掂信封的重量。

「薄薄一張紙分量倒是不輕。」

「快打開啊，艾莫瑞。」

「為了製造效果，我會讓你們知道，如果是藍色的，我的《普林斯頓人學報》編輯委員資格就會被取消，我短暫的編委生涯也到此結束。」

他停了一會兒，第一次看見佛瑞比飢渴的眼神，熱切地望著他。艾莫瑞回瞪他一眼。

「各位，看著我的臉，瞧我自然流露的表情。」他拆了信封，把信紙放在燈光下。

「怎麼樣？」

「粉紅色還是藍色？」

「快說是什麼啊。」

「我們在等著聽呢，艾莫瑞。」

「你的表情是笑，是罵——還是。」

沉默半晌……幾秒鐘時間匆忙走過……然後他又瞧了瞧，很快又過了幾秒鐘。

「各位，跟天空一樣的藍色……」

餘波

九月初學期開始到次年春天，艾莫瑞無所事事，而且每件事彼此間毫不連貫，因此也就沒有值得紀錄下來的必要。他當然為自己所失去的一切立即感到後悔。他的成功哲學在他面前崩塌，連他自己也在尋找原因。

「都是你自己太過懶散，」艾列克後來說。

「不是這樣——答案沒這麼簡單。我開始感覺到自己本來就注定要喪失這個機會。」

「社團已經把你除名了，你知道；每個挺不過考驗的人都會削弱團隊的力量。」

「我討厭這個看法。」

「你當然有權反對，你只要多努力一點就可以重整旗鼓。」

「不——我已經玩完了——就大學裡的影響力而言。」

「但是，說真的艾莫瑞，最令我生氣的不是你沒當成學報主編或是加入學生會，而是你根本沒有認真念書，通過考試。」

「這不是我的原因，」艾莫瑞緩緩說出，「我追求的是具體的事物。我的懶散全出自於我的個性，只不過運氣不佳罷了。」

「你是指你的性格出了問題。」

「或許。」

「你有何打算？趕快拿個好成績，還是像從前那樣，剩下的兩年繼續遊手好閒？」

「我還不知道……」

「噢，艾莫瑞，振作一些！」

「或許吧。」

艾莫瑞的想法雖然極端，倒也不無道理。如果把他對周遭環境的反應列一個表，從他的早年生活開始談起，將得出以下的結果：

一、原始的艾莫瑞。

二、艾莫瑞加上碧翠絲。

三、艾莫瑞加上碧翠絲再加上明尼阿波里斯市。

聖瑞吉打破他以往的個性，重新塑造他：

四、艾莫瑞加上聖瑞吉。

五、艾莫瑞加上聖瑞吉再加上普林斯頓。

適應環境便是他通往成功之路的捷徑。原始的艾莫瑞、懶惰、想像力豐富、反叛，幾乎已經完全被覆蓋住。他適應過環境，也成功過，但是他的想像既未獲得滿足，也沒有被他的成功抓住，因此他提不起勁，幾乎是有些蓄意地拋棄所有的一切，於是乎他又重新變回：

六、原始的艾莫瑞。

財產

他的父親在感恩節那天悄然辭世。死亡不僅與美麗的日內瓦湖格格不入，也與母親高貴和無言以對的態度極不協調，他抱著好玩的心情看待這場喪禮。他認為土葬畢竟比火葬好，想起自己幼年時期的選擇，即人死後掛在樹上慢慢腐爛，就覺得好笑。喪禮隔天，他跑到自家的寬大藏書室自娛娛人一番，他躺在長沙發上，擺放著各種死亡的優雅姿態，試著想像自己大限那天到來，他是要雙臂虔誠地在胸前交叉（達西神父曾經主張過這種姿勢，認為較莊嚴），或是採取更有異教徒和拜倫味道的方式，把手墊在後腦。

與父親最後擺脫俗世溘然長逝相比，更吸引他的則是一個三邊會談，碧翠絲、巴頓先生（巴頓與寇克曼律師事務所的律師）以及他自己之間所進行的談話，這場會談是在喪禮過後幾天舉行的。這是他第一次開始了解家中的財務狀況，並認識到父親曾經手過的龐大財富。他拿起一本標示為一九〇六年的帳簿仔細翻閱。那一年的總支出金額高達十一萬以上。其中四萬元是碧翠絲的收入，關於這部分並不需要特別說明：全都歸於「匯票、支票，以及署名為碧翠絲．布萊恩的信用狀」的項目下。其他林林總總的開銷則詳細列出：各種稅款和日內瓦湖莊園的維護費用達九千元，一般的維修保養費用，包括碧翠斯的汽車，以及在那年買的一輛法國進口車，則超過了了三萬五千元。其他項目都仔細羅列出來，但是總有幾筆開銷和帳簿的右邊欄位不能打成平衡。

在一九一二年的帳簿中，艾莫瑞意外發現持有的債券數量急劇減少，收入因此銳減。與碧翠絲相關的帳目記載得並不明確，但是可以明顯看見父親將前一年的收益投資在幾筆虧損的石油投機事業。石油的需求量不如預期，而史蒂芬．布萊恩卻被石油的投資生意搞得焦頭爛額。接下來的第二年、第三年裡，仍一直維持類似的虧損狀態，這也是碧翠絲頭一次得動用她自己的錢來維持家計。然而，一九一三年光是她看病的帳單金額就超過了九千元。

家中財務的詳細狀況巴頓先生其實並不清楚。最近有幾筆投資，目前看來收益仍有些問題。他認為另外還有一些投機生意和交易這方面的業務，並未有人出面找他磋商。

過了幾個月之後，碧翠絲才寫信告訴艾莫瑞事情原委。布萊恩和奧哈拉家族的剩餘財產除了日內瓦湖的一處鄉間住宅外，只剩下約莫五十萬元，現在這筆資金則是採取保守的方式，投入收益有百分之六的債券上。事實上，碧翠絲寫這封信告訴艾莫瑞，她把錢投資在鐵路和電車債券，一旦手頭方便她就會把資金挪往債券。她在寫給艾莫瑞的信中說：

> 我十分確定（她在寫給艾莫瑞的信中說道）有件事我們能夠肯定是千真萬確的，那就是人們不會固守在同一個地方。打造福特汽車的這個人肯定體現了這句話的涵義。所以我指示巴特先生專門處理北太平洋公司跟快捷運輸，也就是他們稱之為電車的這一類事務。我永遠不會原諒自己沒有買貝斯勒罕鋼鐵公司的債券。我聽了很多關於這

方面令人著迷的消息。你一定要從事金融相關行業，艾莫瑞。我相信你一定會深深著迷。你可以先從出納員做起，我相信，你一定可以很快升官發財——而且前途無量。如果我是男人，我一定會愛死了在錢堆裡打轉，我向來喜歡這種感覺。在我岔題之前，我要提醒你一些事情。前些天我在喝茶時遇見畢斯潘太太，她很熱心告訴我她兒子的事，他現在是耶魯大學學生，有一回在寫給她的信中提到，學校裡的男生們整個冬天都還穿著夏天的內衣，而且在大冷天裡出門只穿著短統鞋，有時候還淋著雨回來。艾莫瑞，我不知道普林斯頓是不是也流行這種穿著，但是我可不希望你做這種傻事。年輕人不但會因為這樣而染上肺炎或是脊髓灰質炎，而且還會引起肺部的各種症狀，尤其是你的肺部容易受到感染。你不能拿自己的身體開玩笑。我知道我不讓自己變成一個神經兮兮的母親，堅持要你穿上鞋套，我記得有一年聖誕節你一直穿著鞋套不肯脫下來，而且不願意扣上釦子，任由它發出嗖嗖聲，你不想把鞋子釦上的原因是因為你覺得這樣跟不上流行。隔年的聖誕節，你連橡皮鞋套都不願意穿了，儘管我說破了嘴。你就要滿二十歲了，親愛的，我不能老是跟在你身邊看你做的對不對。

這是一封很實在的信。我最後要提醒你，如果沒有錢可供花用，就會讓這個人就會變得很囉唆無趣，但是如果我們節省一點，那麼我們還是有餘裕可以去做其他事。你要好好照顧自己，我的孩子，試著一個星期給我寫封信，如果我沒有你的消息，就會胡思亂想你會遭遇到不幸。

深愛你的母親

「傑出人物」字眼首次出現

聖誕節時，達西神父邀請艾莫瑞前往他位於哈德遜河畔都鐸宮殿般的宅邸住上一個禮拜，他倆圍著爐火暢談。達西神父發福了些，他的性格也跟他的身材一般圓融許多，因此艾莫瑞坐在低矮柔軟的沙發裡，感覺到既放鬆又有安全感，和達西一塊抽著能夠給中年男子帶來清醒的雪茄。

「我想休學，閣下。」

「為什麼？」

「我的成就都已經煙消雲散，你或許會覺得沒什麼大不了，但是——」

「我不會覺得沒什麼大不了。我覺得這件事情非同小可，我想聽聽自從上次見過面之後，你所做的一切事情。」

艾莫瑞開始說著；他如何徹底踏進自大狂的毀滅之路，述說了半個鐘頭後，他聲音裡的倦怠感消失了。

「離開學校之後，你有何打算？」神父問道。

「我不知道。我想去旅行，但是這場打不完的戰爭阻擋我的去路。不管怎麼說，我要是不念完大學，母親會不高興的。我很茫然。克瑞・赫拉岱要我跟他一塊加入拉斐特飛行小隊。」

「你知道自己並不想去。」

「有時候我會想去——今晚，我想立刻加入。」

「唔，你會比我想的更加厭倦生活。我很了解你。」

「恐怕你真說對了，」艾莫瑞不情願地表示贊同。「一想到要再度過另外一個無所事事、令人厭煩的一年——這像是最輕鬆擺脫一切事情的方法。」

「是啊，我知道；但是告訴你實話，我並不擔心你；在我看來，你正以完美自然的方式在進步著。」

「不是這樣，」艾莫瑞不表示同意。「我在這一年中，已經喪失了我大半的個性。」

「一點都沒有！」神父語帶嘲弄。「你喪失的不過是許多的虛榮心，僅此而已。」

「老天！不管怎麼說，我感覺自己彷彿又讀了一回聖瑞吉預備學校的五年級。」

「這不一樣。」神父搖搖頭。「那時候在聖瑞吉是一場災難，但這一回是一件好事。不管你身上發生了什麼事，將不會再犯去年經歷的錯誤。」

「沒有什麼比我目前缺乏動力的情況更糟糕的？」

「或許看似如此……可是你還會成長。這給了你時間去思考，你該拋棄許多關於成功，或是當個超人的舊包袱。像我們這樣的人是不能夠去承襲一切的舊思想，就像你做過的那樣。如果我們能夠去做下一件事，並且每天有一個鐘頭去思考，我們便能夠成就令人嘆為觀止的大事，但是如果有任何不切實際的計畫，盲目支配了一切——我們肯定會幹出什麼蠢事來。」

「但是神父，我不會去做下一件事。」

「艾莫瑞，這件事我只跟你說，我自己也剛學會去做。我可以做百來件事，除了去做下一件事，但是這樣一來我就會碰釘子，就好像今年秋天這個學期，你的數學讓你碰了釘子一般。」

「人為何非得去做下一件事？那不像是我會做的事。」

「我們非這麼做不可，因為我們不是有個性的人，而是傑出人物。」

「說的好——但這話是什麼意思？」

「我們會用個性來描述一個人，就像你提到克瑞、史婁恩是什麼樣的人的道理一樣。個性幾乎代表的是身體上的一種特質；人往往會根據他們的個性行事——我見過長期臥病在床的人，個性逐漸消失殆盡。因此當個性是屬於主動，它會凌駕「下一件事」。另一方面來看，傑出人物則是集大成者。人們對他的看法離不開他的所做所為。他就像是上面橫掛了許多東西的吊桿——有時這些東西燦爛耀眼；但在他使用這些東西的時候，卻是以理性的心態作為依歸。」

「可是當我需要它們時，幾件最燦爛耀眼的東西卻落了下去。」艾莫瑞繼續以此橫桿當作比喻。

「是啊，沒錯；當你覺得自己累積的名聲和才能等都掛上了橫桿，你切莫去管他人怎麼想；你可以毫不費力去處理這些東西。」

「但是話說回來，如果我沒有這些東西，我也會不知所措！」

「那是當然。」

「確實是這樣。」

「現在你有了一個全新的開始——這是克瑞跟史婁恩根本上不會有的。你丟掉了三、四個擺飾，一氣之下，把其餘的東西全都打落。你現在要做的是，重新收集一些新的東西，眼光看得遠些，蒐集到的東西就越好。但是，切記要去做下一件事！」

「你真是會說道理！」

他倆聊著，話題多半是關於自己，有時候也談一些哲學和宗教的問題，以及作為一場遊戲或是謎一樣的人生。在艾莫瑞還沒釐清他的思緒之前，神父就已經猜出他的心思，因為他們的想法不論是在形式上或是習慣上皆緊密相連。

「為什麼我得列出明細表？」艾莫瑞一天晚上問道。「一切東西都要詳列出來？」

「因為你是中世紀的研究者，」神父答道。「我們倆都是。這是基於對分類與歸納的熱愛。」

「這是為了得到明確事物的慾望。」

「也是經院哲學的核心。」

「前往這裡之前，我開始覺得自己變得古怪，我猜想，自己是在裝腔作勢吧。」

「別擔心；因為你越是不想這樣，就越顯得裝腔作勢。」

「是嗎？」

「但是記得去做下一件事。」

艾莫瑞返回學校後，收到神父寄來的幾封信，提供他更多滿足自我的精神糧食。

恐怕我對於讓你覺得安全無虞這方面，給了你太多的保證，你一定要牢記在心，我是因為基於你的努力，才對你有信心；而非愚蠢地相信你可以毫不費力就取得成功。對於個性上的些微差異你必須認為是理所當然，但在你向別人坦誠時，你得當心謹慎。你不是感情用事的人，不輕易受到感情的影響，機敏卻不狡猾，自負卻不驕傲。

不要覺得自己一無是處；然而，當你覺得自己很了不起的時候，往往是你經歷了人生當中真正最無可救藥的時刻；不要擔心會喪失自己的個性，如同你過去老這樣說；十五歲時，你擁有晨曦般的光芒，二十歲時，你有的是如皎潔月光般的憂鬱，等你到了我這個年齡，就會像我一樣，釋放出如同午後四點鐘的和煦金色光芒。

如果你想寫信給我，大可不必太過拘束。你在上一封信當中，那篇關於建築方面的論文寫得很糟糕——如此「賣弄學問」，讓人忍不住認為你在知識與情感上處於一種空虛的狀態；小心別把人太過仔細分類為各種不同類型；你會發現在他們的年輕時期，並不喜歡從一個階層跳往另一個階層，要是你輕蔑地把每個接觸的人都貼上標籤，那麼當你與這個世界接觸後，與這個世界開始產生真正的對立，那個被你包裝起來的玩偶匣，會突然彈開，裡面的玩偶將會斜睨著你。目前對你而言，把李奧納多．達文西這樣的人當成理想典範人物，成為指引你的明燈，這麼做更具有價值。

你的人生勢必會經歷起起伏伏，就像我年輕時經歷的那樣，但是謹記住保持頭腦清醒，不管是蠢蛋或是聖哲對你有所批評，別一味責怪自己。

你說傳統禮教讓你在「女人這件事」上，變得古板守舊；但是問題不只是這樣，艾莫瑞；你是因為害怕一旦涉入其中，就停不下來；你會因此失去控制，我知道自己在說什麼；近乎奇蹟一般的第六感讓你察覺到惡魔的存在，你的心中隱約明白對上帝的畏懼。

不論你的專長在哪個領域——宗教、建築或是文學——我相信你在教會的庇護下是安全的，但是我不會冒險施加我的影響力，去跟你爭辯，儘管我背地裡認為「天主教的黑色裂口」在你腳下張大了嘴。儘快給我回信。

附上最深切的問候，

薩爾．達西

即使這個階段，艾莫瑞閱讀的書並不多；他卻鑽研起文學更深層的神祕地帶：休斯曼（Huysmans）、瓦特．佩脫（Walter Pater）、錫歐菲爾．高堤爾（Theophile Gautier）以及拉伯雷（Rabelais）、薄伽丘（Boccaccio）、佩脫尼爾斯（Petronius）、蘇脫尼爾斯（Suetonius）的章節。有個星期，出於一般好奇心之下，他去翻閱同學的私人藏書，發現史婁恩跟其他人的書單一樣具代表性：都是一些選集，吉卜林（Kipling），歐．亨利（O. Henry）、小約翰．福克斯（John Fox, Jr.）、理查．哈丁戴維斯（Richard Harding Davis）；《中年婦女須知》（*What*

Every Middle-Aged Woman Ought to Know）、《育空河的詛咒》（*The Spell of the Yukon*）；詹姆斯・懷特孔伯・拉雷（James Whitcomb Riley）的「饋贈本」，以及許多磨損、破舊不堪並加註的教科書，最令他感到訝異的是，他最近發現史婁恩有魯伯特・布克（Rupert Brooke）的詩集。

艾莫瑞跟湯姆・德尹維里哀在普林斯頓名人錄中，尋找偉大的美國詩歌傳統。今年的大學生比起前兩年整個庸俗不堪的普林斯頓人要有趣得多。事情進展意外活躍，儘管這是以犧牲許多大一新鮮人的自然率真所換來的。在普林斯頓過去是絕對找不到塔那杜克・威里這號人物。塔那杜克是大二生，有一對大耳朵，他常說「天地旋轉穿過幾世代預示災禍的月亮！」他們不禁好奇這句話聽來為何如此模糊不清，卻從不懷疑這句話出自一個超凡靈魂之口。至少湯姆和艾莫瑞如此認為。他們真心誠意地告訴他，他擁有雪萊一般的思維，並把他狂放不羈的自由詩和散文詩特別刊登在《拿索文學雜誌》。塔那杜克的天才來自他吸收了不同年代的特色，但令他們感到遺憾的是，他喜歡上過著放蕩不羈的生活。他現在開口閉口談論的都是格林威治村，而不是「午夜轉動的月」，他結交了一些「冬天的謬思」[1]，不走學術風，避居於第四十二街和百老匯，不再吟詠令他們引頸企盼與欣賞的詩句，成為如雪萊一般的夢中之子。因此他們對塔那杜克不再抱有期待，把他交給未來派藝術家，

1：此處比喻為頹廢沒落的詩人。

認為他與熱情燃燒的派系關係中會有更好的作為。湯姆最後給他一個忠告，兩年時間內，他應該先停止寫作，將亞歷山德．波普的詩歌全集讀上四回，但是艾莫瑞覺得要塔那杜克閱讀波普，就像是用腳去治療胃病，他們大笑一番走出房間，決定擲銅板決定塔那杜克對他們來說到底是天才型人物，還是渺小得不屑一顧的人。

艾莫瑞相當不屑去選一些受歡迎的教授的課，他們每天晚上給一批批的崇拜者分配一些簡單的雋語或是少許夏翠絲香甜酒似的短詩。他對於帶有不確定的氣氛，與學究式性質相關的科目都感到失望。他把對這件事的想法全都濃縮在一首「課堂上」的諷刺短詩中，他還說服湯姆把這首詩刊在《拿索文學》雜誌上。

早安，傻子……
　每個星期三堂課
只要你一開口說話，我們便感到十分無可奈何，
用你的圓滑「是的」哲學
嘲笑我們飢渴的靈魂……
唔，我們是你的上百隻羊群
鼾聲大作、好戲上演、傾吐心聲……我們進入夢鄉……
你是一名學者，所以他們說；
那天你苦心推敲

一個教學大綱，取材自
一本我們早已忘卻的詩集；
你嗅遍了一整個時代的必讀詩集，
你的兩個鼻孔塞滿了塵土，
接著，伸直腿站起，
送上檯面，在一聲巨大的噴嚏之後……
坐在我右手邊的人，
飢渴的蠢驢，公認的絕頂聰明；
問了連串的問題……他將如何忍受，
真誠的氣氛，以及不知擺放在哪裡的手，
在這個鐘頭之後，告訴你
他坐了一整晚，鑽研
你的書……噢，你將忸怩害羞而他
會故作風雅，
兩個假道學者，你將會笑嘻嘻地，
斜睨著眼，想快點返回去工作……
一周前的今天，先生，你歸還了

我的論文，我受益頗多
（透過文章旁你加註的眉批），我蔑視
對粗俗、漫不經心的俏皮話……
批評的最高原則
「你能肯定真是這樣嗎？」
以及
「蕭伯納稱不上權威！」
但是飢渴的蠢驢搬弄手中的材料，
摧殘你給予的高分。

依舊——我依舊到處都能遇見你……
就連莎劇上演，你也參了一腳，
那些逝去、老朽的星
媚惑了有問題的老學究……
一名激進份子就能搖撼
無神論的正統派？——
你呈現的不過是**一般常識**，
張大了嘴，在群眾之中。

有時候，即使是小禮拜堂
也會誘惑你有意的寬容，
與寬廣、燦爛的真理觀
（包括**康德**和**救世軍軍長布斯**[1]……）
你活在連串的震驚之中，
一個空洞、蒼白的肯定……

時間到了……一個個伸了懶腰
上百個受祝福的孩子
騙取你一、兩句話之後，
瞬便在熙來攘往的走道上疾走……
忘了**心胸狹窄**的塵世
巨大的呵欠賜給你重生。

1：威廉・布斯（William Booth, 1829-1912），救世軍第一任軍長。

四月，克瑞．赫拉岱離開學校，搭船到法國從軍，加入拉斐特飛行小隊。艾莫瑞既羨慕，又欽佩他能走到這一步，等到他自己也有了同樣的經歷後，他對克瑞的羨慕與欽佩之意也就灰飛煙滅，然而，他卻從未對自己的經歷給予正面的評價，話雖如此，之後的三年時光，這個經歷卻不斷在他心頭縈繞。

惡魔

他們在十二點離開希莉餐館，搭計程車到畢斯托勒瑞咖啡館。隨行的有艾西亞．馬婁、菲比．柯倫，以及佛瑞德．史婁恩和艾莫瑞。天色不晚，他們感到精力旺盛，於是像是酒神的狂歡者上身一般，衝進咖啡館。

「中間位置，四個人，」菲比大聲嚷嚷。「動作快，告訴他們我們在這！」

「叫他們播放那首『讚美歌』！」史婁恩大喊。「你們兩個點酒，菲比跟我要去搖醒邪惡的小牛[1]，」他們說完，便走進混亂的人群裡。艾西亞和艾莫瑞才認識一個鐘頭，他們擠在侍者身後，找到一個不錯的位子；坐下來，觀望。

「紐哈芬市來的芬德．馬格特森！」她在喧囂聲中高聲呼喊。「嘿，芬德！喂！」

「噢，艾西亞！」他向她大喊打招呼。「過來我們的桌子。」

「別過去！」艾莫瑞小聲說。

「我不過去了，芬德，我跟別人一道來！明天一點鐘左右打電話給我！」

芬德看上去有些不三不四、是個經常出入酒吧的花花公子，說起話來前後不連貫，他轉過身去找那個明豔動人的金髮妞，帶著她在餐廳各處打轉。

「一個沒大腦的傻蛋，」艾莫瑞說。

「噢，他人還不錯。老侍者來了。如果你要點酒，幫我點一杯雙份戴基里酒。」

「那就來四杯吧。」

人群不斷兜著圈，變換位置，移動著步伐。他們大部分都是大學生，還有少數幾個被百老匯刷掉的廢物，女人則可以分為兩類，其中姿態高的是合唱隊女演員。總的說來，這是一群具有代表性的人。聚會中有四分之三的活動純粹是在製造效果，不會各自心懷鬼胎，來到咖啡館門口也就算是結束聚會，隨即趕搭五點鐘的火車返回耶魯或是普林斯頓；另外四分之一的人則是繼續留下來，一直喝到天黑，來自異地和陌生人彼此結識。他們的聚會同樣出於單純動機。佛瑞德．史婁恩和菲比．柯倫是舊識；艾莫瑞跟艾西亞則是剛認識。但是在死氣沉沉的夜晚仍會有新奇的事準備好要發生，不尋常的事是最不可能潛伏在咖啡館裡，因為那裡進行的都是平淡與老套的活動。然而，不尋常的事正準備要破壞艾莫瑞逐漸消滅的百老匯的浪漫情事。這件事進行的方式是無法用言語形容地可怕，令人難以置信，

I：此指跳舞。

事後，他竟未想過把這件事當成他的親身經歷；但它卻是謎樣悲劇裡的其中一景，隔著簾幕之後一段距離上演著，這卻又意味這是指他明確知道什麼。

午夜一點鐘左右，他們移駕到馬克西姆酒吧，兩點鐘，他們又轉往迪維尼埃酒吧。史婁恩一杯接著一杯喝個不停，喝到走路踉蹌的興奮狀態，艾莫瑞雖然疲倦，卻十分清醒；而通常協助他們舉辦紐約聚會，那些收賄的香檳買主，他們一個也沒有遇到。

他們才剛跳完舞，正準備返回座位時，艾莫瑞發現鄰桌有人正在看著他。他轉過身去，若無其事地瞥了一眼……，一名身穿棕色普通西裝的中年男子，坐在距離他們不遠處的一張桌前，獨自一人，聚精會神地望著他們的聚會。看見艾莫瑞朝他的方向望過去，他微微一笑。艾莫瑞轉身告訴才剛坐下來的佛瑞德。

「那個直盯著我們瞧，臉色蒼白的傢伙是誰？」他憤怒地說道。

「在哪兒？」史婁恩大聲說。「我們把他扔出去！」他站起來，搖搖晃晃，扶著椅子。「他人在哪裡？」

艾西亞和菲比突然俯身向前，隔著桌子互相交頭接耳，在艾莫瑞搞清楚狀況之前，她們已經朝大門口走去。

「現在上哪去？」

「回公寓去，」菲比提議。「我們還有一些白蘭地和氣泡酒——今晚這裡一點搞頭也沒有。」

艾莫瑞迅速考慮了一會兒。他的酒喝得不多，假如他不喝半滴酒，那麼跟他們一道離開也是一個出於謹慎的決定。事實上，他是為了緊盯史婁恩的一舉一動，因為他已經醉糊塗了。於是他挽起艾西亞的手臂，親密地拉她進計程車，車子以飛快的車速疾駛，然後停在一棟高聳、白色石頭堆砌的公寓前面……他永遠忘不了那條街……，寬闊的街道，兩旁盡是高聳、白色石頭的建築，星羅棋布著黑色的窗子；不斷朝遠處綿延而去，在皎潔的月光映照之下，建築物呈現出銀白一片。他想像每棟公寓都有一部電梯、黑人門房，還有鑰匙架；每棟公寓有八層樓高，每一層有三、四戶套房。艾莫瑞很高興能夠進入菲比令人賞心悅目的客廳，一屁股坐在沙發裡，女孩們則忙著翻找食物。

「菲比的公寓真不賴，」史婁恩偷偷說道。

「我只能待半個鐘頭，」艾莫瑞板起面孔說。他不知道聽上去會不會太過一本正經。

「這是什麼話，」史婁恩很不滿。「人都來了——幹嘛急著走。」

「我不喜歡這裡，」艾莫瑞一臉緊繃，「而且我沒有食慾。」

菲比拿著三明治、白蘭地酒瓶、吸管和四個杯子出來。

「艾莫瑞，倒酒吧，」她說，「我們來敬佛瑞德·史婁恩，他難得喝得這麼醉。」

「是啊，」艾西亞說著走進客廳，「還有艾莫瑞，我喜歡艾莫瑞。」她在他身邊坐了下來，她的黃頭髮靠在他的肩上。

「我來倒酒，」史婁恩說，「菲比你用吸管。」

托盤上擺滿了酒杯。

「好了，她都端上來了！」

艾莫瑞猶豫著，酒杯拿在手裡。

有那麼一分鐘，誘惑像一道暖風，朝他身上襲來，他的想像迸出了火花，於是從菲比手中拿過杯子。就這樣；在他決定的當下，他不經意仰起頭來，看到距離十碼處，坐著那名咖啡館的男子。他因為受到驚嚇，杯子從他高舉的手中掉落。那名男子半坐半靠在沙發上的靠墊上。他的臉上跟在咖啡館裡見到的一樣，呈現相同的蠟黃，既不是像死人那樣，充滿了死氣沉沉的蒼白顏色——而更像是一種特屬於男性的蒼白——卻稱不上是那種你會說的病懨懨的感覺；反倒更像是個在礦坑裡幹活的強壯男子，或是在潮濕地方值夜班的男性。艾莫瑞從頭到腳仔細地端詳這個人，事後如果必要的話，他可以清楚描繪他身上的一切細節。他的嘴是那種稱得上真誠的類型，他有一雙沉穩的灰色眼眸，目光緩緩從他們其中一人身上移到下一人，臉上只帶有些微疑問的表情。艾莫瑞還注意到他那雙手，並不是非常纖細，動作繁瑣……顯得十分不安，他把手輕靠在沙發上，手掌卻緊張地開開闔闔。同時，艾莫瑞察覺到那雙腿，突然腦門充血，立刻意識到自己感到很害怕。因為這雙腳很不對勁……但他只感到不對勁，卻說不出所以然……就像是個善良女子身上也會有缺陷，也像是緞子上的血漬一般，這種極不協調的恐懼感搖撼著他的腦袋。他沒穿皮鞋，卻套著低筒的莫卡辛軟鞋，尖頭，像是十四世紀的人們穿的那種鞋子一樣，鞋尖翹起，深棕色，腳指頭把鞋子都塞滿了……那模樣真有說不出的可怕……

他肯定說了什麼，或看到了什麼，艾西亞的聲音像是從一個廣闊的地方傳來，帶著一種奇異的方式發出了聲音。

「唔，看看艾莫瑞！可憐的艾莫瑞一定是生病了——腦袋不靈光？」

「瞧那個男的！」艾莫瑞大叫，指著轉角沙發。

「你是指那頭紫色的斑馬！」艾西亞尖聲說道，開起玩笑。「喂！紫色的斑馬正瞧著艾莫瑞！」

史婁恩在一旁傻笑。

「紫色斑馬盯上你了，艾莫瑞？」

一陣靜默……那個男人嘲弄似地瞧著艾莫瑞……霎時，他耳邊微微傳來人的說話聲：

「我還以為你沒喝酒，」艾西亞語帶諷刺地說，但是她的聲音倒也甜美；那個男人坐過的沙發好像活了過來似的；像是瀝青上的熱浪活了起來，又像是一條蠕動的蟲子……

「回來！回來！」艾西亞把手臂勾住他。「艾莫瑞，親愛的，你不要走，艾莫瑞！」他已經朝大門的方向走去。

「別這樣，艾莫瑞，跟我們一塊留下來！」

「你不舒服？」

「坐一會兒吧！」

「喝點水。」

「喝點白蘭地……」

電梯關閉，黑人門房半睡半醒著，臉色蒼白……艾西亞的哀求聲在電梯裡迴盪。那雙腳……那雙腳……

電梯來到底層樓後，走道上微弱的燈光中，又出現了那雙腳。

在巷弄裡

月光灑滿了長長的街道，艾莫瑞背對著月光繼續走。十步、十五步之後，他聽見啪嗒啪嗒的腳步聲。聽上去像是水滴緩慢低著，卻又執拗地，在落下來之前猶豫了一下。艾莫瑞的影子在他的身前拉長了約莫十呎，軟底鞋也落在後頭差不多的距離。孩子般的直覺，使艾莫瑞躲進了白色建築物的藍灰色陰影裡，然後倏地鑽進月光裡，腳步踉蹌小跑步了起來。之後，他突然停下腳步；他得穩著點，他心想。他舔了舔乾裂的嘴唇。

假設他遇見的是好人——這世上若還有好人，他們是否都住在白色的公寓裡？是否每個人走在月光下都會遭人跟蹤？但是即使他遇見的是好人，聽著這駭人的腳步聲，誰會明白他的意思……接著，腳步聲突然間越來越靠近，同時間一片黑色的烏雲遮住了月亮。蒼白的月光掠過房子的屋簷，腳步聲幾乎來到他的身邊，艾莫瑞心想他聽見了靜靜的喘息聲。就在同時，他明白了腳步聲並不在他身後，一開始就不是從背後傳來，而是從前方來，他不是在甩開腳步聲，反倒是跟隨著……跟隨著腳步聲。他開始狂奔，盲目地往前跑，他的心跳得好快，雙手緊握。前方遠處出現了一個黑點，漸漸看出是一個人的身影。不過艾莫瑞現在已經遠離了腳步聲；他轉過街道，衝進又窄又暗的巷弄裡，聞到了腐敗的味道。他沿著一條迂迴曲折的狹長漆黑巷弄走，巷弄裡照不到月光，只有小小一點與一小片閃爍的光芒……接著，他突然間在一排圍籬的角落裡癱軟下來，氣喘吁吁，渾身疲累。前頭的腳步聲停了下來，他聽見腳步聲慢慢移動，聲音連續不斷，彷彿是碼頭四周的海浪聲。

他雙手掩面，盡可能遮住眼睛和耳朵。在這段狂奔疾走的時間裡，他從未有過這種像是精神錯亂又像是喝醉酒的感覺。但這種感覺很真實，那是其他物質的東西所不能賦予他的。他理智上的滿足似乎被動地屈服於這種感覺，而這種感覺與他一生中在此之前發生的一切都非常契合，就像戴著一雙大小合適的手套。卻沒有因此讓他變得糊塗。就像一道問題的答案很清楚地寫在紙上，但是解題的方式卻令他無法理解。他的感覺已經遠遠超過恐懼。他穿透了恐懼的薄薄一層表面，現在則是移動到了另一個區域，在那裡那雙腿以及對白色牆壁的恐懼是真實的，活生生的，是個他必須接受的東西。只是在他的靈魂深處，有一團小火球在跳躍著，哭喊著有東西將他往下拉，試著把他拖進門裡，砰地一聲把門關上。門被關上之後，就只剩下腳步聲和月光下的白色建築物，或許他自己也變成了其中一個腳步聲。

他在圍籬的陰影裡等了五分鐘或是十分鐘左右，心底的這團火球不知怎地……越來越靠近，近到事後他還能說出來。他記得自己大聲呼喊道：

「我要一個蠢蛋。喂，派一個蠢蛋過來！」這番話是他朝對面的黑色圍籬說的，因為腳步聲正是從那道陰影裡傳來……拖著腳步。他認為「蠢蛋」跟「好人」經過先前一番聯想之後，已經混在一塊。他之所以這樣呼喊，並不是受制於意志的行為——意志已經讓他擺脫街上那傢伙的糾纏；他幾乎是出於直覺這樣呼喊道，就像是許多固有的傳統堆疊在一塊的結果，或是夜裡聽到的那些瘋狂的祈禱聲。接著，遠方傳來了像是低沉的鑼發出的鏗鏘聲，倏地，他的眼前突然出現了一張人臉，下方還有一雙腳，那張臉面色蒼白，臉部像惡魔般扭曲，彷彿是遭受到強風吹拂的火焰般，臉孔不斷地扭曲；但在鑼聲敲響之後，他在嗡嗡作響的回音中，立刻發現這張臉不是別人，正是迪克·亨博德。

過了幾分鐘，他突然站了起來，隱約中發現聲響不見了，灰濛濛的巷弄裡只有他獨自一人。天氣冷了起來，他開始緩步朝向巷子另一頭的光線奔去。

窗邊

醒來後，天已經大亮，飯店裡床邊的電話發狂似地響個不停，他這才想起他留了話要櫃檯十一點鐘叫醒他。史婁恩鼾聲大作，衣服堆在床邊。他們換上衣服，沉默地吃完早餐，然後到外頭散步，呼吸新鮮空氣。艾莫瑞試著從混亂的思緒中理出頭緒，努力思索昨晚發生的事。從充塞記憶的混亂印象中，釐清事實的真相。倘若早晨的天氣陰霾濕冷，他或許能夠立刻回想起過去發生的事，可是今天紐約的天氣恰巧是五月時經常出現的氣候，第五大道的空氣輕柔，帶著紫紅色。對於昨晚的事，史婁恩記得多少，艾莫瑞一點都不在乎；很明顯他並不像艾莫瑞這般神經緊繃，然而，緊繃的神經讓艾莫瑞的內心像一把發出嘎吱作響的鋸子般，來回鋸著木頭。

百老匯倏地映入眼簾，吵雜聲不斷，塗抹著濃妝的臉孔從艾莫瑞眼前經過，令他突然感到一陣作嘔。

「看在老天的份上，我們回去吧！我們離開這裡——快離開！」

史婁恩不可置信地看著艾莫瑞。

「你這話是什麼意思？」

「這條街，鬧鬼！拜託！我們快返回到第五大道！」

「你是說，」史婁恩冷冷地說，「你昨晚因為胃不舒服，表現得像個瘋子似的，所以你絕對不會再到百老匯？」

艾莫瑞此刻將史婁恩跟大街上的群眾歸在一類，不再覺得他是那個風趣幽默、個性樂觀的史婁恩，他的臉像惡魔一般，隨著污濁的潮水隨波逐流。

「老天！」他因為聲音太大，轉角處的群眾紛紛轉過頭來，詫異地看他，「那很齷齪，假如你分辨不出來，你也是齷齪的！」

「我是身不由己的，」史婁恩十分不服氣。「你到底是怎麼回事？又陷入了舊日的悔恨之中？假如你跟我們一道，包準你不會有事。」

「我要走了，佛瑞德，」艾莫瑞緩緩地說。他的膝蓋發顫，他知道如果他繼續留在這條街上，他可能會當場暈過去。「我會在凡德畢爾德飯店吃午餐。」說完後，他便迅速離開，轉向第五大道。回到旅館後他覺得好點了，但是當他準備到理髮部去做個頭部按摩時，生髮水和粉撲的味道，不禁讓他想起艾西亞對他投來調情似的笑容，於是他又匆匆離開了理髮店。回到房門口時，他突然覺得一片漆黑，宛如分岔的河流向他襲來。

等他清醒過來，已經過了好幾個鐘頭。他躺在床上，把臉埋進床裡，害怕自己就這麼發瘋了。他這時候急需要人陪伴，一個頭腦清醒、蠢蛋或是好人都可以。他躺在床上一動不動，不知過了多久。他可以感覺到額頭上細小的血管暴衝，害怕的感覺讓他像石膏一般僵硬。他感到自己再度穿過薄薄一層恐懼的硬殼，他唯一能分辨出來的是黎明的曙光。他一定又昏睡過去，當他再次清醒過來，他已經在飯店櫃檯結完帳，此時正踏進一輛計程車。雨水滂沱。

搭乘開往普林斯頓的列車上，沒遇見半個熟人，看到的盡是一群舟車勞頓的費城人。走道對面坐著一個濃妝豔抹的女人讓他倒盡胃口，於是他換到另一節車廂，專注讀著一本通俗雜誌上的文章。他發現自己一直重複看著相同的段落，於是乾脆放棄閱讀，疲倦不堪地把發燙的額頭貼在濕潤的車窗玻璃上。這節車廂是吸煙區，空氣悶熱，夾雜著外地人身上的各種體味；他打開車窗，外頭的濃霧飄了進來，艾莫瑞不禁打了個哆嗦。兩個鐘頭車程像是搭了好幾天，好不容易見到普林斯頓大學的尖塔，以及藍色的雨水中流洩出一方暈黃的燈光，艾莫瑞興奮得幾乎要大聲喊叫。

湯姆站在房間中央，若有所思地點燃一截雪茄。艾莫瑞猜想，他見到自己後好像放鬆不少。

「昨晚做了一個惡夢，跟你有關，」在雪茄繚繞的煙霧中，傳來他沙啞的聲音。「我有預感你遇上麻煩。」

「別說這些了！」艾莫瑞幾乎要發出尖叫。「一個字都不要說；我累壞了。」湯姆不解地看著他，然後便在椅子上坐了下來，打開他的義大利文筆記本。艾莫瑞把帽子和大衣往地上一扔，鬆開領子，從書架上隨意拿了本威爾斯的小說。「威爾斯頭腦清楚，」他想，「如果他解決不了問題，我就要讀魯伯特．布克的詩集。」

半個鐘頭後。窗外刮起了風，艾莫瑞見到濕透的樹枝在風中搖晃，它們用指甲在窗玻璃上胡亂抓一通，他對此感到十分吃驚。湯姆埋首功課，房間裡只有偶爾傳來擦亮火柴，以及移動椅子時，座椅上的皮革坐墊發出的聲響，打破室內的寂靜。閃電般的震撼改變眼前的一切。艾莫瑞坐直起身子，渾身冰冷。湯姆看著艾莫瑞，嘴角下垂，兩眼發直。

「老天救救我們！」艾莫瑞大喊。

「噢，老天！」湯姆大叫，「你瞧後面！」艾莫瑞閃電一般，迅速轉過身去。他什麼都沒看見，只看見漆黑一片的窗玻璃。

「現在不見了，」在寂靜一片的恐懼中，過了一會兒傳來了湯姆的聲音。「剛才有東西在看著你。」

艾莫瑞嚇得全身發抖，又跌坐回椅子上。

「我告訴你，」艾莫瑞說，「我遇上了一個恐怖遭遇。我想——我見到鬼了——或是見到很像鬼的東西。你剛才看到的是什麼模樣的臉孔！——噢，別說，」艾莫瑞很快接著說，「不要告訴我。」

艾莫瑞一五一十把事情告訴湯姆。說完後，已是午夜，之後，他倆把所有的燈都打開，兩個睏倦、卻又怕得要命的男生，互相讀著《新馬基維利》（*The New Machiavelli*）給對方聽，直到黎明爬上維若斯波恩大樓，《普林斯頓人學報》落在門口，五月的鳥兒迎來了昨晚一場大雨後的晨光。

第四章 自戀狂暫時擺脫自我

在普林斯頓這一段過渡時期裡，也就是艾莫瑞大學生涯的最後兩年，儘管他看到學校借助比夜間遊行更好的辦法，做出改變、開展，努力成為與歌德式建築美學相稱的大學。然而，校園中總有幾個人喜歡煽動思想，觸及普林斯頓浮誇的內在深處。這些人有些是原先與艾莫瑞一道的大一新生，狂放不羈的大一新鮮人；有些則是年級比他低的人；這是在他最後一年的學期初，大夥在拿索客棧社團裡，圍坐在小桌子前，開始大聲質疑學校的組織制度，這些質疑過去艾莫瑞跟其他學校的前輩們，長久以來只敢在背地裡進行。首先，部分出於偶然的原因，他們突然想到了幾本特定書籍，這些自傳式小說很顯然是艾莫瑞稱為的「探索」小說。在這些「探索」主題小說中，主角在展開人生旅程之初，便帶著精良的武器武裝自己，並公開表示要根據向來作為武器用途的方式使用這些武器，盡可能以自私與蠻幹的方式激勵武器的持有人，但是這類「探索」書籍的主角最後發現武器應該有更重大的用途。《沒有其他神祇》（*None Other Gods*）、《邪惡街道》（*Sinister Street*）和《高尚研究》（*The Research Magnificent*）都是這類書籍的代表；而真正吸引伯恩．赫拉岱注意的則是其中的第三本小說，這部小說讓他在高年級學期剛開始便不禁納悶，身為一個遠景大道的社團裡耍心機的獨裁者，並沉浸在擔當班級幹部的風光中，究竟有何價值。伯恩顯然透過了菁英份子的管道找到了自己的人生方向。艾莫瑞則是藉由克瑞的引介，對他隱約有些許認識，但是直到大四那年的一月，彼此之間的友誼才開始萌芽。

「聽到最新消息了嗎？」湯姆在一個下著毛毛細雨的傍晚返回宿舍時說，他的臉上帶著一種通常是在一場成功的談話之後才有的得意神情。

「沒有。有人被踢出學校？還是有船沉了？」

「比這更糟。有三分之一低年級生得退出社團。」

「什麼！」

「千真萬確！」

「怎麼會這樣！」

「說是為了改革，以及諸如此類的理由。伯恩．赫拉岱是幕後主導者。社團各幹部負責人今天晚上準備召開會議，看看是否可以聯手想出對策。」

「唉，這麼做的目的是什麼？」

「噢，說是因為社團對普林斯頓的民主有害；成本高昂；劃分社交界限，太過耗時；通常這個說法有時可以從失望的大二學生那兒聽到。因此伍德羅認為他們應該廢止社團，諸如此類。」

「真會這樣嗎？」

「絕對錯不了。我想提案應該會通過。」

「天哪，再多告訴我一些細節。」

「唔，」湯姆開始說，「似乎有幾個人腦中不約而同出現這樣的想法。我剛才跟伯恩聊到這件事，他覺得一個聰明人對於社交體制多加思考後，就會知道這個結論很合理。他們召集了一個『討論小組』，會中有人提出廢除社團的想法——在場每個人都歡喜附議——大夥似乎都存有這樣的想法，只需要一個觸發點，影響層面就會擴散開來。」

「很好！我敢說這會是個有趣的局面。禮帽和禮服社團那邊的感想如何？」

「當然是為之發狂。每個人坐在那兒，爭辯不休，出言不遜，發了狂似的，情緒起伏，簡直變得蠻橫無理。所有社團都是一樣；我去繞了一圈。他們把其中一個提倡廢社的激進份子逼到角落，然後提出各種問題對他猛烈砲轟。」

「這些激進份子怎麼忍受得了？」

「噢，還可以。伯恩很能言善道，態度又誠懇，你根本沒有反駁的餘地。很明顯的，退社這件事的意義對他來說，比起對我們而言阻止學生退出社團這件事的意義更加重大，所以再跟他爭辯下去也沒有用；最後乾脆讓自己處在一個中立的立場。事實上，我認為伯恩一度以為他說服了我改變立場。」

「你說有三分之一的低年級學生要退出社團？」

「保險估計約有四分之一。」

「老天——誰想得到會走到這步田地！」

外頭響起一陣急促的敲門聲，伯恩自己走了進來。

「嗨，艾莫瑞——嗨，湯姆。」

艾莫瑞站起身。

「晚安，伯恩，別介意我趕著離開；我正準備到朗威克用餐。」

伯恩迅速轉身向著他。

「你大概猜得出來我找湯姆談話的原因，這不是隱私的事情。我希望你能在場。」

「樂意之至。」艾莫瑞重新坐了下來，伯恩靠著一張桌子，準備與湯姆爭辯，他看待這場革命性談話比起以往任何時刻都來得重要。伯恩有著一對濃密的眉毛與寬闊的下巴，一雙坦承的灰色雙眸和克瑞神似，透露著敏銳的心思，伯恩第一眼給人的印象就是慷慨與安全感——顯然還有倔強，但他是倔強並不是固執，他才開口說了五分鐘，艾莫瑞就看出他很有熱誠，而不是說說而已。

艾莫瑞之後在伯恩·赫拉岱身上發現的強烈情感，與他對亨伯德的愛慕之情截然不同。這次純粹是開始於一種心領神會。他對於第一流人物的想法，通常是先被他們的個性所吸引，但是他在伯恩身上，卻找不到這種與個性有關的即刻吸引力。那天晚上，艾莫瑞是被伯恩的誠摯熱誠所感動，他習慣將這種特質與令人害怕的愚蠢相連結，這股強烈的熱忱打動了艾莫瑞早已麻木的心弦。伯恩在隱約中象徵了艾莫瑞渴望漂向的陸地——如今，這片陸地幾乎映入眼簾。湯姆、艾莫瑞和艾列克陷入僵局；他們從不曾有過共同創造新事物的經驗，因為湯姆和艾列克總在他們的委員會裡盲目地忙碌著，艾莫瑞則忙著無所事事，他們對事情的剖析包括——大學、現代特性與諸如此類的問題——這些無不是在許多次的用餐當中，經過反覆推敲、討論。

那天晚上，他們為了社團的事情談到午夜十二點，最後他們同意伯恩的看法。兩年前，對同一個寢室的室友來說，這類似乎顯得至關重要的議題絕不會受到熱烈的討論，但是伯恩對社交體制提出的異議看法，完全吻合他們所考慮到的一切層面，他們提出質疑而不是爭辯，並嫉妒這樣明智的人敢挺身而出，對抗一切傳統。

接著，艾莫瑞岔開話題，他發現伯恩同時也在深入研究其他事情。他對經濟學很感興趣，正要轉型成為一個社會主義者。在他內心深處，他是個和平主義份子，非常喜歡閱讀《群眾》（*Masses*）雜誌，還有列夫．托爾斯泰的小說。

「對宗教興趣如何？」艾莫瑞問他。

「不知道。我會一頭栽進許多事物當中——我發現自己也有想法，因此開始去閱讀。」

「讀些什麼？」

「什麼都讀。當然我也會有所選擇，但是大部分都是些能幫助我思考的書籍。我現在正在讀《四福音書》（*Four Gospels*）和《論各種不同宗教經驗》（*The Varieties of Religious Experience*）。」

「啟發你最多是？」

「威爾斯，我想還有托爾斯泰，和一個叫愛德華・卡本特（Edward Carpenter）的人。我讀他們的書算起來有一年多了——往往只讀了幾行字，但這幾行字就已闡明了最基本的道理。」

「詩呢？」

「呃，坦白說，我不讀你們所稱或是認為的詩集——你們兩個寫詩，當然，對事情的看法也不盡相同。我想最吸引我的莫過於惠特曼。」

「惠特曼？」

「是啊；他代表了一股絕對的道德力量。」

「真是慚愧，我對惠特曼一點都不了解。湯姆你呢？」

湯姆羞赧地點點頭。

「嗯，」伯恩繼續說，「你讀了幾首他的詩之後，或許會覺得很乏味，但我所指的是他的整體作品。他真的很了不起——就像托爾斯泰。他們都是那種會正視問題的人，儘管兩個人分屬不同的類型，多少主張同樣的觀點。」

「你把我難住了，伯恩，」艾莫瑞坦承。「我讀過《安娜・卡列妮娜》（*Anna Karenina*）和《克萊采奏鳴曲》（*The Kreutzer Sonata*），據我所知，托爾斯泰的小說大半是以俄文寫作。」

「他是百年來難得一見的偉大作家，」伯恩說道，滿腔熱情。「你是否見過他的畫像，頭髮蓬亂、滿臉鬍子？」

他們一直聊到凌晨三點，話題從生物學聊到宗教組織，艾莫瑞顫抖著身子爬上床時，內心澎湃洶湧，震驚不已，他發現有人找到一條他可以追隨的道路。伯恩・赫拉岱是個不斷求進步的人——艾莫瑞心想他自己也是如此。他曾在人生這條道路上深深陷入一種犬儒主義思想，他思考過人的不完美性，希望藉著閱讀蕭伯納和卻斯特敦（Chesterton）的作品，讓自己的思想免於墮落——如今，傾刻間，他發現自己過去一年半的整個思想過程中，似乎處於一種停滯和徒勞的狀態——那些微不足道的成就……宛如一個陰暗的背景襯托著春天發生的那件事，使他好幾個晚上籠罩於陰森恐怖的氛圍中，令他無法祈禱。他甚至稱不上是一名天主教徒，有的只是那些浮華、老套以及充滿矛盾的天主教信仰所帶給他一套充滿鬼魅的說法，它的先知正是卻斯特敦，捧場的多半是帶領改革的文學浪蕩子，像是休斯曼（Huysmans）和伯吉特（Bourget），美國方面的倡導者則是拉福・亞當斯・寇拉姆（Ralph Adams Cram），他崇尚十三世紀的天主教大教堂——艾莫瑞發現天主教便利與現成，不需要神父、聖禮，也不需要獻祭。

他輾轉難眠，所以打開檯燈，拿出《克萊采奏鳴曲》，在當中仔細翻找點燃伯恩熱情的地方。對於成為伯恩這樣的人，突然間變得比做一個聰明的人更實在。然而他嘆了口氣……他的身上可能還有別的缺點。

他回想起兩年前，伯恩還是個匆忙，緊張不安的大一新生，幾乎被哥哥的個性淹沒。接著，他記起大二那年發生的一件事，伯恩被懷疑是幕後主使。

一天，有一群人聽見荷利斯特校長跟計程車司機吵架，計程車載著他從樞紐站開出。

爭吵過程中，校長說了句「他乾脆自己買輛計程車」的話。他付過車錢後，便下車走人。但隔天早上他進辦公室時，發現原本擺放桌子的地方，竟停了一輛計程車，上面一塊牌子寫著「荷利斯特校長的私有財產。款項付清。」兩個機械工花了半天的時間，才把車子拆成零件大小運走，這件事證明了只要領導有方，大二學生獨有的幽默感也能夠展現強大的能量。

同一年秋天，伯恩再度造成騷動。經常在校際舞會當中跑場的菲麗絲．斯泰爾斯，竟然沒收到哈佛──普林斯頓球賽的邀請函。傑西．佛瑞比幾個星期前帶菲麗絲觀看過一個小型比賽，並強迫伯恩接待她──破除他厭惡女人的情結。

「妳要參加哈佛的球賽嗎？」伯恩輕率地問，純粹為了找話題。

「如果你邀請我的話，」菲麗絲很快地答道。

「我當然會邀請妳，」伯恩怯生生地說。他對於應付菲麗絲這樣的女孩沒什麼經驗，於是把這段對話當成玩笑話。不到一個鐘頭，他就知道自己脫不了身。菲麗絲纏住他不放，還通知他火車抵達時間，這令他沮喪極了。除了對菲麗絲的強烈反感，他倒是希望能夠獨自去觀賽，並跟幾個哈佛友人同樂。

「她等著瞧吧，」他昭告那些到宿舍來看笑話的人說。「這會是她最後一次誘惑無辜的年輕人帶她觀看比賽！」

「但是，伯恩──你既然對她沒興趣，幹嘛**邀請**她呢？」

「伯恩，你**知道**你一定是暗地喜歡她——這才是**真正的**問題所在。」

「**你**要怎麼做，伯恩？**你**要如何對付菲麗絲？」

但伯恩只是搖搖頭，不斷語帶威脅、念念有詞：「她等著瞧，她等著瞧！」

二十五歲的菲麗絲心情愉快地搭乘火車，但到站後，她卻在月台上瞥見了令她不高興的一幕景象。伯恩和佛瑞德・史婁恩站在人群最後頭，穿得像是大學招生海報上的人物般鮮明刺眼。他倆買了一套華麗的服裝，褲子的腰間打了寬摺，衣服上還有兩個超級大墊肩。他們的頭上戴著時髦的大學禮帽，胸前緊扣，佩掛著橘色和黑色相間的飾帶，假領子上頭打著一條橘紅色領帶。黑色的臂章上頭繡有橘紅色的縮寫字母「P」，手杖上有著普林斯頓的細長三角旗，最後連腳上的襪子和露出一角的手帕顏色都相互輝映著。他們牽著一隻碩大、發飆的公貓，牠身上掛著的鏈條發出叮噹聲響，被塗成老虎一般的模樣。

車站裡有一大半的人在看著他們，菲麗絲覺得又好氣又好笑，她一臉驚訝地走近他們倆，一等到她走近，兩個人彎下腰來，大聲歡呼著學校的口號，聲音非常響亮，結束時，還不忘加上「菲麗絲」的名字。她受到熱烈的歡呼，兩人並熱情地護送她進入校園，後頭還跟著一大堆村子裡的小毛頭——幾百名校友和其他訪客在暗自竊笑，當中有大半的人都不知道這是一場惡作劇，還以為伯恩和佛瑞德兩人是大學代表隊成員，帶女友前來體驗大學生活。

當菲麗絲走過哈佛跟普林斯頓比賽的看台時，看台上坐著十來個她從前的追隨者，她的心情可想而知。她試著在人群中往前、往後挪動身子——但他們實在是靠得太近，讓人毫無疑問看出她是跟誰在一塊，他們拉大嗓門談起橄欖球球隊的哥兒們，直到她最後似乎聽見她的熟人在她耳邊說：

「菲麗絲．斯泰爾斯跟著**這兩個傢伙**一道，**心裡肯定不好過**。」

伯恩鬼點子般的幽默，基本上是認真嚴肅的。本著這樣的精神，現在的他擁有源源不絕的充沛精力，更想要變本加厲……

就這樣幾個星期過去，現在正值三月，艾莫瑞仍遲遲找不到伯恩的缺陷。百來個低年級和高年級大學生最後忿忿不平地退出社團，許多社團在無可奈何的情況下，轉而鎖定伯恩，當作他們的利器：嘲弄他一番。每個認識伯恩的人都會喜歡他──但是他贊成的事（他開始認同越來越多事情），通常換來許多言論的猛烈攻擊，換作是意志薄弱的人早就疲於應付。

「你難道不怕聲望下跌？」艾莫瑞一天晚上問道。他們已經習慣每個星期互相探訪對方幾回。

「我當然不怕。聲望能有什麼用？」

「有人說你是天生的政治家。」

他發出狂笑。

「佛瑞德．史婁恩今天也是這麼說。我大概天生吃這行飯。」

一天下午，他們聊起了一個艾莫瑞向來很感興趣的話題──生理條件是否對一個人的人格養成有莫大的影響。伯恩將這個話題轉向生物學上的意義：

「健康當然是最根本的因素——健康的身體是品德端正的根本，」他說。

「我不同意——我不相信『肌肉發達的基督徒。』」

「我相信——耶穌基督肯定有強健的體魄。」

「噢，不是這樣，」艾莫瑞持反對意見。「他的身體操勞過度，我想他死時，身體已經支撐不住了——偉大的聖哲們身體都很虛弱。」

「只有一半的人是這樣。」

「唔，即使我同意，我不認為健康跟品格有任何的關聯，當然偉大的聖賢必須承受龐大的壓力，但那些受歡迎的傳教士精神奕奕到處奔走，大聲疾呼強身救世的論調——不，伯恩，我可不苟同。」

「嗯，先不談這個——這樣不會有結論，況且我自己也沒有一個確定的主張。但有件事我**十分確定**——人的外在的確影響很大。」

「你是指外表嗎？」艾莫瑞急切問道。

「是啊。」

「湯姆跟我也是這麼想，」艾莫瑞表示同意。「我們拿出十年來的學生會名冊。翻出高年級的學會照片，我知道你並不苟同這個莊嚴的機構，但一般說來，它代表了一種成功的象徵。我想每個年級約莫只有三分之一的同學是金髮，真正的淺色頭髮——在每一屆的高年級學生會裡，佔了三分之二。提醒你，十年來那些學生會同學的照片；也就是說高年級班級中每**十五個**淺色頭髮的學生當中會有一**個**進入高年級學生會，而每**五十個**深色髮色的人，只會有一人進學生會。」

「這倒是事實，」伯恩同意。「一般說來，淺色頭髮的人**的確**較高人一等。我曾以美國總統當例證研究過，發現其中有一半是淺色頭髮——試想黑髮的人在其種族中所佔的優勢有多少。」

「人們在潛意識裡默認這一點，」艾莫瑞說。「你會發現大家傾向**期待**淺色頭髮的人發表談話。一個金髮女孩假如不說話，我們會說她是『洋娃娃』；淺色頭髮的男人如果沉默寡言，就會被認為是蠢蛋。但是這個世上到處是深膚色又不多話的人，再不然就是『深色頭髮又沉悶乏味的人』，他們的頭上不長腦袋，卻不知怎麼地，從沒人說他們話少。」

「還有闊嘴、寬下巴以及有著大鼻子的人，無疑都是高人一等的臉孔特徵。」

「這我就不確定了。」艾莫瑞欣賞古典的五官。

「噢，好——我秀給你看，」伯恩拉開抽屜，拿出一疊照片，照片上的人都是留著大鬍子、頭髮蓬亂的名人——托爾斯泰、惠特曼、卡本特和其他人。

「他們不是都很出眾嗎？」

艾莫瑞出於禮貌，欣賞起照片，最後還是笑一笑，放棄了。

「伯恩，我覺得這群人難看極了。他們不過是一群上了年紀的老人。」

「噢，艾莫瑞，瞧瞧愛默生的額頭；托爾斯泰的眼神。」伯恩的口氣帶有責備。

艾莫瑞搖搖頭。

「不，你可以說他們模樣出眾，或是你想怎麼說都行——但他們真的很醜。」

伯恩滿不在乎，親暱地伸手撫摸那寬闊的額頭，然後把照片全收起來，放回抽屜。

伯恩最喜歡夜晚出去散步，一天晚上，他遊說艾莫瑞跟他一塊散步。

「我怕黑，」艾莫瑞提出反對。「我不習慣——除非那天我詩性大發，但是現在我真的怕黑——像傻子一樣怕黑到極點。」

「這是沒有用的，你知道。」

「或許吧。」

「我們往東走，」伯恩提議，「沿著一條條路，穿過樹林。」

「聽上去不怎麼吸引我，」艾莫瑞不情願地承認，「不過我們還是去吧。」

他們出發散步，腳步輕鬆，一邊走一邊激烈地爭論了一個鐘頭，直到普林斯頓逐漸變成一個小白點，在他們身後消失。

「任何一個有想像力的人都會感到害怕，」伯恩講出心裡話。「其實過去我也害怕晚上出來散步。但我要告訴你為什麼我現在可以想到哪就到哪，再也不害怕。」

「繼續說下去，」艾莫瑞急著想知道答案。他們在林子裡漫步，伯恩帶著些不安與熱誠的聲音，開始了他的話題。

「過去，我經常一個人晚上跑到這兒來，那是三個月以前的事，我通常會在剛才我們經過的交叉路口停下腳步。像現在這樣，眼前是一大片樹林，還有狗在嗥叫，樹影婆娑，沒有半點人聲。當然，那些樹影當時就像一個個鬼影，就像你現在的感覺，是不是？」

「是啊，」艾莫瑞承認。

「唔，我開始對此分析了一番——我的想像力堅持把黑暗跟恐怖聯想在一起——於是我轉而讓黑暗帶著我的想像，讓想像警惕著我——我讓想像扮演一隻流浪狗、逃犯或是鬼魂，然後我看著自己沿著樹林裡的路在行走。這麼一來就不會感覺到害怕——這就像是把你自己完全投射到外在的事物上，一切就會變得正常。我知道自己如果是狗、逃犯或是鬼魂，絕對不會對伯恩．赫拉岱造成傷害，正如他也同樣不會傷害我。接著，我想起我的懷錶，覺得應該把懷錶放回寢室，再返回樹林。不，我決定丟失懷錶，也不準備回去——因此便決定走進林子裡——我不是走在林子裡的小路，而是真正在樹林間穿梭，直到自己不再害怕——有個晚上，我還在林子裡坐了下來，打起盹；之後，我清楚知道自己已經完全戰勝黑暗。」

「老天，」艾莫瑞喘著氣。「我一定辦不到。我或許走到一半就衝了出來，起初有汽車經過，等到車燈消失，四周變得更暗，我又會返回樹林內。」

「唔，」兩人沉默半晌後，伯恩突然開口說，「我們已經走了一半，可以往回走了。」

在回程的路上，他倆討論起意志的問題。

「這是事情的全部，」他宣稱，「善與惡之間有一條分界線。我從未見過一個過著墮落生活的人，具有堅強的意志。」

「那些十惡不赦的罪犯怎麼說？」

「他們通常精神不正常。如果不是這樣的話，他們便是意志薄弱的人。天底下沒有一個意志堅強又精神正常的罪犯。」

「伯恩，我完全不同意你的看法；超人又怎麼說？」

「嗯？」

「他是邪惡的，我想，而且意志堅強，精神正常。」

「我沒見過這樣的人，不過，我敢說他不是個笨蛋就是瘋子。」

「我常遇見這樣的人，他既不是笨蛋也不是瘋子。所以我才不同意你的看法。」

「我確定自己沒弄錯——所以我不同意監禁，除非監禁的這個人是真瘋。」

艾莫瑞不同意這一點。對他來說，生活和歷史上充斥著這類意志堅強的罪犯，他們精明，但通常有些自欺欺人；在政界和商界中，找得到他，在老政治家國王、將領當中，也找得到這樣的人；但是伯恩卻不同意這種說法，兩個人在這個看法上意見分歧。

伯恩與周遭的世界相隔得愈來愈遠。他辭去了學生會副主席的職務，把閱讀和散步當成他唯一的嗜好。他主動到研究所旁聽哲學和生物學的課程，坐在課堂中，神情專注，目光帶著感傷，彷彿在等候授課教師提出期待之外的論點。有時候，艾莫瑞看見他有些不安坐在位置上；臉上卻容光煥發；好像準備隨時提出不同的看法。

他走在路上越來越心不在焉，有人甚至指控他變得勢利，但是艾莫瑞知道事實並非如此，有一次，伯恩跟艾莫瑞擦身而過，兩人相距不過四呎之遙，但是伯恩顯然沒有看見艾莫瑞，因為他的心思已經飛到千里之外。艾莫瑞見到他這樣專注的模樣倒也覺得有趣，幾乎要喘不過氣。伯恩不斷往上攀爬，其他人永遠找不到立足點。

「我告訴你，」艾莫瑞對湯姆說，「我承認伯恩是同儕當中，第一個在智力上讓我甘拜下風的人。」

「你這話說得真不是時候——因為大家開始覺得他是一個怪胎。」

「他是高處不勝寒——你知道你跟他說話的時候也是這麼認為——老天，湯姆，過去你經常挺身而出反對『一般人』。成功讓你變得守舊。」

湯姆有些氣惱。

「他有什麼打算——難不成想當一個聖人？」

「不——他跟你見過的任何人都不同。也從沒加入過費城社[1]，他不相信那一套。他不相信公共泳池，以及一句及時的好話就能夠讓這個世界改邪歸正；除此之外，他想要什麼時候喝一杯就去喝。」

「他完全不合時宜。」

「你最近找過他說話嗎？」

「沒有。」

「那你就沒資格批評他。」

這個爭辯沒有結論，但是艾莫瑞注意到校園裡大家對伯恩的看法起了變化。

「真奇怪，」艾莫瑞一天晚上對湯姆說，他倆對這個話題變得更加熱衷，「那些強烈反對伯恩的偏激思想的人，顯然都是法利賽階級的人——我是指這些人在大學裡都是最有學養的人——像你跟佛瑞比都是學報的編輯，還有一些年輕教授……好比像朗基達克那樣的文盲運動健將，雖然覺得他越來越怪，不過也只是嚷著『伯恩這傢伙腦袋瓜裡到底在想些什麼，』說說罷了——法利賽階級的人——老天！他們絲毫不留情面地嘲弄伯恩。」

隔天早上，艾莫瑞下課後遇見伯恩匆匆忙忙穿過麥克科許小徑。

「上哪去？」

「要到學報辦公室見佛瑞比。」他朝艾莫瑞揮舞著上午出版的一份《普林斯頓人學報》。「我要請他重寫編後感。」

「你要活生生剝了他的皮？」

「沒有——不過我被他搞得糊里糊塗。不知道是我誤解他的意思，還是他突然成了世上最差勁的激進份子。」

伯恩匆忙離去，幾天後，艾莫瑞才聽說了以下的這段對話。伯恩走進編輯辦公室，和顏悅色把學報攤開來。

「哈囉，傑西。」

「哈囉，薩佛納洛拉[2]。」

「我剛讀完你的編後感。」

「好耶——你什麼時候開始願意放低姿態。」

1：費城社（the Philadelphian Society），普林斯頓大學學生於一八二五年創立的基督教團體。

2：薩佛納洛拉（Savonarola, 1452-1498），義大利道明會修士，以嚴厲的布道著稱。

「傑西，你真令我吃驚。」

「怎麼說？」

「你難道不怕校方因為你這篇違反宗教的文章而譴責你？」

「什麼？」

「今天早上這一篇。」

「怎麼回事——那篇文章不過是編後感。」

「但是上頭的引言——」

傑西坐直身子。

「什麼引言？」

「你知道的：『不站在我這一邊的就是反對我的。』」

「唔——有什麼不對嗎？」

傑西覺得不對勁，但是不覺得事態嚴重。

「嗯，你在這裡說——我瞧瞧。」伯恩打開學報，讀出來：「誠如那位先生所說的『不站在我這一邊的就是反對我的，』他只會粗略地區分事物，以及幼稚地泛泛而談。」

「有問題嗎？」佛瑞比開始有些不安。「這是奧立佛・克姆威爾（Oliver Cromwell）說的，對不對？或是華盛頓，還是哪個聖徒說的？老天，我忘了是誰說的。」

伯恩噗哧一笑。

「噢，傑西，噢！可愛善良的傑西。」

「老天！到底是誰說的？」

伯恩清清嗓子，「這是聖馬太引述耶穌的話。」

「我的老天！」傑西大叫，整個人跌坐在身後的垃圾桶上。

艾莫瑞寫詩

幾個星期過去。艾莫瑞偶爾會在紐約閒逛，希望能夠發現一輛嶄新的綠色公車，好讓那糖果般迷人的魅力穿透艾莫瑞的性情。

一天，他碰巧踏進一家劇院，看見劇團正在上演一齣戲，劇名好像有些熟悉。幕簾拉起——他不經意看見一個女孩走進舞台。他的耳朵突然閃過幾句話，撥動了模糊的記憶之弦。是在哪裡——？什麼時候——？

然後，他突然發現身邊有人在低語，一個輕柔的聲音，顫抖地說道：「噢，我真是個可憐的小傻蛋；我要是哪裡做錯了，一**定要**告訴我。」

他突然記起什麼，於是迅速而開心地憶起伊莎貝爾。

他在節目單的空白處，很快地寫下：

在這朦朧的黑暗中，我再度觀看，

那兒，簾幕升起，歲月也隨之流逝；
其中兩年——我們過得如此閒適，
快樂的結局並沒有令我倆未經發酵的靈魂
感到厭煩；我愛慕著
在我身旁妳那張熱切的臉，睜大的眼睛，充滿快樂，
那場粗劣的戲碼猶如拍打岸邊的漣漪，我只能報以微笑。
對此我只能報以微笑。
我在不停的哈欠聲與驚嘆中度過一夜，
我獨自一個人看戲……必定喋喋不休地說話，
壞了其中一幕戲，這幕戲多少有點魅力；
妳啜泣著，我為妳感到悲傷
就在這裡！某個男子拒絕離異
而某個女子暈落在他的臂彎裡。

依舊鎮靜

「鬼魂這類東西都很愚蠢，」艾列克說，「他們的頭腦遲鈍。我總能夠看透鬼的心思。」

「怎麼做？」湯姆問道。

「呃，這得看場合。好比在臥房裡。如果你**夠**小心謹慎的話，鬼就會找不著你。」

「繼續，假設你知道房間裡有鬼——那麼你晚上回家後要怎麼做？」艾莫瑞很感興趣地問。

「拿根木棍，」艾列克懷著沉重的敬畏之心說，「木棍長度跟掃帚柄一樣長。首先要做的便是把房內**清理乾淨**——你必須閉上眼睛沉思默想，然後打開所有的燈——接著走進房間，小心翼翼在門外揮舞木棍三、四回。如果什麼事都沒發生，你就可以探頭進去。**記住一定要**先用棍子狠狠地揮動幾下——**千萬不要**先探頭看！」

「當然，這就像是古老的凱爾特傳統做法，」湯姆說道，神情嚴肅。

「是啊——不過凱爾特人會先祈禱。不管了，你先用這個方法檢查房間，以及所有的門後面——」

「還有床哩，」艾莫瑞提醒。

「噢，不，艾莫瑞！」艾列克驚恐地喊道。「方法不一樣——檢查床的方式不同——先別管床——因為你總要說個道理——如果房間裡有鬼，那麼這個鬼一天有三分之一的時間**總會**藏在床底下。」

「唔——」艾莫瑞正要開口說話。

艾列克對著他揮手制止。

「你**當然**不會想到去看床底下。你站在房間的中央，等鬼還來不及會意過來，你就猛然朝床上一跳——切記千萬不要立刻靠近床邊；對鬼來說，你的腳踝是你身上最脆弱的地方——當你跳上床後，那就表示你已經安全了；這個鬼或許整個晚上就待在你的床底下，然而你就跟在大白天一樣安全。如果還是覺得不放心，就拉起被子蒙住頭。」

「真有意思，湯姆。」

「可不是？」艾列克感到驕傲。「這些都是我自己想出來的辦法——我覺得自己就像新世界裡的奧立佛．洛吉爵士[1]。」

艾莫瑞又再一次無比享受著他的大學生活。那種想要毅然往前邁進的感覺又回來了；青春就像是抖落的幾根新羽毛。他儲存了足夠的剩餘精力，準備有新的作為。

「你又為了什麼事在『出神』，艾莫瑞？」艾列克有一天問道，接著他見到了艾莫瑞假裝專心盯著書本的模樣：「噢，別像伯恩一樣，對我裝神秘。」

艾莫瑞抬起頭來，一副天真地模樣。

「什麼？」

「什麼？」艾列克學他的口氣。「你想在書中讀出什麼狂想——我們來瞧瞧。」

他一把搶過書；不懷好意地看著。

「怎麼樣？」艾莫瑞有些拘謹。

「《德雷莎修女傳》，」艾列克故意大聲唸出。「噢，我的老天！」

「我就說嘛，艾列克。」

「什麼？」

「我礙著了你嗎？」

「礙著我什麼？」

「我發呆出神的舉動？」

「怎麼說，不——當然沒**礙著**我。」

「嗯，那就別壞了我的事。如果我喜歡坦白告訴別人我覺得自己是天才，那麼讓我自己去說。」

「你現在因為表現怪異開始出名，」艾列克笑著說，「如果你指的是這個。」

艾莫瑞最後還是獲勝，艾列克同意假如房裡只有他倆，他能有足夠休息的時間，他在人前會配合他裝模作樣一番；於是艾莫瑞花了大錢「出盡鋒頭」，設宴款待最怪異的人，想法令人瞠目的研究生、對政府以及上帝有著奇怪理論的導師，此舉令目空一切的小村舍社團的成員感到既吃驚又懷疑。

二月在陽光的照耀之下，高興地迎接三月的到來，艾莫瑞跟神父閣下一塊度過了幾次週末；有次他帶伯恩一塊成行，彼此相談甚歡，他對於能夠介紹彼此給對方認識同樣感覺到驕傲和愉快。神父有幾次帶他去見松頓．漢考克，還有一、兩次帶他到勞倫斯太太的家裡去拜訪，那是一個經常造訪羅馬的美國人，艾莫瑞立刻就喜歡上她。

1……奧立佛．洛吉爵士（Sir Oliver Lodge, 1851-1940），英國物理學家，熱衷於靈魂研究。

有天神父來了封信，信末附註上幾行字：

你知道你的遠房表姊克萊拉·佩吉，半年前喪偶，目前住在費城，日子過得不如意？我知道你還沒見過她，但是我希望你，就當是幫我一個忙，去探望她。在我心裡，她是個了不起的女人，年齡跟你相仿。

艾莫瑞嘆了一口氣，決定去探望她，就當作是幫忙……

克萊拉

克萊拉像古老的歷史般無法追憶……艾莫瑞根本配不上她，克萊拉有著一頭波浪般的金髮。然而，看來沒有一個男人配得上她。姑且不論女子的美德是否如同單調乏味的長篇大論，她的德行遠超過那些尋覓另一半女子的道德標準之上。

艾莫瑞去費城探望她時，她是有些難過，但是她那雙冷冷的藍色眼眸卻顯得很快樂；一股潛在的力量，一種現實主義，迫使她去面對眾多的事實。她在這世上孤苦無依，帶著兩名年幼的稚子，身邊沒什麼錢，最糟的是有一大群朋友。那年冬天，他到費城去看她時，她正在舉行晚宴招待滿屋子的男性，他發現屋子裡竟然沒有雇請半個僕人，只有一個黑人女孩在樓上看顧她那兩個孩子。他看見城內的浪蕩子，一個經常喝得酩酊大醉，在國內、國外名聲敗壞的一個男人，坐在她的對面，整個晚上興致高昂談論著女子寄宿學校，一副天真的模樣。克萊拉的內心肯定十分擾亂不安！她是那種向來可以替冷場的客廳暖場子的人，總是有辦法說些令人覺得有趣的話題。

艾莫瑞根據情況判定，認為克萊拉可能為經濟所苦。他到費城去，原以為亞克街九百二十一號會是一條淒涼的巷弄。當他發現情況並非如此還有些失望呢。那是一棟老房子，為夫家所有，房子已經有好些年的歷史。一個年長的姑媽，反對賣掉房子，於是把房子十年內需要繳交的稅款都託付給律師保管後，便大模大樣地離去，跑到火奴魯魯去了，留下克萊拉去處理房子的供暖問題。因此迎接艾莫瑞的並不是一個頭髮蓬亂的女人，胸前抱著餓肚子的小孩，面帶著阿米利亞般的悲傷神情。相反的，從艾莫瑞受到的接待來看，他覺得她過著無所憂慮的生活。

一股鎮定的活力和輕鬆幽默，與她的沉穩清醒形成極大的對比——她在這樣的情緒裡，尋求慰藉。她可以做些最無趣的事（雖然她明辨事理，從不會讓**編織**和**刺繡**那些「女紅」使自己看上去顯得愚蠢），然而事後她會立刻拾起書本，讓想像力如同沒有固定形狀的雲朵般，翱翔天際。在她內心最底層的個性中，散發著金色的光芒。如同陰暗房間裡的一盆爐火，將浪漫、憐憫的光芒，投射在爐火周圍的安詳臉龐上，她將身上的光與影再往房間的四周投射出去，直到她把那個年長沉悶的叔叔變成了一個古怪、喜好沉思，充滿了魅力的人，將到處投送電報的男孩變成喜歡惡作劇的淘氣精靈。起初她的這種特質的確有些惹惱艾莫瑞。他覺得自己擁有獨特的個性就已經足夠，當她想要在他身上強加上令人感興趣的嶄新特點，對在場的愛慕者投其所好時，不免令他感到困窘。他覺得自己彷彿受到一個彬彬有禮、立場堅定的劇場經理的要求，要他改變多年來的戲路，嘗試做些新的詮釋。

但是克萊拉只是談論著女帽上的別針、酒醉的男子以及她自己這類微不足道的小事……事後人們嘗試要重複講述一遍那些軼事，最後總說不出個所以然來。他們給她的是一種純真的關注，絕佳的笑容，當中許多人維持這個笑容很久，克萊拉眼裡有幾滴淚水，但是人們卻淚眼朦朧，對她笑著。

偶爾，當屋子裡那些追求者散去之後，艾莫瑞會再多留下來半個鐘頭，他們一塊在近傍晚時享受麵包、果醬和下午茶，或是在傍晚吃一頓她口中所說的「楓糖午餐」，她喜歡這麼說。

「妳**真是**了不起，可不是！」一天六點鐘時，艾莫瑞坐在客廳中央，說著這些陳腐的話語。

「一點也沒有，」她答道。說完後便到餐具櫃去找餐巾。「我是個很平凡無味的人。是那種對任何事都不感興趣，只關心孩子的人。」

「你去跟別人說這些話，」艾莫瑞嘲弄著說。「你是個很引人注目的女人。」艾莫瑞有天對她這麼說，儘管他知道這麼說會令她有些尷尬。而且這是自亞當以來就聽過的老套。

「談談你自己吧。」看來她給出的答案也是亞當會說的話。

「沒什麼好說的。」

最後亞當還是把他在夜裡所思所想令他感到厭煩的事都說了出來，蝗蟲此時在沙葉上發出唧唧叫聲，而且他還自認為高人一等，說著他與夏娃之間有多麼**不同**，卻忘了從他身上長出來的夏娃，跟他是怎樣的不同……不管怎麼說，克萊拉那天晚上談了許多她的事。從十六歲的磨難開始談起，最後安逸的生活突然結束，學業也因此中輟。艾莫瑞瀏覽她的藏書，偶然發現一本破爛的灰色書籍，裡頭竟掉出一張泛黃的紙張，他不經意打開這張紙。那是她在學校裡寫的一首詩，關於一段灰色歲月，修道院裡一堵灰色的斑駁牆壁，一個女孩穿著斗篷，斗篷迎風吹起，她坐在牆頭上，想著多采的世界。換作是平常，艾莫瑞肯定會覺得這首詩是在強說愁，但是這首詩寫得如此單純且充滿氛圍，艾莫瑞腦海中不禁浮現克萊拉當年的模樣，在陰冷的灰色天氣中，她那雙熱切的藍色眼眸向外凝視，看著外頭的花園裡她的災難朝她猛撲而來。他嫉妒那首詩。他多麼想要前來這裡看著她，坐在牆頭，跟她說些無關緊要的情話，看著她位處高高的天空。他開始非常駭人地嫉妒起克萊拉的一切：她的過去，她的孩子，還有一群男男女女蜂擁而上，想要利用她的和善，歇息他們疲倦的心，就像是在觀看一齣引人入勝的戲劇演出。

「妳似乎不討厭**任何人**，」他忿忿不平說道。

「這世上有一半的人還是會令我反感，」她承認，「但這已經是平均來說不錯的狀況，不是嗎？」她轉過身去開始翻查白朗寧與此相關的詩句。她是他所遇見的人當中，唯一會在談話中途，突然想要翻找詩句與引文，卻不會讓人因為她的打斷而感到惱怒的人。她不斷翻找著詩句，懷著極大的熱誠，他歡喜地望著她的金色捲髮窩進書本裡的模樣，眉頭緊蹙，搜尋她想要的詩句。

三月初，他都會前往費城度週末。她的家裡總是有別的人在，但她卻似乎一點也不急著跟他單獨見面，他在許多次場合中，聽著她說話的隻字片語，總會帶給他另一個美好的愛慕，達半個鐘頭之久。慢慢地他陷入了愛河，並開始出現了瘋狂的念頭，想跟她結婚。儘管好幾次腦海中的念頭，就要從嘴邊說出，事後他仍舊認為這個念頭扎的根還不深。有一回他在睡夢中，美夢成真，但他卻在嚇出一身冷汗中驚醒，因為夢中的克萊拉，顯得有些愚蠢，她的頭髮成了亞麻色，金髮褪去了顏色，嘴裡說出的只是些迂腐的陳腔濫調。但她卻是他頭一個認識到的知書達禮的女人，而且是少數讓他感興趣的人。她的善良是她最大的優點。艾莫瑞認為對大多數善良的人來說，善良不僅成了他們的負擔，再不然就是扭曲了這個優點，表面上裝作和善，當然其中也不乏有些偽善者和偽君子——（對艾莫瑞來說，他認為這些人都不該獲得救贖。）

聖西西莉亞

在她那條灰色的法蘭絨裙上，
在她那柔軟、經過錘鍊的髮絲下，
玫瑰的顏色在悲痛的嘲弄中
泛起的紅暈，消退，造就她的美麗；

空氣瀰漫了她與他之間，
伴隨燈光、倦怠和小小的嘆息，
微妙地令他幾乎察覺不到……
閃電般的歡快，玫瑰的顏色。

「妳喜歡我嗎？」

「我當然喜歡你，」克萊拉一本正經地回答。

「為什麼？」

「呃，因為我們倆有很多共同的特質。很自然地從彼此的身上流露出來——或是說本來就存在我們身上。」

「妳在暗示我並沒有表現出我自己的特質？」

克萊拉猶豫一會兒。

「嗯，這我不清楚。一個男人當然得經歷一些磨難，可是我卻被保護得很好。」

「別支支吾吾的，克萊拉，」艾莫瑞打岔；「但妳可以說說看我這個人，好不好？」

「當然，我很樂意。」她臉上沒有帶著笑。

「真是太好了。首先先回答一些問題。我是不是一個自欺欺人的人？」

「呃——不是，你是非常地自負，只是讓那些看出你這層優越感的人覺得很可笑。」

「我知道了。」

「你骨子裡很謙虛。但是當你覺得遭人輕忽時，你便會深深陷入憂鬱之中。事實上，你沒有什麼自尊心。」

「妳說得對極了，克萊拉。你是怎麼辦到的？你根本還沒讓我說句話。」

「當然不需要——如果一個人開口說話，我反而沒法正確判斷。但是我還沒說完；你之所以缺少自尊，那是因為儘管你一本正經對那些俗不可耐的人宣稱自己是個天才，卻把所有的過錯都攬在你自己的身上，堂而皇之。舉例來說，你一直說自己是酒的奴隸。」

「我真是這樣的人啊。」

「你說自己的個性軟弱，缺乏意志。」

「我沒有一點意志——我非常情緒化，喜好分明，不喜歡單調的日子，受到自己的欲望行事——」

「你不是這種人！」她緊握的拳頭互相敲擊了一下。「你是個不折不扣的奴隸，這世上讓你變成無可救藥的奴隸只有一件事，你的想像。」

「妳的話無疑引起了我的興趣。如果妳不會感到無趣的話，繼續往下說。」

「我注意到你想要晚一天回學校時，你總會毫不遲疑去做。你心裡清楚知道，去留的利弊從來就不是你的優先考量。你只會讓自己的想像在欲望之上攀爬幾個鐘頭後，再做決定。很自然地，由於你的想像不受任何束縛一段時間，於是你找到千百個留下來的理由，所以你最後的決定多半不是真的理由，而是你自己的好惡。」

「沒錯，」艾莫瑞想要反對，「但難道不是因為我缺乏意志，才會讓想像力爬錯邊？」

「親愛的艾莫瑞，你這麼想就大錯特錯了。這跟意志一點關係也沒有；不管怎麼說，那只是瘋狂，無用的字眼；你缺乏的是判斷力——在當下知道想像力想要捉弄你一番時，一有機會就能立刻做決定的判斷力。」

「呃，真是要命！」艾莫瑞像是受到一記當頭棒喝，「我沒料到會是這樣。」

克萊拉並沒有幸災樂禍的意思。她立刻改變話題。但是她的一席話卻讓艾莫瑞開始去思考，而且知道她的話有部分是對的。他覺得自己就像是工廠老闆，在一次冤枉員工的清白之後，最後才發現原來是自己的兒子每個星期在帳目上動手腳。他那貧乏、受虐待的意志，長久以來被他拿來嘲弄自己與他的朋友，如今正無辜地站在他的面前，而他的判斷力離他而去，受到了監禁，關不住的小淘氣，即想像力，卻在一旁開心地手舞足蹈。克萊拉是唯一一個艾莫瑞不要求給答案的人——也許，有一個以情況例外，那便是在他與達西神父交談時。

他真想跟克萊拉一塊做所有的事！跟她一塊外出購物根本是千載難逢的機會。陪著她走進過去光顧過的所有店家，聽見大家背地裡稱讚她是個美麗的佩吉太太。

「我敢打賭她不會單身太久。」

「唔，小聲點。她可不是來聽你的意見。」

「她真是漂亮**可不是**！」

（樓管進來之後——店員們禁聲不語，卻暗自竊笑。）

「人家可是上流社會人士，不是嗎？」

「是啊，不過現在沒什麼錢了，我想；他們都這麼說。」

「老天！她**不是**還有孩子嗎！」

克萊拉對所有人都是笑臉迎人。艾莫瑞相信那些店家會給她折扣，有時她會知道，有時並不知道。他知道她衣著講究，總是挑選最上乘的東西，因此無可避免地獲得樓管的關照，這是一定要的。

有時，他們會在禮拜天一塊兒上教堂，他與她並排走著，新鮮空氣中的水氣濕潤了她的雙頰，令他十分陶醉。她對信仰向來很虔誠，天知道當她跪下來，低垂著一頭金色捲髮，在彩色玻璃光線的映照下，她的心靈昇華到什麼樣的高度，她的力量增加了多少。

「聖西西莉亞，」一天，他不由自主地大叫，大家紛紛回過頭來看，牧師中斷了講道，克萊拉和艾莫瑞兩個人滿臉脹紅。

那是他倆相處的最後一個禮拜，那天晚上他卻破壞了氣氛。他實在是控制不住。他們倆在三月的黃昏裡散步，天氣像六月般溫暖，年輕的朝氣充滿了他的心靈，因此他決定非要說出口。

「我想，」他說，聲音有些顫抖，「如果我失去對妳的信念，就如同我失去了對上帝的信仰。」

她一臉驚訝地望著他，於是他問她是怎麼回事。

「沒什麼，」她緩緩地說，「事情是這樣的：以前有五個男人對我說過相同的話，這句話令我十分害怕。」

「噢，克萊拉，這難道不是妳的命運！」

她沒有回答。

「我想愛對妳是——」他剛要開口。

她突然轉過臉。

「我從沒真正愛過。」

他倆並肩走著，他慢慢知道了她話中的含意……沒有愛過的意思……她在那一刻似乎顯得非常孤單。他整個人突然從她的身旁重重摔落，他只求能觸碰她的衣裳，如同約瑟夫必須從瑪麗亞身上獲得永恆的意義。但接著他卻聽見自己下意識說著：

「我愛妳——如果我將得到任何的崇高偉大……噢，我說不出口，但是克萊拉，如果我兩年之後有能力回來娶妳——」

她搖搖頭。

「不行，」她說；「我不會再結婚了。我已經有兩個孩子，我想好好跟他們一塊生活。我喜歡你——我喜歡所有聰明的男人，我喜歡你超過他們任何人——但是你很了解我，我不會跟一個聰明的男人結婚——」她說到這裡突然打住。

「艾莫瑞。」

「怎麼了？」

「你並沒有愛上我。你從來就不想要跟我結婚，對吧？」

「一切顯得幽微不明，」他驚訝地說。「我知道我說的不夠理直氣壯。但是我愛妳

——或者說我愛慕妳——或是崇拜妳——」

「你又來了——才五秒鐘，你又開始急著表達你的情感。」

他笑得有些不自然。

「別讓我像個無足輕重的人，克萊拉；有時候妳真是令人沮喪。」

「你並不是不重要，」她急切地說，挽住他的手，張大著雙眼——他從逐漸變暗的暮色中，看到他倆的感情。「無足輕重是個永恆的否定。」

「空氣中有著春天的氣息——妳的心中有著無限的慵懶與甜美。」

她放掉了他的手臂。

「你現在什麼都好，我覺得很榮幸。給我一支煙。你沒見過我抽煙，對不對？唔，其實我抽煙，一個月抽一次。」

接著這個完美的女人跟艾莫瑞一塊兒賽跑到角落，像是兩個在夜幕餘暉下玩瘋的孩子。

「我明天要到鄉下去，」她站著邊喘著氣邊說，避開了轉角點亮的街燈。「這些日子值得讓人回味，儘管這些是屬於城市的回憶。」

「噢，克萊拉！」艾莫瑞說；「如果上帝用別的方式塑造妳的靈魂，妳不知道要變成什麼樣的惡魔！」

「大概吧，」她答道；「但是我想我不會。我從來沒有真正瘋狂過。這小小的爆發，純粹是春天的緣故。」

「妳是很狂野的，」他說。

他們這會兒又一塊走著。

「不對——你又說錯了，你引以為傲的腦袋怎麼會錯看我呢？我跟春天所代表的一切東西截然相反。如果我碰巧擁有那種能讓古希臘雕刻家讚嘆的面貌，那可真是不幸，但是我向你保證，如果不是因為我這張臉，我可能早成了修道院裡靜默的修女」——然後她便跑了起來，提高的音量往後飄向艾莫瑞，艾莫瑞也跟著跑了起來——「我得回去看看我的寶貝孩子。」

她是艾莫瑞所知道的女孩當中，唯一讓他明瞭為何別的男人也會喜歡她的原因。他所遇見的女人，往往都是初入社交圈的已婚婦女，仔細瞧著這些女人，他發現她們臉上的表情似乎說著：

「噢，如果我能夠得到**你！**」老天，真是個自負到了極點的男人！

但是那天晚上星光燦爛，歌聲繚繞，克萊拉美麗的靈魂依舊在他倆行經的路上閃爍著光芒。

「金色，空氣中到處充滿金色的光芒——」他對著池水唱了起來……「空氣中到處充滿金色的光芒，金色的曼陀鈴演奏出金色的音符，金色小提琴的金色蛀蝕，真美，噢，倦怠的美……飾帶鑲綴的籃子裡放著一束紗，凡人都會殞落；噢，年輕放肆的上帝，祂想知道也想要問問……誰會分送這樣的金子……」

忿恨的艾莫瑞

緩慢而不可避免的，最後一道大浪最後打了上來，艾莫瑞還在夢囈著，戰爭便迅速朝沙灘席捲而來，沖蝕著普林斯頓嬉戲的沙堡。每天晚上，體育館內傳來一隊隊人馬踩踏過地板傳來的回音，腳步磨損了籃球場上所畫的記號。再隔一個星期，等艾莫瑞到華盛頓去度週末時，他感覺到一股危機感，回程時搭臥鋪車，臥鋪對面的外國人身上散發的臭味令他感到反感——他猜那是希臘人或是俄國人。他心想在同一個民族之間談論愛國主義，或是打殖民戰爭，以及南北聯邦之戰要容易多了。那一天晚上，聽著車廂裡，代表新一代美國人的外地人放聲大笑、打酣聲和濃重的異味，艾莫瑞失眠了。

在普林斯頓裡，每個人在公開場合開玩笑，私底下卻自嘲自己的死或許會換來個英雄的稱號。具文學氣息的學生狂讀著魯伯特·布克的書；公子哥兒擔心的是政府是否會替軍官訂做英國剪裁的軍服；剩下那些無可救藥的懶鬼寫信給政府部門的小單位，要求分派一些簡單的差事和柔軟的臥鋪車廂給他們。

一個星期過後，艾莫瑞看見伯恩，知道那時說些什麼都已經沒有用——伯恩儼然成了一個和平主義者。閱讀社會主義雜誌，膚淺地談論著托爾斯泰，並強烈渴望想從自己的身上找出能夠發揮自身力量的動機，最後他決定以宣揚和平，作為他的主觀理想。

「當德國軍隊進入比利時，」他開始說著，「假如當地居民對於軍隊採取溫和手段從事各自的工作，德國軍隊就會潰不成軍——」

「我知道，」艾莫瑞打岔，「我早聽說了整件事。但我不打算跟你一起做政令宣傳。或許你說的對——但是即便是如此，要我們完全不加以抵抗簡直是癡人說夢。」

「但是，艾莫瑞聽著——」

「伯恩，我們不是才討論過——」

「很好。」

「還有一件事——我並不要求你想想自己的家人或是朋友，因為我知道撇開你的責任感，他們根本無足輕重——但是，伯恩，你怎知道那些你接觸的雜誌，你加入的團體，以及那些你遇見的理想主義者，不過是被**德國人**洗腦所致。」

「不容質疑有些是如此。」

「你怎麼知道他們並非**全都是**泛德國主義思想——就像一批意志薄弱的人——有著德國和猶太人的名字。」

「這當然是有可能的，」他語氣緩和不少。「我現在所持的立場有多少是受到政治宣傳的影響，我不清楚；但我知道那是我心裡最堅定的信念——就像在我眼前鋪展開來的一條路。」

艾莫瑞心裡一沉。

「想想政令宣傳的虛偽——沒人因為你是和平主義者，使你成為一名殉道者——只不過是陷你於不義——」

「這一點我很懷疑，」他打岔。

「唔，對我來說這聽起來充滿了紐約的文化人氣味。」

「我知道你這話的意思，這說明為何我沒有跟你激烈辯論的原因。」

「伯恩，你只有單槍匹馬一個人——就算上帝站在你這邊，也未必有人會聽你的。」

「史蒂芬在許多年前，早該想到這一點，但他執意要佈道，結果他們把他給殺了。他或許會覺得自己死得很不值得。但是你看，我總覺得保羅前往大馬士革的路上想到的也是史蒂芬的死，就是這事促使他到全世界宣揚耶穌的真理。」

「繼續說。」

「就這樣——這是我特殊的任務。即使我現在只是個無名小卒——只能做為犧牲品。老天！艾莫瑞——你不會真以為**我**跟德國人一樣吧！」

「我不想再說下去了——我受夠了和平主義份子的溫和手段那一套，把庸才排斥於外，而像是一個巨大的幽靈始終一直站在那裡一樣。這個巨大的幽靈一邊站著托爾斯泰的邏輯，另一邊則是站著尼采的邏輯——」艾莫瑞停頓一會兒。「你什麼時候走？」

「下個禮拜。」

「我會來跟你道別。」

他離開後，艾莫瑞發現他臉上的表情，竟然跟兩年前克瑞在布萊爾拱門跟他道別時的表情一模一樣。艾莫瑞想不透為何他倆無法面對兩人最真誠的一面，因此感到鬱鬱寡歡。

「伯恩是個狂熱份子，」他對湯姆說，「他真是大錯特錯，我在想他完全不知道自己栽在無政府主義出版商，以及遭德國收買的告密者的手裡，成了無名小卒——但是他不斷在我腦海縈繞——讓每件事都顯得意義重大——」

一個星期後，伯恩帶著滿腔熱情安靜地離開。他變賣所有的東西，到樓下宿舍道別，然後打算騎著他那輛破腳踏車離開，返回賓夕法尼亞的老家。

「彼得隱士跟黎胥留紅衣主教道別，」艾列克懶洋洋倚靠著窗台說，伯恩跟艾莫瑞握手道別。

艾莫瑞一點開玩笑的心情都沒有，當他目送伯恩那雙長腿騎著那輛滑稽的腳踏車，越過亞歷山德樓漸行漸遠，他知道這個禮拜他一定會不好過。他並不是質疑戰爭——德國的一切跟他的想法有所牴觸；好比唯物主義以及巨大的猖狂勢力；伯恩的臉龐仍深深烙印在他的記憶裡，他厭倦開始聽到一些歇斯底里的聲音。

「這時候突然詆毀歌德有什麼用，」他對艾列克和湯姆說。「為何要寫書去證明是他引發的戰爭——或是那個愚蠢，評價過高的席勒其實是個偽裝的魔鬼？」

「你讀過他們的著作嗎？」湯姆十分精明地問道。

「沒有，」艾莫瑞坦承。

「我也沒有，」他笑笑說。

「人們恐怕會大叫，」艾列克小聲說，「但是歌德的書仍放在圖書館的架子上原封不動——把想讀他的書的人搞得很無聊！」

艾莫瑞沉默下來，話題就此打斷。

「你打算怎麼辦，艾莫瑞？」

「步兵團還是空軍部隊，我拿不定主意——我討厭機械，所以選擇空軍對我來說比較合適——」

「我跟艾莫瑞感覺一樣，」湯姆說。「步兵團還是空軍部隊——空軍好像比較符合戰爭的浪漫一面——就像從前人們口中說的騎兵部隊那樣，你知道的；但我跟艾莫瑞一樣，不懂得什麼是馬力還有活塞桿。」

不知怎地，艾莫瑞把他對於戰爭缺乏熱情的態度，最後都怪罪到他這一代好戰的祖先身上……一八七〇年所有人都對德國歡呼……唯物主義者十分猖獗，包括那些德國科技和高效率的崇拜者們。一天，他在英文課堂上，聽見教授引述〈洛克斯利大廳〉（*Locksley Hall*），於是帶著他對丁尼森以及他所代表的一切的鄙視，鬱悶地研讀起他的詩作——因為他是維多利亞的代表人物。

維多利亞時代的人，從未學會哭泣，
播下種子，讓你們的後代子孫在田裡痛苦收穫——

艾莫瑞在筆記本上胡亂寫下詩句。授課者教導著丁尼森詩作的深度，班上五十個學生紛紛低下頭去做筆記。艾莫瑞翻到空白那一面，開始寫起來。

知道達爾文理論是怎麼回事後，他們發顫，

　　當華爾茲開始盛行，紐曼[1]只得匆匆離去，他們發顫——

但是華爾茲很早就有了；所以他把這一句詩刪掉。

「詩名：〈秩序時間之歌〉（*A Song in the Time of Order*），」教授的聲音傳進了他的耳朵裡，低沉單調的聲音漸遠。「秩序時間」——老天！所有東西都被塞進箱子裡，維多利亞人坐在箱蓋上靜靜地笑著……白朗寧在他的義大利別墅裡勇敢地喊叫：「一切圓滿的結果。」艾莫瑞又再次塗寫。

　　你跪在教堂裡，他俯身傾聽你的祈禱，
　　你因「輝煌的收穫」向他致謝——為著「中國」的字眼責備他。

為何他永遠無法寫下兩行對句？現在他需要想出押韻的詩句：

　　你要用科學讓他走向正道，儘管他從前犯過錯……

1：約翰・亨利・紐曼（John Henry Newman, 1801-1890），原為聖公會的牧師，在一八四五年皈依羅馬天主教，他學問淵博，討論許多有關宗教信仰等問題。

唉，隨你怎麼說吧……

你在家裡見到了孩子們——「我已經安排好了！」你大喊，
帶著過去五十年來在歐洲的生活，然後合乎道德地——死去。

「這在很大程度上是丁尼森的思想延續，」授課者的聲音傳來。「史汶彭恩〈秩序時間之歌〉很適合作為丁尼森詩作的書名標題。他把次序理想化，反對失序，反對混亂。」艾莫瑞最後終於靈光乍現。他翻開筆記新的一頁，在剩下的二十分鐘裡振筆疾書。然後他走向講台，把那張從筆記本撕下來的那一頁放在桌上。

「這首詩是關於維多利亞時代的人，先生，」他冷冷地說道。老師好奇的拿起紙條，艾莫瑞迅速溜出門外。以下就是他所寫的：

秩序時間之歌
你留給我們去唱，
排斥庸俗之人的證明，
用韻腳回答生命，

獄卒的鑰匙叮噹響
古老的鐘聲響起，
　時間是謎語的終點，
　　我們是時間的終點……

眼前是遼闊的大海
我們也許可以觸及天空
　槍砲守衛著邊界，
　　臂鎧——不急著拋擲，

千百種古老的情緒
每個人說著陳腔濫調，
　秩序時間之歌——
　　耳語呢喃，我們或許可以高歌。

許多事情的了結

四月初在氤氳的霧中流過——許多個漫長的夜晚，薄霧就籠罩著社團的露台上，屋內的留聲機奏著〈可憐的蝴蝶〉……因為〈可憐的蝴蝶〉是最後一年流行的歌曲。戰爭對他們的影響似乎不大，這個時節或許該像過去那幾個春天一樣，只是現在隔天下午都有軍訓課，然而艾莫瑞深刻地意識到這不過是舊體制之下最後一個春天。

「這是對超人的強烈抗議，」艾莫瑞說。

「我想也是，」艾列克同意。

「他跟任何一個烏托邦絕對不能相容。一旦有他出現的地方，麻煩就跟著來，所有原本隱藏的惡魔也紛紛出籠，一等他張嘴說話，隱藏的惡魔便會使人暈厥、動搖。」

「當然他不過是個有天賦的人卻缺乏道德感。」

「就這樣。我想最糟的事無非是思考這個問題——以前也發生過，多久之後會再發生？拿破崙的滑鐵盧之役經過五十年之後，英國學校孩子們把拿破崙和威靈頓公爵都視為英雄。我們怎知道我們後代子孫的偶像不會是興登堡『？」

「什麼原因造成這種結果？」

「時間啊，該死，還有歷史學家。如果我們學會單從邪惡處去看待邪惡，不管它穿著污穢、單調或是華麗的外衣。」

「老天！四年來我們不是把世界耙到煤炭上？」

接著夜晚到來，這應該是我們度過的最後一個夜晚。湯姆和艾莫瑞，明天一早便要奔赴到不同的訓練營去，像往常一樣走在幽暗的小徑上，似乎依舊看見他們的四周都是熟悉的臉龐。

「今晚的草地上好像佈滿鬼魂。」

「整個校園充斥了這些鬼魂。」

他們來到利特大樓停下腳步，看著月亮升起，月光映照在多德樓的石板屋頂上一片銀白，藍色陰影籠罩著沙沙作響的樹葉。

「知道嗎，」湯姆小聲說，「我們現在所經歷的是一段美好的年輕歲月，這種喧鬧的感覺在此地已經持續了有兩百年之久。」

最後在布萊爾拱門下方突然傳來一陣歌聲——為著即將到來的漫長告別而唱。

「我們留下來的不只是這個班級；而是這一代年輕人的傳承。我們是其中的一個世代——那似乎想將我們束縛在此地的那些穿著長統靴和長統襪的幾個世代的連繫統統打破。我們手挽著手和布爾[2]以及騎兵哈瑞．李[3]走過半個這些深深的夜晚。」

「就是這樣的顏色，」湯姆開始離題，「深深的藍色——再多加些色彩就會破壞他們，讓他們顯得更加奇特。尖塔，襯著諭示了黎明的天空，石板屋頂上藍色的光芒——讓人心痛……真的——」

1：保羅．馮．興登堡（Paul Von Hindenburg, 1847-1934），德國陸軍元帥。

2：布爾（Aaron Burr, 1756-1836），傑佛遜總統副手，一七七二年畢業於普林斯頓大學。

3：哈瑞．李（Harry Lee, 1756-1818），獨立戰爭時的騎兵軍官，一七七三年畢業於普林斯頓大學。

「再見，亞拉．布爾，」艾莫瑞對著被遺棄的拿索大樓喊道，「你跟我都知道生命的奇特角落。」

他的聲音在靜寂聲中迴盪。

「火炬熄滅，」湯姆低聲地說道。「噢，米薩琳娜，體育場上一道長長的陰影造起了尖塔——」

同時，大一新生發出的聲音在他們四周此起彼落，他們四目相望，淚水在眼眶中打轉。

「該死！」

「該死！」

最後一道光線逐漸消逝，飄蕩在這一片土地上——低陷、綿長的土地，尖塔之下，陽光普照大地；傍晚鬼魂撥動了他們的七弦琴，在林中狹長的走道上一邊遊蕩，一邊唱著悲傷的曲調；蒼白的火焰和夜晚相輝映，從每個尖塔到每一個尖塔：噢，睡吧，所有的夢，永不疲倦地做著夢，擠壓蓮花的花瓣作為紀念，一個時辰的精華。

不再在僻靜的溪谷等待黃昏的月亮、星星和尖塔，慾望永恆的早晨越過時間以及現實的午後。這裡，荷瑞克里特斯，你在火焰還有變動的事物中，是否發現你在死寂歲月裡投擲的預言；這個午夜，在餘燼中的陰影裡，火焰的中央，我的慾望將會見到這個世界的光彩與悲傷。

幕間劇　一九一七年五月——一九一九年二月

這是一封日期標明為一九一八年一月，達西神父寫給艾莫瑞的信，艾莫瑞當時是第一百七十一師步兵團的少尉，那時他人正在倫敦的米爾營，營隊當時正駐紮在港口。

親愛的孩子：

你只要告訴我你依然沒變；其他的，我只需要回溯焦躁不安的記憶，以一支紀錄溫度的溫度計，將你與我在你這個年紀的情況相比，即可見出端倪。但是人們總是喋喋不休，你跟我在舞台上，朝彼此徒勞地呼喊，直到最後一塊簾幕砰地一聲落下！落在我們鞠躬時的腦袋上。但是你放映的這疊人生幻燈片跟我當年用的很相似，所以我必須寫這封信告訴你，即使只是為了大聲喊出人們的愚蠢……

這是一件事的結尾：不論好壞，你不再是那個我所知道的艾莫瑞．布萊恩，再次見面的感覺也不復以往，因為你們這一代年輕人比起我們那一代的人更加成長茁壯，儘管我們是受到九〇年代滋養的人。

艾莫瑞，我最近重新閱讀阿基里斯的作品，《阿加曼儂》裡的神蹟反諷文體中，我找到了這個艱苦年代的唯一答案——所有的世界，都在我們的耳邊崩塌，而最密切的平行年代回到了無可救藥的絕望之中。有時候，我把外面那些人想成是羅馬軍團的人，距離他們頹圮的城市幾英里遠，攔截一群烏合之眾……畢竟，比起頹圮城市的居民來說，烏合之眾更令人覺得可怕……對他們的種族來說，不過是另一個盲目的打擊，多年前，我們帶著憤怒接受凱旋般的歡迎，面對整個維多利亞時代的屍體，我們帶著顫抖的勝利……

隨後出現了一個徹頭徹尾的唯物主義世界——還有天主教教會。我納悶你會在哪裡找到自己的位置。但是我可以確定一件事——你帶著愛爾蘭凱爾特民族的血出生，死後還是凱爾特人；所以，如果你不持續以上天來檢驗你的思想，你便會發現大地會持續不斷召喚你的野心。

艾莫瑞，我突然發現自己已經垂垂老矣。就像所有的老人，我偶爾也會做夢，我要告訴你這些夢。有時候，我會把你想像成自己的兒子，或許你是我當年懵懂時，生下的孩子，等我清醒後，一點都想不起來自己做了什麼事……這是一種身為父親的直覺，艾莫瑞——獨身生活卻比俗世生活帶來更深層的體悟。

有時候，我覺得我們兩個這麼相似是因為我們有共同的祖先，我發現達西和奧哈拉家族的血源其實源自歐唐諾休斯……他的名字叫作史蒂芬，我想……

當閃電擊中我們其中一個人，其實是兩個人一塊兒受到打擊：你還沒到駐紮的港口，我就已經取得前往羅馬的文件，現在我只等著被通知要搭哪一艘船。但是在你接到這封信前，我人應該已經在海上了；接著才輪到你。你像個男子漢一般上戰場，就像你去上大學一樣，因為這是你的本分。把逞英雄的事交給那些中產階級，他們對這種事比較在行。

記得去年三月最後一個周末，你從普林斯頓帶了一個人來見我，伯恩．赫拉岱？真是個有為的青年！不過從你後來寫給我的信得知他形容我很了不起，我覺得十分震驚；他是如何受到了蒙騙？了不起這個字不是你跟我所承受得起。我們可以是其他的形容詞——傑出、聰穎、聰明。我們可以吸引別人，我們可以製造氣氛，在某些時刻，我們甚至可以失去我們凱爾特人的靈魂，我們可以有自己的處世方式；但是我想絕對不會是了不起吧——千萬不是如此！

我帶了一些資料以及前往歐洲各大首都的介紹信到羅馬，我到了當地之後恐怕會引起不小的震撼。真希望你能夠跟我一塊兒去！這聽起來或許有些諷刺，一個中年的神職人員，真不該寫這種信給即將上戰場的年輕人；唯一的藉口，是這個中年神職人員是在對自己說話。我們的內心都深藏著不為人知的事，你跟我一樣清楚。我們都有堅定的信仰，儘管目前你的信念尚未明確；任何的詭辯都沒法摧毀我們之間的坦承，尤其是，孩子般的單純讓我們免於展現出真正的惡意。

我寫了輓歌給你，附在下方。很抱歉你的臉頰沒有符合我的描述那般美，但是足夠你花上一個晚上，抽根煙讀完——

內文如下：

為即將出征外來國王的養子所寫的輓歌。

天哪！
我心中的兒子他離開我
　他跟恩格斯・歐吉[1]一樣正值青春年少
恩格斯這隻聰明的鳥
　他的心思既頑強又細膩，就像穆伊蒂姆的古奇林[2]

噢，聖母瑪麗，請憐憫我
他的額頭跟梅孚[3]母牛的牛奶一樣白
　他的面頰則如櫻桃般鮮紅
櫻桃樹朝向聖母瑪麗垂下枝條，她正在撫育上帝之子。

唉，無比遺憾
他的頭髮顏色跟塔拉國王的金色衣領一樣
　他的眼睛像愛爾蘭的四個灰海，
撣去雨中的霧靄。

噢，永遠的遺憾

他將欣然出征浴血之戰
　在眾多首領之中，他們展現出英勇事蹟
他的生命將從他的身上出走
　我自身靈魂的心弦將會鬆懈。

噢，親愛的兒子
我的心在我兒子的心中
　我的生命當然也在他的生命之中
一個人可以年輕兩回
　唯有透過他的兒子的生命。

上帝之子
願上帝之子在他之上、在他之下，在他之前、
　在他之後

1：恩格斯・歐吉（Angus Oge），愛爾蘭神話中的愛神，頭頂盤旋著象徵愛情的四隻鳥。
2：古奇林（Cuchulin），凱爾特神話中半人半神的英雄。
3：梅乎（Maeve），愛爾蘭神話中的女王。

願元素之王用薄霧遮蔽外來君王的眼睛，
願優雅女王牽著他的手，帶領他，
　穿過敵人的陣線，敵人卻看不見他
願蓋爾人派屈克、教會牧師以及愛爾蘭教會的
五千名聖徒庇護他
讓他出征上戰場。
天哪！

艾莫瑞——艾莫瑞——我感到，不知怎地，事情就是這樣；我們兩個或是其中一個，將不會撐到戰爭結束……我一直想告訴你，過去這幾年裡，我轉世化身到你身上具有多麼重大的意義……難怪我倆如此相像……又如此不同。

再見，親愛的孩子，願上帝在你左右。

薩爾・達西

夜間登船

艾莫瑞朝甲板移動，發現電燈下方有一張板凳。他從口袋裡掏出筆記本跟筆，然後緩慢、吃力地寫出：

我們今晚離開……
　靜默，我們湧向寂靜、被遺棄的街道，
　　灰壓壓的一列隊伍，
隱約的腳步聲，把鬼魂驚嚇起來
　沿著沒有月光的道路；
幽暗的船塢迴盪著腳步聲
　日以繼夜響著。

我們在無風的甲板上踱步，
　望著鬼影憧憧的海岸
籠罩著千百個日子，可悲的灰撲撲的殘骸骨架……
　噢，我們是否該感到哀嘆
枉費這些年！
　　瞧瞧海水蒼白一片！
雲朵散去，天堂引燃

照亮空洞的甬道，細碎的光線向前鋪展

船尾浪花翻騰

　掀起無數的夜曲，

　　……我們今晚離開。

這封信出自艾莫瑞寫給喬治亞州戈登營隊的T. P. 德尹維里哀中尉。開頭寫著：

「布列斯特，一九一九年三月十一日。」

親愛的波特萊爾：

這個月三十號我們在曼哈頓碰面；你、我跟艾列克，我們去租一間華美的公寓聚，我在寫這封信時，艾列克正在我旁邊。我不知道自己有何打算，但是我可能會去從政。為何那些從牛津或是劍橋畢業的英國年輕人選擇從政，但是在美國從政的都是一些無賴？——他們生長於選區，受過集會的訓練，最後被送往國會，一群肚皮鬆垮的腐敗國會議員，滿肚子腐敗，缺乏「概念和理想」是辯論家最常賦予他們的名詞。即使在四十年前，政壇上有不少優秀的政治人物，但是我們從小被灌輸無數的觀念，「向人展示我們是什麼樣的人」。有時候，我真希望自己是個英國人；美國人的生活簡直乏味又愚蠢。

由於可憐的碧翠絲過世後，我或許會有一些錢，但是數目不多。我可以原諒母親任何一件事，除了在她死前一段時間，竟然篤信起宗教，把大半的錢都捐給教會，以及神學院。我的律師，巴頓先生寫信告訴我，我的錢大部分都投資在電車上頭，但是因為車票只收五分錢，而導致電車公司的虧損。想想看，一個月收入三百五十元的人，竟然不會讀寫！——然而我仍相信這筆投資，即使我看著大筆的財富逐漸花費在投機買賣、奢侈消費、民主經營以及繳稅上——很現代化吧，我是個非常現代化的人，瑪貝爾。

不管怎麼說，我們會有一間豪華公寓——你可以在時尚雜誌上找份工作，艾列克想進入鋅礦公司，或是他們旗下的任何一家公司——他這時候爬到我的肩上偷看，他說那是一間黃銅公司，我覺得那一點都不重要，你覺得呢？反正不管是鋅礦公司還是黃銅公司賺的錢都是一樣腐敗。至於大名鼎鼎的艾莫瑞，如果甘願冒險告訴別人他的想法，他想要寫出不朽的文學作品。沒有比送給後代子孫用一點小聰明玩弄的陳腔濫調，還要危險的禮物。

湯姆，你為何不乾脆當個天主教徒？雖然做一個虔誠的天主教徒，你得拋棄從前你對我說過的偉大陰謀，如果你跟高大的金色燭臺生活相連的話，你一定會寫出很好的詩作以及長篇的讚美詩，儘管美國的神父誠如碧翠絲從前所說的，充滿了平庸低級的思想，但是只要你願意走進一座美麗的教堂，我可以介紹達西神父給你認識，他的確是一位了不起的人物。

克瑞的死是個打擊，還有傑西也是。我很好奇這世上是哪個奇怪的角落吞噬掉了伯恩。你會不會認為他用了某個假名被關進監獄？我承認按照正常反應，戰爭並沒有讓我變得正統守舊，反而讓我變成了一個激進的不可知論者。天主教如今逐漸式微了，變得微不足道，他們也不再有偉大優秀的作家。我已經厭倦了卻斯特敦的作品。

我只發現這個叫杜那．漢奇的傢伙，經歷了吵得沸沸揚揚的信仰危機，而他也虔心學習成為一個牧師，並且已經成熟到足以擔當這一職務。我真的認為這些不過是一派胡言，儘管這點的確帶給家鄉的人情感上的慰藉；讓許多為人父母者欣賞自己的孩子。這種危機感引發的宗教毫無價值可言，而且稍縱即逝。我想有四個人發現帕里斯，而僅有一個人發現上帝。

但是我們——你、我還有艾列克——噢，我們可以找個日本男管家，衣著光鮮地出席晚宴，品嘗桌上的葡萄酒，過著沉思、情感毫無波瀾起伏的生活，直到我們決定與財產擁有者用機關槍掃射一切——與布爾什維克主義者一起丟炸彈。老天！湯姆，我希望事情會發生。我像惡魔一般蠢蠢欲動，害怕變胖，害怕掉進愛河，變得只關心家務。

日內瓦湖那地方的家現在租給別人，但是等我踏上土地後，我要向西行去見巴頓先生，跟他詳談細節。回信可寄至芝加哥的黑石區，請人代為轉交。

敬祝安好，親愛的包斯維爾

撒謬爾．強森

BOOK TWO

THE EDUCATION OF A PERSONAGE

第二部 人格的養成

第一章 初入社交圈的少女

時間正值二月。在紐約第六十八街的一棟康納吉公館裡，一間寬敞雅致的房間。女孩子的閨房：粉紅色的牆壁和窗簾，粉紅色床罩罩著乳黃色的床。粉紅色和乳黃色是房間的基本色調，但是房內立刻映入眼簾的家具是一個奢華的三面梳妝鏡，上頭附有玻璃檯面。牆上掛著一幅昂貴的〈櫻桃成熟〉壁畫，還有幾幅蘭席爾所畫的溫馴小狗，另外還有一幅〈黑色小島的國王〉，由麥克思菲爾德．派瑞許所繪。

（房間裡到處堆滿了東西：（一）七、八個硬紙板盒，抽出來的面紙像在盒子口外吐著舌頭喘氣；（二）各式各樣的連身洋裝與晚禮服一塊堆放在桌子上，明顯是新買的；（三）一捲薄紗，早已喪失了尊嚴，繞在觸目所及的一切東西上頭，還有（四）兩張小凳子上頭擺著女用貼身內衣，令人不知該如何形容。有些人喜歡看見這些華服背後為數不小的帳單，有些人則是想要親眼目睹公主穿著這些奢華衣物——瞧！是誰來了！真失望！不過是個女僕在找東西——她從椅子上拿起一堆東西——不在那裡；另外一堆，梳妝台上，五斗櫥櫃抽屜裡。她找到幾件漂亮的寬鬆內衣和一件令人吃驚的睡褲，但是她還是不滿意——她走了出去。

隔壁房間傳來模糊的咕噥聲。

現在，答案終於揭曉。是艾列克的母親，康納吉太太，她的體態渾厚豐滿、高貴，貴婦般的臉上塗著胭脂，仍遮不住一臉的疲態。她在找**東西**時，口中正唸唸有詞。她找東西的方式沒有女僕俐落，脾氣卻不小，這點倒是說明了她的膚淺。在被薄紗絆倒後，可以清楚聽見她咒罵著「該死」。最後放棄，兩手空空。

外頭傳來喋喋不休以及一個女孩的聲音，嬌滴滴說著：「一群蠢蛋——」停頓一會兒之後，第三個搜尋者進來，她不是那個被寵壞的女孩，而是年紀更輕的那個。她是西西莉亞．康納吉，十六歲，長相甜美，精明，天生具有幽默感。她穿著一件晚宴服，大概覺得身上那一件太單調、無趣。走到最近的一堆衣服，挑選一件粉紅色的短禮服，高興的拿起來打量一番。）

西西莉亞：粉紅色？

羅莎琳：（在外頭）好！

西西莉亞：這一件好看？

羅莎琳：好看！

西西莉亞：我決定穿它了！

（她看著梳妝鏡中的自己，熱情洋溢地擺動起來。）

羅莎琳：（在外頭）妳在幹嘛——試穿嗎？

（西西莉亞停下來，右肩搭著那條禮服走出去。

艾列克．康納吉從另外一扇門走進來。朝四周很快地看了一下，大聲嚷嚷：「媽媽！」隔壁房間同聲傳來抱怨，他準備朝那方向過去，但又是一陣騷動令他止住了腳步。）

艾列克：原來你們都在這裡！艾莫瑞．布萊恩來了。

西西莉亞：（動作迅速）帶他到樓下。

艾列克：噢，他已經在樓下。

康納吉太太：唔，你可以帶他到他的房間看看。告訴他，我很抱歉現在不方便見他。

艾列克：他聽說了很多關於你們的事。我希望你們動作快一點。否則爸爸會不停地跟他說著有關戰爭的事。他這人有點神經質。

（最後這句話把西西莉亞吸引到房間裡。）

西西莉亞：（坐在一堆內衣上頭）你剛說他神經質——這話是什麼意思？你通常只有在信裡頭這麼說。

艾列克：噢，他也寫東西。

西西莉亞：他會談鋼琴嗎？

艾列克：應該不會吧。

西西莉亞：（一臉好奇）喝酒？

艾列克：會呀——他會喝酒不奇怪吧。

西西莉亞：有錢嗎？

艾列克：老天——自己問他，他以前很有錢，現在也有些收入。

（康納吉太太上場。）

康納吉太太：艾列克，我們很歡迎你帶任何一個朋友來——

艾列克：妳應該見見艾莫瑞。

康納吉太太：當然，我也想見他。但是我覺得你放著舒服的家裡不待，跑去跟其他兩個男同學一塊擠在令人難以忍受的小公寓，未免太孩子氣了點。我希望這不是為了方便你們可以喝得爛醉。（她停頓下來。）今晚可能會有些疏於招呼他。你知道這一週的主角是羅莎琳，當一個女孩初次準備進入社交圈，她必須取得一切的注意力。

羅莎琳：（在外頭）呃，那麼你到我這兒來證明，把我吸引住。

（康納吉太太離開。）

艾列克：羅莎琳妳真是一點都沒變。

西西莉亞：（降低音量）她被寵壞了。

艾列克：今晚她將會棋逢敵手。

西西莉亞：誰——艾莫瑞．布萊恩先生嗎？

（艾列克點點頭。）

西西莉亞：羅莎琳還是沒法把男人遠遠拋開，非去見他們不可。說真的，艾列克，她對男人的態度實在惡劣。她虐待他們、挖苦他們、爽約、當著對方的面打哈欠——那些男人還是回來找她。

艾列克：他們喜歡那一套。

西西莉亞：他們恨透了。她是個——她是個吸血鬼，我認為——她還能要求那些女孩子照她的意思去做——只不過她討厭那些女孩。

艾列克：這是家族遺傳的性格吧。

西西莉亞：（一臉莫可奈何）我想這種個性遺傳到我之前，就跑開了。

艾列克：羅莎琳有守規矩吧？

西西莉亞：沒有表現得特別好。噢，她表現平平——只是偶爾抽煙，喝酒，常常接吻——噢，對啦——這是常識——你也知道這是戰爭造成的其中一個效應。

（康納吉太太上場。）

康納吉太太：羅莎琳差不多就緒了，所以我可以下樓去見你的朋友。

（艾列克跟母親走出去。）

羅莎琳：（在外頭）噢，媽——

西西莉亞：媽下樓去了。

（現在換羅莎琳進來。羅莎琳就是個——活脫脫的羅莎琳。她是那種不費吹灰之力就能夠讓男人愛上她的女孩。只有兩種男人不會愛上她：一種是笨男人通常害怕她的聰明；另外一種是聰明的男人害怕的是她的美貌。其餘的所有男人，憑藉她天生的優勢，全都歸於她。

如果說羅莎琳果真被寵壞，那麼來到這個時間點時，受寵的過程早就該完成了，事實上，她的性格不該是這樣的；她如果想要一個東西，就非要到不可，如果要不到她想要的東西，她身邊的人就都要遭殃了——但是說真的，她並不是真的被寵壞。她對一切充滿熱情，希望有所成長學習的意志，對於浪漫毫無節制的嚮往，她的大膽，她的坦白——這些都不是一個被寵壞的女孩子所有的特質。

她厭倦了這個家庭已經有很長一段時間了。她沒什麼原則；她自己的生活哲學是及時行樂，對別人則採取放任的態度。她喜歡驚悚駭人的故事：個性有些粗枝大葉，通常也伴隨美好與慷慨的天性。她希望別人可以喜歡她，但是如果沒有，這一點絕不會困擾她或是改變她。

她絕對不是一個好榜樣。

對所有漂亮女孩的教育養成無非是教導她們關於男人的知識。羅莎琳一個個瞭解男人之後，對他們感到有些失望，但她卻對男人這樣一個性別深信不疑。她憎惡女人。她們展現出的特質，是她從自己身上所感到的與鄙視的——卑賤、自負、懦弱以及不夠坦誠。她曾經對著滿屋子裡母親的友人說，女人存在的唯一藉口，就是為了在男人之中製造不安。她的舞跳得非常好，她的畫非常靈巧卻有些倉卒，她對文字的掌握令人十分驚訝，但是這個技巧僅僅在寫情書時，才發揮得淋漓盡致。

然而，所有對羅莎琳的批評皆僅止於她的美貌。她留著一頭耀眼的金髮，想要模仿這種色澤閃亮的金髮顏色是染髮工業樂見的。她還生了一對讓人忍不住想要親吻的嘴唇，小而性感，讓人春心蕩漾。一雙灰色的眼睛，白淨無瑕的皮膚有兩個並不明顯的色斑。她的身材苗條、健美，穠纖合度，看著她在房裡走動，或是沿著街道走，揮著高爾夫球竿或是望著她「翻跟斗」，都是令人覺得愉悅。

最後一項特質——她那活潑、急切的個性，跟艾莫瑞在伊莎貝爾身上所見到的刻意以及不自然的特質不同。就連達西神父見了她，想必也分不清究竟要說她是個有個性的女子或是重要人物。她或許是個令人回味、無法形容，結合了這些特點於一身，一個百年難得一見的女子。

在她首次露面的那個晚上，儘管她顯得怪異，令人捉摸不定，她仍表現得像個小女孩一般高興。母親的女僕才剛幫她梳好頭髮，但是她最後還是失去耐性，認為自己會把頭髮梳得更好。她現在顯得有些坐立不安。這大概得歸因於她待在這個凌亂不堪的房間。她要開口說話了。伊莎貝爾的女低音聽上去像小提琴的琴音，但是如果你聽過羅莎琳的聲音，你會說她的聲音宛如瀑布般的樂音。）

羅莎琳：說真的，這世上只有兩種衣服我喜歡穿——（她此時正對著梳妝鏡梳理頭髮。）一種是裝著裙環的裙子裡頭，所穿的馬褲；另外一種是一件式泳衣。我穿這兩種衣服時都很有魅力。

西西莉亞：終於要踏進社交圈高興嗎？

羅莎琳：是啊；難道妳不高興？
西西莉亞：（有些冷嘲熱諷）妳很高興妳終於可以早點結婚，跟一群輕浮、年輕的已婚夫妻住在長島。妳希望周旋在男人之間，跟他們打情罵俏的日子可以實現了。
羅莎琳：我是這麼**希望**！妳是說我已經**找到**這個人了。
西西莉亞：哈！
羅莎琳：親愛的西西莉亞，妳不知道這是什麼樣的考驗——對於像我這樣的人來說。我在街上得保持面無表情，以免有男生對我眨眼睛。如果我坐在劇院第一排大笑，喜劇演員接下來一整晚就會對著我演戲。如果我在舞會上，壓低了聲音，垂下眼神，或是掉了一條手帕，都會讓我的舞伴，在接下來的一整個星期裡，天天打電話給我。
西西莉亞：這真是一個可怕的壓力。
羅莎琳：最不幸的是那些引起我興趣的其中一人，完全不符合條件。現在——要是我窮困潦倒，我便會上台去演戲。
西西莉亞：是啊，還可以根據演出的多寡，收取演出的費用。
羅莎琳：有時候，我覺得自己艷光照人，何必只浪費在一個男人身上？
西西莉亞：每當妳繃著臉時，我就會覺得妳幹嘛把精力浪費在一個家庭身上。（起身）我想我要下樓去見艾莫瑞．布萊恩先生。我喜歡神經質的男人。
羅莎琳：沒有這種人。男人不知道該如何發脾氣或是高興——如果真的有這種人，他們早就體無完膚。

西西莉亞：很高興，我沒有妳這一層顧慮。我訂婚了。

羅莎琳：（笑容帶著輕蔑）訂婚？什麼，妳這個小瘋子！被媽聽見妳這麼說，她一定會送妳去寄宿學校，讓妳待在那裡。

西西莉亞：妳不會告訴媽這些，因為我知道妳的小辮子——妳真有夠自私！

羅莎琳：（有些氣惱）快閃一邊去，妳這個丫頭！妳跟誰訂婚，賣冰的？還是那個開糖果店的？

西西莉亞：真是低能——再見，親愛的，待會兒見。

羅莎琳：噢，妳最好這麼做——妳真是幫倒忙。

（西西莉亞退下。羅莎琳梳理完頭髮準備起身，嘴裡哼著歌。她走到鏡子前面，踩在軟地毯上跳起舞來。她沒有看著她的雙腿，而是她那雙眼睛——從來不是若無其事地看，而是非常熱切的眼神，即使她在微笑的時候。門突然打開，進門的正是艾莫瑞，他像往常一樣冷酷又瀟灑。他當下陷入一陣困惑。）

他：噢，抱歉，我以為——

她：（散發著魅力的笑容）噢，你是艾莫瑞．布萊恩對吧？

他：（仔細端詳她）妳是羅莎琳？

她：我就叫你艾莫瑞吧——噢，請進——沒關係——我媽待會進來——（她吸了一口氣）很不幸的。

他：（四處張望）這對我來說真是新奇。

她：這可是男人的禁地。
他：這是妳——妳的——（停頓一會兒）
她：沒錯——這些都是。（她走到梳妝台。）瞧，這是我的唇膏——眼線筆。
他：我不知道妳是這樣的人。
她：你以為我是什麼模樣？
他：我以為妳是那種——那種——中性的人，妳知道我的意思，游泳，打高爾夫球。
她：這些我都會——但絕對不會選在辦公時間。
他：辦公時間？
她：從六點到兩點——嚴格來說。
他：我倒想買些公司的股份。
她：噢，那不是公司——只不過是「羅莎琳，無限公司」。五十一股，名字，信譽，每年可以賺兩萬五千元。
他：（不以為然）好像不怎麼有賺頭。
她：唔，艾莫瑞，你一點都不在乎——對吧？如果我遇到一個男人，他在兩個星期之後還沒有令我覺得厭倦，或許情況會有所不同。
他：怪了，我對女人的想法跟妳對男人的看法一樣。
她：我稱不上十足的女人，你知道的——在我心裡。
他：（興致高昂）繼續。

她：不，該你——該你說了——你老是讓我談我自己的事。這違反規則。

他：規則？

她：我自己訂的規則——但是你——噢，艾莫瑞，我聽說你是個聰明人。家人對你有很高的期望。

他：真是受寵若驚！

她：艾列克說你教會他思考。對吧？我不相信有誰可以辦得到。

他：不，其實我很笨。

（顯然他無意對方認真看待這句話。）

她：騙子。

他：我是個——篤信宗教的人——喜歡文學。我——我甚至還寫詩。

她：自由體詩——不賴嘛！（她開始朗讀起來）

蓊鬱樹木，
鳥兒在樹上歌唱，
女孩喝著毒藥
鳥兒飛走，女孩死了。

他：（笑了起來）不是，不是那一類的詩。

她：（脫口而出）我喜歡你。
他：別這麼說。
她：還害臊啊——
他：我有點怕妳。我總是懼怕女孩——除非等我吻過她。
她：（語氣強調）親愛的，戰爭已經結束了。
他：這麼一來我永遠都怕妳啦。
她：（有些難過）我想也是。
（兩人此時都有些猶豫。）
他：（稍加考慮）聽著。這個要求可能有些過分。
她：（知道什麼即將來臨）過五分鐘後再說。
他：但是妳會——吻我嗎？或是妳害怕了？
她：我從來不怕——但是你的理由不夠充足。
他：羅莎琳，我真的想吻妳。
她：我也是。
（兩個人親吻了起來——完全陶醉其中。）
他：（差點喘不過氣來）唔，妳的好奇心滿足了嗎？
她：你呢？
他：沒有，只是更加引發我的好奇。

她：（看上去的確如此。）

他：（有些迷濛）我親過很多男人。我想，我還會親更多人。

她：（心不在焉）是啊，我想妳的確會——那麼做。

他：多數人都喜歡我的吻。

她：（回過神來）老天，是啊。再吻我一回，羅莎琳。

他：不——光是一個吻就足夠滿足我的好奇心。

她：（氣餒）這是規則？

他：我會根據情況訂定規則。

她：妳跟我很像——除了我這方面的經驗多妳幾年。

他：你幾歲？

她：將要滿二十三歲，妳呢？

他：剛滿十九歲。

她：我一直以為妳是高級學校的產物。

他：才不是——我只是原料。我被踢出史班斯——我忘記原因了。

她：妳是什麼樣個性的人？

他：噢，我很聰明，很自私，情緒化，喜歡受人愛慕——

她：（脫口而出）我可不想跟妳談戀愛——

他：（揚起眉毛）沒人要你這麼做。

他：（故意表現冷酷）但是我有可能愛上妳。我喜歡妳的唇。
她：噓！不要愛上我的唇——可以是頭髮，眼睛，肩膀，拖鞋——就是不要愛上我的唇。每個人都只喜歡我的嘴唇。
他：它很美。
她：太小了。
他：不，不會啊——我們來看看。
（他再一次陶醉的吻著她。）
她：（有些動情）說些甜言蜜語。
他：（害怕起來）老天幫幫我。
她：（抽身）唔，算了——如果這麼難開口。
他：我們應該假裝嗎？會不會太快了？
她：我們對時間的標準跟其他人不同。
他：已經談起——其他人。
她：我們只是假裝。
他：不行——我辦不到——太多情了。
她：你不是個多情的人吧？
他：不是，我是浪漫——多情的人相信永遠——浪漫主義的人則不抱持永遠的態度。多情的人就是容易激動。

她：你不是這種人？（她半閉著眼。）你或許自認為這種態度較高尚。
他：呃，羅莎琳，羅莎琳不要再狡辯了——再吻我一次。
她：（態度此時變得冷淡）不——我並不想要親你。
他：（毫不掩飾感到吃驚的模樣）前一分鐘妳還想親我。
她：現在不是前一分鐘。
他：我最好離開了。
她：我想也是。
（他走向門口。）
她：噢！
（他轉身。）
她：（笑著）得分——地主隊：一百分——客隊：零分。
（他開始往後退。）
她：（動作很快）下雨——停賽。
（他走出去。）
（她則是安靜地走向五斗櫃，取出煙盒，然後把它藏在書桌旁邊的抽屜裡。她的母親進來，手裡拿著筆記本。）
康納吉太太：太好了——下樓前，我正想找妳單獨談話。
羅莎琳：老天！妳嚇了我一跳！

康納吉太太：羅莎琳，妳花起錢來毫不手軟。
羅莎琳：（沒有反駁）沒錯。
康納吉太太：妳知道妳父親的財富大不如前了。
羅莎琳：（做了一個鬼臉）噢！妳又要談錢了。
康納吉太太：沒有了錢什麼事都不能做。這是我們最後一年待在這個房子——除非事情有所改變，西西莉亞可沒有妳這些優勢。
羅莎琳：（失去耐性）唔——什麼優勢？
康納吉太太：所以我才要妳提醒我，我記在筆記本裡的幾件事。第一件事：不要跟年輕男子一起消失。雖然春宵一刻值千金，但現在起我要妳老老實實待在舞池，這樣我才找得到妳。我要妳見見一些人，但我可不想在哪個隱密的角落，發現妳跟其他人談情說愛——或是去聽情話。
羅莎琳：（態度挖苦）是啊！聽人說情話還好一點。
康納吉太太：不要在大學生身上浪費太多時間——跟那些十九歲、二十歲的年輕小毛頭鬼混。我不介意妳參加舞會，還是去觀看橄欖球球賽，但是不去參加對妳有利的派對，而是跑去城裡的小咖啡館跟湯姆、迪克和哈瑞吃吃喝喝——
羅莎琳：（提出她的行為準則，標準跟她的母親一樣高）媽，說夠了吧——妳不能把妳們九〇年代的標準，套用在現在的每件事。
康納吉太太：（不予理會）妳父親認識幾個單身漢朋友，今晚我要妳跟他們見面——他們年紀都很輕。

羅莎琳：（識相地點點頭）四十五歲？

康納吉太太：（態度強硬）有何不可？

羅莎琳：噢！很好——至少他們懂得生活，而且一臉疲態，令人可敬可佩（她搖搖頭）——但他們還**願意**跳個舞。

康納吉太太：我還沒見到布萊恩先生——但我不認為妳會在乎他。他聽起來不像個有錢人。

羅莎琳：媽，我從沒把錢看在眼裡。

康納吉太太：錢在妳的手裡兩三下就花光，妳當然不把錢看在眼裡。

羅莎琳：（嘆口氣）是啊，我想有一天我會嫁給很多的錢——然後被錢悶死。

康納吉太太：（指著筆記本）哈特福有給我來電報。道森．瑞勒要來了。我喜歡這個年輕人，他很有錢。既然妳厭倦了霍華．吉利斯派，或許可以給瑞勒一個機會。這是他這個月第三次到訪。

羅莎琳：妳怎麼知道我對霍華．吉利斯派很厭煩？

康納吉太太：那個可憐的孩子每次來都一副苦瓜臉。

羅莎琳：戀愛中的人難免會為了相思而苦。他們這麼做真是錯得離譜。

康納吉太太：（她該說的話都說盡了）不管怎麼說，今晚讓我們為妳感到驕傲。

羅莎琳：妳難道不覺得我很漂亮？

康納吉太太：妳知道自己很漂亮。

（樓下傳來小提琴的演奏聲，還有一連串的鼓聲。康納吉太太很快轉向女兒。）

康納吉太太：走吧！

羅莎琳：等一會兒！

（她的母親離開。羅莎琳走到鏡子前面，滿意地望著鏡中的自己。她吻著自己的手，撫摸著鏡中的嘴唇。接著她關上燈，準備離開房間。靜默半晌。鋼琴演奏了幾個和弦，鼓聲輕輕地打擊著，嶄新的絲綢衣裳發出沙沙的聲響混和著樓梯外頭的聲音，從半開著的門流竄進來。人群穿梭在燈火通明的大廳裡。樓下三三兩兩的笑聲變得熱鬧起來。接著有人進房裡來，關上門，打開燈。是西西莉亞。她走到五斗櫃，在抽屜裡翻找，猶豫一會兒——然後走向書桌，拿出煙盒，點起一支煙，吞雲吐霧一番，便朝著鏡子的方向走去。）

西西莉亞：（用著世故、老練的腔調）噢，是啊，現在哪還有人用這種鬧劇的方式踏入社交圈。每個人真該在十七歲以前瞎鬧一番，否則可真是掃興。（她與假想的中年紳士握起手）是的，閣下——我相信自己已經從姊姊那兒聽說了您的事。抽一口煙嗎——這可是上等貨。這是——科羅納雪茄煙。您不抽煙？真可惜！我想國王可不會允許的。好的，我願意跳支舞。

（話才說完她便隨著樓下的樂音舞動起來，她把手臂伸向那位假想的舞伴，香煙在她手裡跟著搖擺。）

幾個鐘頭之後

樓下的角落有一張十分舒適的皮革沙發。沙發兩邊上頭各有一盞小燈，沙發中間掛著一幅古老的畫作，畫中是一個高貴的紳士，是一八六〇年的畫。外頭傳來狐步舞的音樂聲。

（羅莎琳坐在沙發上，在她左手邊的是霍華．吉利斯派，一個了無趣味的年輕人，年齡大約二十四歲。很顯然，他似乎不怎麼高興，她則覺得無聊透頂。）

吉利斯派（十分無助）：你說我變了這話是什麼意思。我覺得對妳的感覺還是沒變。

羅莎琳：但是我覺得你不一樣了。

吉利斯派：三個星期前，妳才說妳喜歡我，因為我玩膩了一切，對一切不感興趣——我現在還是這樣啊。

羅莎琳：我才不是這樣。我從前喜歡你是因為你有棕色眼睛和纖細的腿。

吉利斯派（很無奈）：我的腿還是很細，眼睛還是棕色的啊。總而言之，妳是個吸血鬼，就這麼回事。

羅莎琳：我只知道即席演奏的鋼琴樂譜，不知道吸血鬼。男人覺得困惑的是我的不做作。我從前認為你不是會吃醋的男人。現在不管我走到那兒，你那雙眼睛就跟到哪。

吉利斯派：我愛妳。

羅莎琳（冷冷地說）：我知道。

吉利斯派：妳已經兩個星期沒有親我了。我總覺得女孩子被親吻之後——她就——佔上風。
羅莎琳：這些日子都過去了。每回你看著我，我就得又佔了上風。
吉利斯派：妳說的是真的？
羅莎琳：通常來說，親吻有兩種。第一種是女孩子被親吻之後，接著被拋棄；第二種是女孩子被親吻之後，便與對方訂了婚。現在有第三種，男人被親了之後，遭到拋棄。如果九〇年代瓊斯先生自誇他親過女孩子，那麼大家就會猜測他跟這個女孩玩完了。但是換作是一九一九年，瓊斯先生一樣自誇他親吻過女孩子，那麼大家便會猜測他肯定再也親吻不到她。如果雙方有了好的開始，那麼現今任何一個女孩子都可以輕易擊敗男人。
吉利斯派：那麼妳為何要玩弄男人？
羅莎琳（帶著自信向前傾身）：一開始，男人總是興致高昂。然後有那麼一刻——噢，在第一個吻之前的耳語呢喃——總會讓這個吻變得很有價值。
吉利斯派：然後呢？
羅莎琳：然後就讓他談論他自己。很快的，他只希望跟妳獨處——他生氣，卻不會動手，最後他不想玩了——勝利！

（此時道森．瑞勒進來，他今年二十六歲，英俊，有錢，對自己很有自信，或許有些無趣，但是穩重，事業有成。）

瑞勒：我想這支舞輪到我了，羅莎琳。
羅莎琳：唔，道森，你認得我。現在我知道自己臉上的妝不夠濃。瑞勒先生，這位是吉利斯派先生。

（他們握完手後，吉利斯派便離開了，神情有些沮喪。）

瑞勒：這個舞會很成功。

羅莎琳：是嗎──我看不出來。我覺得有些疲倦──你介意陪我到外頭坐一會兒嗎？

瑞勒：介意──高興都來不及。妳知道我不喜歡太過「急躁」。昨天、今天、明天都要求見面。

羅莎琳：道森！

瑞勒：怎麼了？

羅莎琳：我在想，你是否知道自己愛我。

瑞勒：（有些吃驚）什麼──噢──妳知道妳很出眾！

羅莎琳：你知道我是個問題人物。任何人要是娶了我，肯定惹上麻煩。我很惡毒──非常惡毒。

瑞勒：噢，我不會這麼說。

羅莎琳：噢，是啊，我的確是這樣的人──特別是對我身邊的人。（她起身）。來吧，我們走。我改變心意了，我想跳舞。母親或許又要大發雷霆了。

（退場。艾列克跟西西莉亞進場。）

西西莉亞：我運氣真好，中場休息時間竟然碰上哥哥。

艾列克：（神情黯淡）如果妳要我離開，我就走。

西西莉亞：老天，不要走——下一支舞我不知道找誰跳（嘆氣。）那些法國軍官回去之後，舞會都失去了色彩。

艾列克：（若有所思）我不希望艾莫瑞跟羅莎琳談戀愛。

西西莉亞：為什麼，我還以為你想撮合他們。

艾列克：我本來是這麼想，但是看見這些女孩子們——我不知道。我很重視艾莫瑞。他很敏感，我不希望因為某人不在乎他，而讓他心碎。

西西莉亞：他很英俊。

艾列克：（依舊若有所思）她不會嫁給他的，但是一個女孩子不需要嫁給一個人，也會傷透他的心。

西西莉亞：這是怎麼回事？我想知道這個秘密。

艾列克：什麼，妳這個冷血貓咪。妳真幸運老天給你這麼靈敏的鼻子。

（康納吉太太進場。）

康納吉太太：羅莎琳跑那兒去了？

艾列克：（興高采烈）妳肯定找對人了，她理所當然是跟我們在一起。

康納吉太太：她爸爸給她安排了八個百萬單身漢見面。

艾列克：都可以組成一個軍隊，繞著大廳行進。

康納吉太太：我跟你說真的——她大概跑到哪家椰林夜總會去跟橄欖球隊員幽會去了。你們往左邊去找，我往——

艾列克：（輕率地）妳叫男管家去地窖看過了嗎？
康納吉太太：（相當嚴肅）噢，你不會認為她在那裡吧？
西西莉亞：媽，他只是在開玩笑。
艾列克：母親腦海中出現她跟跨欄選手拍打著啤酒桶的畫面。
康納吉太太：我們立刻分頭找。
（他們走出去，羅莎琳跟吉利斯派進來。）
吉利斯派：羅莎琳——我再問妳一次。妳難道一點都不在乎我？
（艾莫瑞腳步輕快走過來。）
艾莫瑞：我的舞。
羅莎琳：吉利斯派先生，這位是布萊恩先生。
吉利斯派：我見過布萊恩先生，在日內瓦湖的時候，對吧？
艾莫瑞：是啊。
吉利斯派：（絕望地）我到過那裡。地點在——中西部，不是嗎？
艾莫瑞：（語帶諷刺）或許吧。但我總覺得自己寧可是鄉間的辛辣墨西哥菜，而非不加調味的湯。
吉利斯派：什麼！
艾莫瑞：噢，我無意冒犯。
（吉利斯派鞠了躬，離開。）

羅莎琳：他這個人真是過分。
艾莫瑞：我曾愛過某個人。
羅莎琳：那又怎樣？
艾莫瑞：噢——她名叫伊莎貝爾——她什麼明白表示也沒有，都是我在說給她聽。
羅莎琳：發生什麼事？
艾莫瑞：最後我說服她相信，她其實比我還要聰明——結果她就拋棄了我。說我老愛批評，而且不夠實際，妳知道的。
羅莎琳：不夠實際這話是什麼意思？
艾莫瑞：噢——就是那種會開車，可是不會換車胎的人。
羅莎琳：你有什麼打算？
艾莫瑞：我也說不準——選總統吧，或是寫作——
羅莎琳：格林威治村？
艾莫瑞：老天，不——我是說寫作——不是喝酒。
羅莎琳：我對生意人有好感。聰明人沒什麼特別。
艾莫瑞：我覺得自己好像認識妳幾輩子。
羅莎琳：噢，你打算開始說金字塔的故事嗎？
艾莫瑞：才不——我打算講的是法國的故事。我是路易十四，妳是我其中一個——（語氣改變）我想——我們倆墜入愛河了。

羅莎琳：我提議過假裝。

艾莫瑞：假如我們是假裝的，這肯定是個很大的謊言。

羅莎琳：怎麼說？

艾莫瑞：因為自私的人，談不了偉大的愛情。

羅莎琳：（噘起嘴唇）我們來假裝一下。

（兩個人從容不迫地接吻起來。）

艾莫瑞：我不會說甜言蜜語。但是妳真是美極了。

羅莎琳：才不是那樣。

艾莫瑞：那是怎樣？

羅莎琳：（有些難過）噢，沒什麼——我只是想要發自內心的感情，真感情——只是我從未找到。

艾莫瑞：我在這世上從未找到過什麼——我討厭這種感覺。

羅莎琳：很難可以找到一個男性伴侶，可以滿足一個人的藝術品味。

（有人打開了門，華爾茲音樂流瀉進來。羅莎琳起身。）

羅莎琳：你聽！他們在演奏〈再吻我一遍〉。

（他看著她。）

艾莫瑞：怎麼樣？

羅莎琳：怎麼？

艾莫瑞：（變得溫柔——兩個人的戰爭化解了）我愛妳。
羅莎琳：我愛你——我是指現在。
（兩人親吻了起來。）
艾莫瑞：噢，老天，我做了什麼？
羅莎琳：沒事。噢，不要說話。再吻我一遍。
艾莫瑞：我不知道為什麼，但是我愛妳——從我見到妳的那一刻起。
羅莎琳：我也是——我——噢，今晚真是美好。
（她的哥哥走了進來，故意提高音量說：「噢，不好意思，」然後便離開。）
羅莎琳：（她的雙唇微微顫動）不要放開我——我不在乎讓人瞧見。
艾莫瑞：說出來吧！
羅莎琳：我愛你——我是指現在。（他們分開。）噢——感謝老天，我還年輕——還有美色，感謝上帝——我很快樂，謝謝上蒼，謝謝上蒼——（她停頓下來，突然像是預言一般喊道）可憐的艾莫瑞！
（他再次親吻她。）

命運

兩個禮拜裡，艾莫瑞跟羅莎琳無可自拔地陷入熱戀。展現在他倆身上的重要特質簡直寵壞了兩人，他倆在情感的巨浪沖刷之下，各自經歷過的數十回戀情也顯得相形失色。

「這或許是一場瘋狂的戀愛，」她對焦躁的母親說，「但是我不這麼認為。」

這股巨浪讓艾莫瑞趕在三月初就投身廣告公司的工作，他一反常態展現驚人的工作衝勁，夢想著有一天突然賺了大錢，帶著羅莎琳到義大利旅行。

他們常常膩在一起，吃午餐、晚餐，幾乎每天晚上都在一起度過——兩人多半屏息沉默著，好像隨時害怕詛咒會被破除，將他們逐出這個玫瑰與激情的天堂。但是詛咒變成一種出神狀態，每一天更變本加厲；他們開始談論在六月份或是七月份結婚的事。生活中因為充滿了愛，所有的經驗、慾望以及野心，都變得毫無意義——他們的幽默感爬進了角落裡沉睡；從前的愛戀似乎顯得有些可笑，年少輕狂。

這是艾莫瑞生命中第二次陷入了一種全然混亂失序的狀態，匆忙想要趕上同儕的步調。

小插曲

艾莫瑞緩緩漫步於巷弄之中，想著這夜晚無疑將屬於他——華麗、嘉年華式的絢麗黃昏，以及幽暗的街道……彷彿自己終於闔上了和諧逐漸消逝的書扉，步入生命中充滿了美感悸動的道路。所到之處這些無止盡的燈光，黑夜中的街道以及歌聲帶來了希望——在擁擠的人群中，他彷彿進入一種半催眠的狀態，期待著羅莎琳從每個角落裡急切地奔向他……那些黃昏裡令人難忘的臉孔，其中一個是羅莎琳，在數不清的腳步聲，千百首歌劇序曲中，有一個腳步聲是羅莎琳的；比起酒來，他心中的羅莎琳雙眼裡的柔情更令他沉醉。他的夢如今就像漂浮在夏日空氣裡的小提琴聲。

房裡一片漆黑，除了湯姆的香煙上的零星火苗，他倚靠在敞開的窗戶上。門在他身後關上，艾莫瑞背靠著門站了一會兒。

「哈囉，布萊恩少爺。今天的廣告業務做的如何？」

艾莫瑞爬上沙發。

「跟平常一樣厭煩！」這個奔勞的廣告代理員腦袋像是突然出現了另一幅畫面。「我的天！她真是太棒了！」

湯姆嘆了一口氣。

「我不能告訴你，」艾莫瑞重複一遍，「她到底有多好。因為我不要你知道。我不要任何人知道。」

窗戶那頭傳來嘆息聲——這嘆息聲似乎有些無可奈何。

「她的生活、希望和快樂，如今是我生命的全部。」

他感覺到他的眼皮顫抖著一滴淚。

「噢，**天呀**，湯姆！」

苦澀的甜美

「像我們平常那樣坐下，」她輕聲說道。

他坐在大椅子上，伸出手臂，如此一來她便能夠緊貼著他的懷抱。

「我知道你今晚會來，」她輕聲地說，「就像是夏日，就在我最需要你時……親愛的……親愛的……」

他的唇在她的臉上慢慢移動。

「妳**嚐**起來真是甜美，」他嘆口氣。

「你這話是什麼意思，親愛的？」

「噢，就是一種甜蜜的感覺……」他緊緊抱住她。

「艾莫瑞，」她輕聲說，「當你準備好了，我就會嫁給你。」

「結婚剛開始生活會很拮据。」

「不要說了！」她喊道。「聽到你因為不能給我好的生活而自責，我會很痛心。我已經有了最珍貴的你——對我來說就已經足夠。」

「告訴我……」

「你知道，對不對？噢，你知道。」

「沒錯，但是我要親口聽妳說。」

「我愛你，艾莫瑞，我是全心全意的愛你。」
「妳會永遠愛我？」
「一輩子愛你——噢，艾莫瑞——」
「怎麼回事？」
「我想要屬於你。你的朋友就是我的朋友。我想要擁有你的孩子。」
「但我沒什麼朋友。」
「不要笑我，艾莫瑞。只管吻我。」
「我會做妳要我做的，」他說。
「不，我會做**你**要我做的。我們就是**你**——不是我。噢，你已經佔據我的全部……」
他閉上雙眼。
「我快樂得感到害怕。如果這就是——生命的高潮，會不會太可怕了？……」
她迷濛地望著他。
「我知道愛跟美貌會消逝……噢，還有悲傷。我相信所有的快樂都帶有些許的悲傷。玫瑰的香味是美，接著玫瑰便會枯萎——」
「美指的是犧牲的痛苦和痛苦的結束……」
「艾莫瑞，我知道我們都很美。我也確信上帝愛我們——」
「祂愛妳。妳是祂最珍愛的。」
「我不是祂的，我是你的，艾莫瑞，我屬於你。這是第一次，我對其他的吻感到懊悔；

現在我才明白一個吻有多珍貴。」

接著他們倆一塊兒抽著煙，他會告訴她公司裡發生了哪些事——還有結婚後打算住在哪。偶爾，他會變得很健談，她便枕在他的手臂上睡覺，他愛羅莎琳——羅莎琳的一切——因為他在這世上從來沒愛過任何一個人。觸摸不到的轉瞬，無法追憶的時刻。

水中事件

一天，艾莫瑞碰巧在城裡遇見霍華·吉利斯派，兩人便一道享用午餐，艾莫瑞聽到一件事，心情很好。吉利斯派在幾杯雞尾酒下肚之後，開始變得很多話；他對艾莫瑞說，他很肯定羅莎琳有些古怪。

他跟羅莎琳一塊參加在威斯卻斯特舉辦的一個游泳派對，有人提到上回看見安妮·克勒曼來訪時，從三十呎高的避暑別墅搖晃的屋頂上頭跳水。結果羅莎琳堅持要霍華跟她一塊兒爬上去，親身感受一下。

才一會兒時間，當他剛在屋頂上頭坐下，兩腿在屋頂邊緣擺盪，一個身影從他身旁竄出；羅莎琳卻擺出一個很棒的跳水姿勢，從屋頂一躍而下，往水裡跳。

「**我**當然只得跟著往下跳——顯些害死自己。不過我覺得自己表現得還算不錯，至少我敢嘗試。派對上沒有人敢這麼做。後來羅莎琳竟敢問我為何弓著身子跳。『這麼做並不會比較容易，』她說，『只會令你更加喪失勇氣。』我問你，什麼樣的男人敢跟著一個女孩子這麼做？這根本沒有必要。」

吉利斯派不知艾莫瑞為何整頓飯吃下來這麼高興。他想或許他是個虛偽的樂觀派。

五個星期後

再一次在康納吉公館的圖書室裡。

（羅莎琳獨自一個人，鬱鬱寡歡坐著，眼神空洞。很明顯她有些不同——她似乎消瘦了些；她的雙眼失去了光彩；似乎老了一歲。

她的母親進來，裹著一件大衣。她忐忑不安地望著羅莎琳。）

康納吉太太：今晚誰要過來？

（羅莎琳沒有聽見，沒有注意身旁的事。）

康納吉太太：艾列克要帶我去看巴利的戲《還有你嗎，布魯特斯？》（*Et tu, Brutus*）。（她發現她自己正在自言自語。）羅莎琳！我問妳今天晚上誰要來？

羅莎琳：（一臉吃驚）噢——什麼——艾莫瑞要來——

康納吉太太：（語帶嘲諷）妳身邊最近有太多仰慕者，我不知道是哪一個。（羅莎琳沒有說話。）道森・瑞勒比我想像的要有耐性。妳這個禮拜晚上還沒有跟他見過面。

羅莎琳：（露出疲倦不堪的神情，她好像從未有過這種表情。）媽──拜託妳──

康納吉太太：噢，**我**不會插手。妳已經浪費了兩個月的時間在一個天才身上，他連名字聽起來都沒有銅臭味，妳繼續在他身上浪費妳這一生好了。我不會插手。

羅莎琳：（彷彿重複讀著課文一般。）妳知道他有些收入──而且他每個星期在廣告公司可以賺進三十五美元。

康納吉太太：這點錢連妳的衣服都買不起。（她停頓一會兒，羅莎琳不作聲。）我這都是在為妳想，不希望妳走到將來會悔不當初的那一步。不是妳父親不幫妳，近來日子對他來說並不好過，他已經上了年紀。妳別跟了一個愛作夢的人，儘管長得俊俏、出生好，可惜只會空想──光有**小聰明**。（她如此拐彎抹腳描述他的性格特質說實在的確惡毒。）

羅莎琳：看在老天的份上，媽──

（女僕上場，通報布萊恩先生人已經到了，接著他便跟著進來。艾莫瑞的朋友們這十天來對他說，他看去就像是「憤怒的上帝」，他確實也是。事實上，這兩天他一點兒胃口也沒有。）

艾莫瑞：晚安，康納吉太太。

康納吉太太：（假裝和善）晚安，艾莫瑞。

（艾莫瑞跟羅莎琳交換眼神──艾列克進來。艾列克一直是中立的立場。他打從心裡相信婚姻會讓艾莫瑞變得平凡，讓羅莎琳變得悽慘，但他對於兩人寄予無限的同情。）

艾列克：嗨，艾莫瑞！

艾莫瑞：嗨，艾列克！湯姆說他跟你在劇院碰頭。

艾列克：我知道，我剛才有見到他。今天的廣告工作情形如何？有沒有寫出精彩的文案？

艾莫瑞：噢，還不是老樣子。我加薪了——（每個人用期待的眼神看著他）——每周多了兩美元。（大夥莫不感到失望。）

康納吉太太：走吧，艾列克，我聽見車子來了。

（美好的夜晚，有些部分卻也令人感到沮喪。艾列克跟康納吉太太離開之後，靜默半晌。羅莎琳悶悶不樂地望著火爐。艾莫瑞走向她，雙手抱住她。）

艾莫瑞：親愛的。

（他們親吻起來。一陣沉默之後，她抓著他的手吻了一下，然後緊貼住胸口。）

羅莎琳：（顯得十分傷心）我喜歡你這雙手勝過其他地方。你不在身邊時，我常想起你那雙手——那雙疲憊的手。我知道你手上的每條掌紋。溫暖的手。

（他們四目相望，然後她便哭了起來——沒有淚水的啜泣。）

艾莫瑞：羅莎琳！

羅莎琳：噢，我們真是可憐極了。

艾莫瑞：羅莎琳！

羅莎琳：噢，我真想要一死了之！

艾莫瑞：羅莎琳，再聽見妳這麼說，我就要粉身碎骨了。妳這個樣子已經四天了。妳要振作起來，不然我會無法專心工作，茶不思飯不想，覺也睡不著。（他無助地看看四周，試著想要找些新的字彙，包裝陳舊、過時的老調。）我們會有一個新開始。我希望我們能夠一起打拼。（看著她一點反應也沒有，一股無力感油然而生。）怎麼了？（他突然站了起來，在地板上來回踱步。）是道森．瑞勒對不對。他是不是造成了妳的不安。這個星期每個午後妳都跟他在一塊兒。有人告訴我看見你們兩個在一起，我只是笑著點點頭，假裝什麼事都沒發生。我還沒聽妳說說這是怎麼回事。

羅莎琳：艾莫瑞你再不坐下來我要尖叫了。

艾莫瑞：（突然在她身邊坐下）噢，老天。

羅莎琳：（輕輕握住他的手）你知道我愛你，對不對？

艾莫瑞：對。

羅莎琳：你知道我會一直愛著你——

艾莫瑞：別這麼說；妳嚇壞我了。聽起來就像是兩個人要分開。（她哭了起來，從沙發上起身，走向扶手椅。）整個下午我都在想事情似乎變得糟糕透頂。我待在辦公室幾乎要發狂——寫不出東西。把事情一五一十告訴我。

羅莎琳：沒什麼好說的，我只是有些不安。

艾莫瑞：羅莎琳，妳是不是想要嫁給道森．瑞勒。

羅莎琳：（沉默半晌）他一整天都在等我的回應。

艾莫瑞：算他厲害！

羅莎琳：（又沉默了一會兒）我喜歡他。

艾莫瑞：不要說這些。我會很心痛。
羅莎琳：別傻了。我只愛妳一個人，這輩子都是。
艾莫瑞：（很快地回答）羅莎琳，我們結婚——下個星期。
羅莎琳：不行。
艾莫瑞：為什麼不行？
羅莎琳：我們不能結婚。我將成為你的糟糠妻——在窮困潦倒的地方生活著。
艾莫瑞：我們一個月會有兩百七十五元的生活費。
羅莎琳：親愛的，平常我連頭髮都不是自己梳的。
艾莫瑞：那麼我來幫妳梳理。
羅莎琳：（有些哭笑不得）多謝。
艾莫瑞：羅莎琳妳不能嫁給別人。告訴我！妳把我蒙在鼓裡。如果妳對我說實話，我可以幫助妳一起對抗。
羅莎琳：不過是——我們自己的事。我們很可憐，就這樣。我愛上你的那些非凡特質永遠不會讓你飛黃騰達。
艾莫瑞：（綳起臉）繼續說。
羅莎琳：噢——是道森．瑞勒。他讓我有安全感，我覺得他才是我的——依靠。
艾莫瑞：妳不愛他。
羅莎琳：我知道，但是我尊敬他，他是個善良、堅強的男人。

艾莫瑞：（不情願地）沒錯——他是那樣的人。

羅莎琳：唔——有一件小事可以一提。星期二下午我們在街上看到一個可憐的小男孩——道森把他抱在膝上，答應送他一件印地安人服裝——隔天，他記得這件事，買了件衣服——他真的很貼心，我忍不住想到他也會帶著這副好心腸對待——我們的孩子——照顧他們——我完全不需要操心。

艾莫瑞：（有些失望）羅莎琳！羅莎琳！

羅莎琳：（顯得有些淘氣）別看上去一副痛苦的樣子。

艾莫瑞：我們怎麼能夠這樣傷害彼此！

羅莎琳：（又開始要哭了）你跟我——真的是完美的一對。我從來不敢相信自己會找到夢中的另一半。生命中第一次感覺到無私的愛。我無法眼見它逐漸消逝於一個失去色彩的氛圍之中！

艾莫瑞：不會的——不會的！

羅莎琳：我寧願把這段感情留在美好的回憶裡——藏在內心的角落。

艾莫瑞：是啊，女人可以這麼做，男人卻不行。我會永遠記得的不是這段甜美的感情，而是記得這段感情帶給我的永久苦澀。

羅莎琳：別這樣。

艾莫瑞：未來幾年，如果再見不到妳，再也親吻不到妳，就像一道被關起的門——妳沒有勇氣作我的妻子。

羅莎琳：不是的——不是這樣——我選擇的是一條最艱難與堅定的道路。但是嫁給你註定是個錯誤，而我從不犯錯——你再不停止四處走動，我要大叫了。

（他再次絕望地陷進沙發裡。）

艾莫瑞：過來吻我。

羅莎琳：不行。

艾莫瑞：妳難道不想吻我？

羅莎琳：今晚我要你冷靜地愛我。

艾莫瑞：結束的開始。

羅莎琳：（突然意味深長地說）艾莫瑞，你還年輕。我也正值青春年華。旁人會原諒我們的矯揉造作和虛榮，對待他人就像桑丘[1]一樣，卻又讓人不察。他們現在會原諒我們。但你將會遭遇接二連三的艱苦困境——

艾莫瑞：妳卻不敢跟我共同面對。

羅莎琳：不，不是那樣。我曾讀過一首詩——你會說這是艾拉．惠勒．威爾克斯（Ella Wheeler Wilcox）的詩句，而覺得好笑——但是你聽：

1：桑丘（Sancho Panza）為塞萬提斯在《唐吉訶德》書中創作的角色。

因為這需要智慧——去愛與生活，
接受上帝或是命運的安排，
毫無疑問，不需要祈禱，
吻著雙唇，撫弄著秀髮，
我們趕著迎接勃發的熱情時，它已快速消退，
及時抓住、掌握——放手讓他去吧。

艾莫瑞：我們連擁有都還沒有。
羅莎琳：艾莫瑞，我是你的人——你是知道的。上個月有好多次，如果你說出口，我就會完全是屬於你的。但是我不能嫁給你，毀了我們兩個。
艾莫瑞：我們要掌握住自己的幸福。
羅莎琳：道森說我可以學著去愛他。
（艾莫瑞把頭垂在雙手裡，好久都沒有移動。霎時，生命似乎離他而去。）
羅莎琳：愛人！我的愛人！我不能跟你在一起，可是又無法想像生命中沒有了你。
艾莫瑞：羅莎琳，我們這是在讓彼此吃足苦頭，我們不過有些神經緊繃，這個星期——
（他的聲音突然顯得蒼老。她走到他身邊，把他的臉捧在自己手裡，親吻著他。）
羅莎琳：我辦不到，艾莫瑞。我不能放棄奢華的日子，成天窩在小公寓裡等著你下班回家。到時候你會因為我待在侷促的空間裡而恨我。我會讓你恨我。

（突然一陣淚水模糊了她的雙眼。）

艾莫瑞：羅莎琳──

羅莎琳：噢，親愛的，你走吧──不要讓事情變得複雜！我承受不了──

艾莫瑞：（他拉長了臉，聲音哽咽）妳知道自己在說什麼嗎？妳是說我們永遠都不再見面？

（兩個人的痛苦的性質顯然有些差距。）

羅莎琳：你難道看不出來──

艾莫瑞：恐怕我看不出來妳愛過我。妳害怕跟我一起過兩年的苦日子。

羅莎琳：我不會是那個你深愛的羅莎琳。

艾莫瑞：（開始歇斯底里）我不能放棄妳！我辦不到，就這麼簡單！我一定要得到妳！

羅莎琳：（聲音聽上去有些為難）別像個孩子似的。

艾莫瑞：（瘋狂）我不在乎！妳毀了我們的幸福！

羅莎琳：我做的是明智的選擇，唯一的選擇。

艾莫瑞：妳還是決定要嫁給道森．瑞勒？

羅莎琳：不要逼我。雖然某方面來說我很早熟，但是我還只是個小女孩。我喜歡陽光、美麗的東西，還有開心──不想要擔負任何責任。我不想在鍋碗瓢盆和柴米油鹽的生活裡打轉。我只想要擔心夏天游泳時，我的腿有沒有曬成光滑的古銅色。

艾莫瑞：妳還愛我。

羅莎琳：這是為何事情必須要做個了斷的原因。我們傷害彼此太深。我們不能再承受這樣的情景一次。

（她從手上脫下他的戒指，交還給他。兩人的雙眼再次因為淚水模糊了起來。）

艾莫瑞：（他的唇貼著她濕潤的雙頰）別這樣！留著它吧——別傷了我的心！

（她把戒指輕輕地放在他的手心裡。）

羅莎琳：（心碎地說著）你最好走吧。

艾莫瑞：再見——

（她再次望著他，帶著無限的渴望與無限的悲傷。）

羅莎琳：別忘了我，艾莫瑞——

艾莫瑞：再見——

（他向門邊走去，試著找到門把，握住門把——她見到他撇過頭去——頭也不回地離開。他走了——她想要起身，卻只能把臉埋進枕頭裡。）

羅莎琳：噢，天啊，讓我死吧！

（過了一會兒，她起身，閉著眼睛，憑感覺走到門邊。然後轉過身來，再次望著房間。這個他們一塊坐著，一塊作夢的地方：那個她經常幫他放滿火柴的托盤；那個星期天午後，他倆一塊待過的陰影。她雙眼迷濛，站立原地，回憶著一切；大聲呼喊著。）

噢，艾莫瑞，瞧我對你做了什麼？

（在那個時間會帶走一切的痛苦之下，羅莎琳感覺到自己像是失去了什麼，她不知道那是什麼，也不知道為何會這樣。）

第二章　恢復期試驗

紐約州人酒吧因為有了馬克思菲爾德．派瑞許那快活、多彩的「老國王柯爾」畫作，而讓酒吧增色不少，吸引不少人前來。艾莫瑞停在入口處，看看手腕上的錶；他突然想知道時間，因為在他內心深處想要把事情釐清楚。稍後他想到「事情在一九一九年，六月十日，星期四，八點二十分」結束，心中不免微微感到些許滿足。離開她家之後，他走了一段路——事後，他對這一段路一丁點的記憶都沒有。

他現在陷入一種奇怪的狀態中：兩天下來一直處在焦慮以及神經質的狀態，夜裡睡不著，飯也吃不下，全都因為羅莎琳一個突然的決定造成他情感上的危機——沉重的壓力麻痺了他的心，使他陷入一種仁慈的麻木當中。在誤以為免費提供橄欖的餐桌上一陣笨拙地翻找時，有個男人朝他走來，對他說話，橄欖就這麼從他慌亂的手裡掉了出來。

「咦，艾莫瑞……」

那是他在普林斯頓認識的一個人；但是他想不起來對方的名字。

「哈囉，老朋友——」他聽見對方說道。

「我是吉姆．威爾森——你不記得我了。」

「對，你是吉姆，我記得。」

「你有參加同學會嗎？」

「你知道！」在那一刻他突然想到他並沒有參加同學會。

「出國去了？」

艾莫瑞點點頭，眼神有些恍惚。為了讓路，他朝後退，結果把裝橄欖的碟子打翻在地。

「真可惜，」他喃喃自語。「喝酒嗎？」

威爾森熱情卻又笨拙地伸出手拍拍艾莫瑞的背。

「你喝得夠多了，老友。」

艾莫瑞看了他一眼，沒有說話，威爾森被他瞧得渾身不自在。

「喝夠多了，天殺的！」艾莫瑞最後迸出一句。「我今天還沒有喝過酒。」

威爾森不可置信地看著他。

「到底要不要喝酒？」艾莫瑞無禮大喊。

他們一塊走到吧台去。

「黑麥威士忌。」

「我要一杯布隆克斯雞尾酒。」

威爾森又續了一杯，艾莫瑞已經喝了好幾杯。他們決定坐下來。十點鐘一到，一五級的柯林取代威爾森的位置。艾莫瑞喝得天旋地轉，試圖在受傷的心靈一層層塗抹令他感到滿足的麻醉劑，口若懸河地說著戰場的一切。

「這真是一場精神上的損失，」他像老學究一般的口吻說話。「我生命中的這兩年時光可說是白白浪費了。失去了理想，像是行屍走肉一般，」他意味深長地對著老國王柯爾揮舞著他的拳頭，「所有東西都是普魯士風格，特別是女人。過去對女子學院向來是直言不諱。」他在表達自己缺乏原則的想法時，大手一揮，結果把一瓶德國礦泉水瓶用力掃到地上，發出很大的聲響，卻絲毫沒有減損他繼續高談闊論的念頭。「現在我的人生哲學就是把握眼前的快樂，把明天都當作是自己的死期。」

柯林打了個哈欠，但是艾莫瑞依舊繼續發表他的言論：「過去總是對事情感到好奇——人們總滿足於妥協，他們的人生有一半都是在妥協。現在不會感到奇怪了——」他想留給柯林一個印象，那便是他不再對事情感到好奇，而因此加重了語氣，卻自己岔開了話題，向酒吧裡的所有人宣稱自己是個「行屍走肉」。

「艾莫瑞，你在慶祝什麼？」

艾莫瑞顯得十分自信地傾身向前。

「慶祝自己的生命毀了。這是我生命中偉大的一刻，但是我不能告訴你事情經過——」

他聽見柯林跟酒保在談話：

「給他一杯礦泉水。」

艾莫瑞氣呼呼地搖著頭。

「我不要喝那個玩意兒！」

「聽著，艾莫瑞，你喝多了。你的臉色跟鬼一樣蒼白。」

艾莫瑞聽到這番話，試著想要瞧瞧鏡中的自己，但即使瞇起一隻眼睛，他只能見到吧台後方的一列酒瓶。

「想吃點東西。我們去找些——沙拉。」

他裝作一副冷淡的模樣整理外套，但是要他離開酒吧對他來說實在困難，結果他還是重重地跌坐回椅子上。

「我們到仙麗酒吧，」柯林提議，扶了艾莫瑞一把。

有了朋友的攙扶，艾莫瑞總算能夠慢慢移動他的雙腿，往四十二街走去。

仙麗酒吧燈光昏暗。他意識到自己在大聲說話，他認為他想把別人踩碎在腳下的這番話既簡潔又具說服力。他吃了三個總匯三明治，把每個三明治巧克力糖吃進嘴裡。同時，羅莎琳竟然突然出現在他的腦海中，他發現自己不斷呼喊著她的名字。接著他便昏昏睡去，朦朧中好像感覺到一群穿著西裝的傢伙，或許是店裡的侍者，聚集在桌旁……

……他好像來到一個房間，柯林好像說著鞋帶上面的結之類的事。

「不要緊，」他在意識模糊中說著。「讓我穿著鞋睡……」

仍在喝酒

他笑著醒來，眼睛緩緩在四周搜尋一遍，顯然這是一間附有浴室的高級旅館房間。他的頭還在痛，一幅接著一幅的畫面在他眼前出現，接著模糊一片，最後消失，除了想笑，他完全沒有意識到自己的反應。他伸手想要撥打床邊的電話。

「你好——請問這是哪一家飯店——？」

「紐約州人？好，麻煩幫我送兩份黑麥威士忌——」

他躺了一會兒，無聊地猜想飯店會送上一瓶酒，還是兩個小玻璃杯子。掙扎了一會兒，他下了床，緩緩走進浴室。

等他出來，手裡拿著一條毛巾慢騰騰地擦拭著身體時，他看見酒保送來了酒，突然想開他一個玩笑。念頭一轉，覺得這樣有失禮節，所以就揮揮手要他下去。

幾杯新酒下肚之後，身子暖了起來，支離破碎的畫面，像電影一樣，一幕幕上演著前一天發生的戲碼。他再次看見羅莎琳捲曲著身子，躺在枕頭上哭泣，再次感覺到臉頰上她的淚水。耳邊響起她的聲音：「別忘了我，艾莫瑞——別忘了我——」

「天殺的！」他顫抖地大喊，接著一陣哽咽，他癱軟在床上，由於悲傷過度整個身體抽搐起來。過了一會兒，他張開眼睛，瞪著天花板。

「沒用的蠢蛋！」他憤恨地大叫，長長地嘆了一口氣之後，又朝酒瓶的方向走去。喝完一杯之後，他的淚水決堤。故意喚起那些消逝的春天裡，一件件的小事，對自己說著內心的激動，結果使他對於悲傷的反應更加的強烈。

「我們是那麼快樂，」他用誇張的語調說出，「那麼地幸福。」接著他再度崩潰，整個人跪在床邊，整個頭有一半埋進枕頭裡。

「我的女孩——我的——噢——」

他咬緊牙根，眼眶盈滿淚水。

「噢……我親愛的女孩，我所僅有的一切，我嚮往的一切！……噢，我的女孩，回到我身邊，回來啊！我需要妳……需要妳……我們真是苦命鴛鴦……只給對方帶來了痛苦……她就要被帶離開我身邊……我再也見不到她；也不能是朋友了。這是命運的安排——這是命啊——」

接著他又說道：

「我們是那麼地快樂，那麼地幸福……」

他站起來，把整個人拋到床上，陷入極度的哀傷之中，然後他筋疲力竭地仰躺在床，慢慢意識到前一天晚上他爛醉如泥，現在頭痛得要裂開。他笑著，站起身子，又想將一切遺忘……

中午，他跑到擁擠的比爾特摩爾酒吧，又重演了一場鬧劇，事後他模模糊糊地回想起，他好像跟一位英國軍官大談法文詩歌，這位軍官自稱是「皇家步兵寇恩上尉」，他還依稀記得自己午餐時想要朗誦一首法文情詩〈月光〉[1]；接著他便倒臥在一張柔軟的大椅子上睡著了，這一覺睡到幾乎五點左右，另一組人進來酒吧把他叫醒；晚餐時幾經煎熬，情緒一來又喝了不少酒。他們選擇買了泰森戲院的戲票，因為這場戲有四場喝酒的喬段——兩個單調的聲音，加上混亂、陰鬱的場景，現場的燈光始終令他看不清楚，即使他的眼睛向來適應力不錯。他事後回想起來，這齣戲演的應該是《戲謔》……

……接著是椰林夜總會，艾莫瑞再一次又睡倒在外面的露台上。他在揚克斯的仙麗酒吧差不多恢復了理性，懂得小心控制喝威士忌的酒量，頭腦變得比較清楚，而且聒噪。他發現聚會裡的五個人，其中兩個人他好像認識；也知道要分攤酒錢，大聲嚷著要安排一切，討周圍其他桌的人開心……

有人起鬨說有名的歌舞表演明星在隔壁桌，於是艾莫瑞起身大膽朝那個桌子走去自我介紹……結果他先是陷入一場跟這位女士的男伴的爭吵之中，接著再跟服務生的領班發生爭執——艾莫瑞態度傲慢，又過度獻殷勤……最後在不能反駁的情況之下，他才同意回到他自己的桌子。

「決定好要自殺，」他突然說道。

「什麼時候？明年嗎？」

「現在。或是明天一早。到遊艇俱樂部去訂個房間，洗個熱水澡，然後劃破血管。」

「他病得不輕！」

I：法國象徵主義詩人魏崙的詩作。

「你應該再喝一杯酒，老弟！」

「我們明天再談這些。」

但是艾莫瑞並沒有接受勸阻，至少在話語上。

「你們過去做過這件事嗎？」他神氣問道。

「當然！」

「經常如此？」

「老毛病了。」

大家開始討論起來。有個人說他的心情過度沮喪時，就會認真去想這件事。另外一個人也同意活在這世上毫無意義。「寇恩上尉」不知什麼時候加入了這場聚會，他說根據他自己的看法，一個人越是病入膏肓就越會想要了結自己的性命。艾莫瑞提議在場的每個人都應該替自己點杯雞尾酒，裡頭加上碎玻璃，然後一口乾了它。幸好在場沒有人附議，喝完他的威士忌後，他把手撐著下巴——這真是個雅致而又不易被察覺到得睡覺姿勢，他安下心來——就這樣不省人事……

他被一個女人拉著醒來，她的姿色不錯，一頭褐色的蓬亂頭髮和深藍色眼眸。

「帶我回家！」她喊道。

「妳好！」艾莫瑞眨眨眼說。

「我喜歡你，」她溫柔的說。

「我也喜歡妳。」

他注意到身後一名男子在大鬧，他的其中一個同伴正跟他在吵架。

「我跟了一個蠢蛋，」這個藍眼睛的女人說。「我恨他。我要跟你回家。」

「妳喝醉了？」艾莫瑞機智問道。

她害羞地點點頭。

「跟他回家去，」他神情嚴肅了起來。「是他帶妳來這的。」

這會兒，那個在後頭大吵大鬧的男子，突破挾持，衝了過來。

「你倒是說說看！」他怒不可遏地說。「我帶這個女人到這兒來，你竟敢撈過界！」

艾莫瑞冷冷地看了他一眼，那女人卻死抓著他不放。

「你放開那女人！」那個男子大叫。

艾莫瑞試著讓眼神看上去震懾些。

「下地獄去吧！」他最後回應，接著便把注意力放在那個女人身上。

「一見鍾情，」他說。

「我愛你，」她深呼吸一口，緊緊巴著艾莫瑞。她那雙眼睛**真**美。

有人彎下腰去，在艾莫瑞耳邊說話。

「那個女的是瑪格麗特．戴蒙。她喝醉了，是這個傢伙帶她來的。你最好放她走。」

「那麼，要他看好她！」艾莫瑞氣憤難耐地喊道。「我可不是基督教女青年會的人，我像嗎？我像嗎？」

「放開她！」

「**她**可不想走！你不能逼她！」

群眾聚集越來越多。眼看戰事一觸即發，一個侍者努力想要扳開瑪格麗特．戴蒙的手指，不讓她死抓著艾莫瑞，她竟然生氣的摑了侍者一巴掌，朝那個正在氣頭上最初帶她來的男人身上推了一把。

「老天！」艾莫瑞喊道。

「我們走！」

「快啊，快叫不到計程車啦！」

「買單，服務生。」

「走吧，艾莫瑞。你的英雄救美到這裡結束了。」

艾莫瑞笑笑。

「你不知道你說的真實性到底有多少。完全不知道。問題全出在這裡。」

艾莫瑞對工作上的質疑

兩天後，他跑到巴斯坎與巴洛廣告公司，去敲總裁的門。

「請進！」

艾莫瑞有些不安的進去。

「巴洛先生早。」

巴洛先生戴上眼鏡，微微張開嘴巴，準備洗耳恭聽。

「唔，布萊恩先生。我們有好幾天沒見到你來上班。」

「是的，」艾莫瑞說。「我不幹了。」

「喲——喲——這是——」

「我不喜歡這裡。」

「抱歉。我一直以為我們之間的關係——呃——還算融洽。你工作很認真——雖然有時候喜歡寫些突發奇想的東西——」

「我只是厭倦了這一切，」艾莫瑞無禮地打斷。「我才不想去管荷瑞貝爾牌的麵粉是不是比其他人的要好。事實上，我從來沒嚐過。所以我厭煩告訴消費者這一切——噢，我知道我已經酗酒有一段時間——」

巴洛先生的臉色沉了下來。

「你想要升遷——」

艾莫瑞揮手要他閉嘴。

「我覺得我的薪水實在低的可以。一個星期只有三十五元——比起一個優秀木匠的薪水還低。」

「你才剛進這一行。你之前沒有做過這類工作。」巴洛先生冷淡地說。

「可是我念書所花的學費差不多也有一萬元，才有辦法幫你寫文案。總之，過去五年來你付給速記員的薪水，一個星期也只有十五元。」

「我不打算跟你狡辯，」巴洛先生說完話之後起身。

「我也不打算跟你爭吵。我只是要告訴你我不幹了。」

他們站在原地，冷冷地對望了好一會兒，接著艾莫瑞就這麼轉過身去，離開辦公室。

些許緩和

四天後，他最後回到了公寓。湯姆正在替《新民主》雜誌撰寫書評。他們默默地相互凝視半晌。

「咦？」

「咦？」

「老天，艾莫瑞你的眼睛怎麼瘀青了——還有下巴，怎麼回事？」

艾莫瑞一笑置之。

「沒什麼大不了。」

他脫下外套，露出肩膀。

「瞧這裡！」

湯姆吹了一聲口哨。

「你被什麼給撞傷了？」

艾莫瑞又是一笑。

「噢，有一群人把我打了一頓。就是這樣。」他慢慢穿好襯衫。「這是遲早要發生的事，我絕對難逃這一劫。」

「誰幹的？」

「嗯，有幾個酒吧的侍者，兩個水手，還有幾個路過的行人。這真是種奇怪的感覺。你要是被人狠狠揍過一頓，才能體會。不要多久，你就倒臥在地上，每個人似乎朝你身上猛揮猛砍，打得你爬不起來——然後再用腳猛踹你。」

湯姆點起一根煙。

「我花了一整天的時間，到處找你，艾莫瑞。但是你總是趕在我的前頭。我敢說你一定是參加了某個派對。」

艾莫瑞攤坐在椅子上，要了一根煙來抽。

「你現在清醒嗎？」湯姆故意這麼問。

「十分清醒。幹嘛？」

「唔，艾列克搬走了。他的家人一直要他回家住，所以——」

一陣痛苦的抽搐打擊著艾莫瑞。

「真可惜。」

「是啊，是很可惜。如果我們要留下來，得另外找人分攤房租，房租又上漲了。」

「當然，得再找個人。我把這個機會讓給你，湯姆。」

艾莫瑞走回他的房間。放置在梳妝台上，緊靠著鏡子，一張羅莎琳的照片首先映入眼簾，原先他還想把照片加上相框。他漠然地看著照片。他的腦海中出現一幅幅女主角栩栩如生的畫面，使得眼前的照片顯得多麼不真實。他走回書房。

「有紙箱嗎？」

「沒有，」湯姆回答，有些疑惑。「我怎麼會有紙箱？噢，對了——艾列克的房間裡或許會有。」

最後艾莫瑞找到了他要的東西，他走回房裡的梳妝台，打開抽屜，裡頭塞滿信紙、便條、一條鍊子的其中一段、兩條手帕和一些照片。在他小心翼翼把這些東西都放進紙箱裡時，他突然想到曾在書裡讀到的一段內容，男主角保留一塊愛人留下來的香皂長達一年，最後把這塊香皂用來洗手。他笑了出來，嘴裡哼著〈自從妳離開了之後〉……嘎然停止……繩子斷了兩次，接著重新接好，然後它這箱東西放進大行李箱底，關上行李箱蓋子，走回書房。

「要出去？」湯姆的聲音聽上去有些擔心。

「嗯。」

「去哪裡？」

「我不能說，小子。」

「我們一起吃晚餐。」

「抱歉。我跟蘇琪・布萊特約好一起吃。」

「噢。」

「再見。」

艾莫瑞穿過對街，點了威士忌；然後漫步到華盛頓廣場，在雙層巴士上找了座位。他在第四十三街下車，走進貝爾特摩爾酒吧。

「嗨，艾莫瑞！」

「想喝什麼？」

「喂，服務生！」

溫度正常

伴隨禁酒令的頒行，艾莫瑞向以「解渴優先」的借酒澆愁舉動也得戛然停止。一天他從床上醒來，猛然發現在酒吧裡打轉的日子已經結束，他對於自己過去三個星期以來的行為表現一點都不感到懊悔，對於再度重蹈覆轍的可能也一樣不會感到後悔。他採取最暴力的方式，儘管這個方式並不高明，卻可以讓自己不被記憶所刺傷，他不會建議別人如法炮製，到了最後他發現自己還是熬了過去：度過了初期的一段痛苦。

別誤會！艾莫瑞對羅莎琳的愛，讓他不會再去愛上其他人。羅莎琳剝奪了他的青春，而他內心深處藏有如此的溫柔，連他自己都感到驚訝，他從來不會對其他人展現這樣的柔情與無私。這與稍後他所談的一場戀愛，是不同的類型：他回想過去的幾場戀愛，或許更加符合他典型的心理狀態，而在這種狀態下的女孩成了他心境的一種投射。然而，羅莎琳帶出了比熱烈的愛慕更深層的東西；他對羅莎琳的愛更深，而且永遠不會改變。

但就在事情接近尾聲的時候，出現了戲劇化的悲劇，過去三個禮拜來的狂飲導致了令人費解的惡夢，那便是他在情感上徹底地筋疲力竭。周遭的人事不管是冷漠或是虛情假意，似乎提供他一個庇護所。他寫了一個諷刺的故事，描寫他父親的喪禮，投稿到雜誌，結果收到一張六十元的支票，而且雜誌社還向他邀稿。他的虛榮心又開始蠢蠢欲動，卻沒有進一步激勵自己去寫作。

他廣泛閱讀。《一位年輕藝術家的畫像》（*A Portrait of the Artist as a Young Man*）令他覺得困惑和沮喪，接著興致高昂讀完《瓊和彼得》（*Joan and Peter*）以及《不滅的火》（*The Undying Fire*）。透過一個名叫孟肯的批評家，他意外發現幾本不錯的美國小說：《凡德歐佛與劣根性》（*Vandover and the Brute*）、《瑟昂·華爾的詛咒》（*The Damnation of Theron Ware*）以及《珍妮·葛哈德特》（*Jennie Gerhardt*）。麥克肯茲（Mackenzie）、卻斯特敦（Chesterton）、葛斯華茲（Galsworthy）、班奈特（Bennett），對他而言，如今已經從敏銳、對生活充滿洞察的天才，降格為只具有消遣性質的同時代人。蕭伯納的思路清晰和才華洋溢的一貫風格，和H.G.威爾斯令人心醉神迷的作品，將浪漫時代講究對稱的風格之鑰與令人難以捉摸的真理之鎖相互契合，光憑這點就讓艾莫瑞如癡如醉。

他想見見達西神父，於是他寫信告訴他返家的時間，卻一直沒有收到神父的消息；加上他想到如果他要去拜訪達西神父，就會一五一十把羅莎琳的事都告訴他，一想到他必須再重新提起這段往事，他就感到不寒而慄。

他在腦中搜尋冷靜的人選時，記起了勞倫斯太太，一位很有智慧、高雅的女士，她投身宗教，是神父的虔誠信徒。

一天，艾莫瑞打了通電話給她。沒錯，她還記得他；神父不在城裡，他人在波士頓，她想；他答應過，等他回來要一塊吃晚餐。艾莫瑞難道不能跟她一塊兒共進午餐？

「我還以為我會趕上，勞倫斯太太，」他抵達之後，語帶含糊說道。

「神父上個星期還待在這裡，」勞倫斯太太感到十分惋惜。「他很想見你，但是他把你的住址留在家裡。」

「他以為我投身布爾什維克主義？」艾莫瑞好奇問道。

「噢，他現在處於恐懼的階段。」

「怎麼說？」

「跟愛爾蘭共和國有關。他覺得他們缺乏尊嚴。」

「所以呢？」

I：孟肯（Henry Louis Mencken, 1880-1956），美國記者、諷刺作家、文化評論家。

「愛爾蘭總統抵達時，他就趕到波士頓去了，但他感到十分痛苦，因為那些接待的委員在汽車裡時，會用手臂把總統團團圍住。」

「我不怪他。」

「呃，軍中留給你最深的印象是什麼？你看起來老成多了。」

「是另一場慘痛的戰役讓我變得成熟，」他忍不住笑著答道。「但是軍隊——我瞧瞧——唔，我發現肉體上的勇氣，某一程度來說跟身體的狀況有關。我發現自己跟隔壁的人一樣勇敢——這在從前很困擾我。」

「還有呢？」

「男人可以忍受任何他們已經習慣的事物，事實上，我的心理學拿到很高的分數。」

勞倫斯太太笑了起來。艾莫瑞發現待在河濱大道這棟涼爽的房子裡心裡感到輕鬆不少，遠離人口稠密的紐約，不再感覺人們在狹小的空間裡吐出大量的氣息。勞倫斯太太隱約令他想起碧翠絲，並非她的性格，而是她高貴及優雅的神態。房子裡的陳設，以及午餐的用餐方式，與他對長島那地方的大戶人家的印象有很大的出入，那裡的僕人冒冒失失，實在應該將他們掃地出門，即使是在一些更為保守的「聯合俱樂部」的家庭裡所見到的情景也大為不同。艾莫瑞不禁想到這樣嚴謹對稱的氛圍，以及優雅的佈置，具有歐洲大陸的風格，不知是否承襲自勞倫斯太太在新英格蘭的祖先所遺留下的，或是因為她長期住在義大利或是西班牙的緣故。

午餐時喝了兩杯白葡萄酒，打開了他的話匣子，他用自己向來很有魅力的方式說著宗教和文學，以及社會次序的惡質氣氛。勞倫斯太太跟他一塊兒顯得很開心，特別是他的機智十分令她感到有趣；他也想要人們再次欣賞他的見解——過不了多久，這裡或許是定居下來的好地方。

「達西神父一直認為你是他的化身，你的信仰終究會變得明朗。」

「或許吧，」他同意。「目前我還是個異教徒。我這個年齡還不能從宗教得到安慰。」

他離開了她的房子之後，漫步到河濱大道，內心感到十分滿足。能夠再次討論年輕詩人史蒂芬·文森·貝納（Stephen Vincent Benét），或是愛爾蘭共和國，令他感到十分愉快。對愛德華·卡森和可哈蘭法官連串的陳腐指控，艾莫瑞已經厭倦再去談愛爾蘭的問題。然而，有段時間，他身上帶有的凱爾特民族特色成為了他個人哲學的支柱。

生命裡彷彿一夕之間留給他很多的資產，只要重新燃起舊時感興趣的事物，這麼做並不意味他將會再次遠離生命——遠離生命自身。

心神不定

「湯姆，我感覺到自己非常衰老而且厭倦一切，」一天艾莫瑞這麼說道，他躺在舒服的窗台上伸展四肢。他覺得躺臥是最自然的姿勢。

「你開始寫作以前還比較有趣，」湯姆繼續說。「現在為了出版，很多事情都不像從前那樣吐露出來。」

存在回歸到不再野心勃勃的正常狀態。他們衡量兩人的經濟狀況，覺得應該還可以租下這間公寓，湯姆跟隻老貓一樣安居於此，喜歡這間公寓。牆上那幅古老的英國狩獵圖是湯姆的，蒙受美意取得的大幅織錦畫則是頹廢的大學時期的紀念品、一大堆沒人認領的燭臺，還有一張路易十五雕功細膩的椅子，每個坐在這張椅子上的人不到一分鐘包準全身痠痛——他解釋因為我們是坐在蒙大斯潘鬼魂的膝上，才會渾身不舒服——不管怎麼說，正是湯姆的家具讓他們決定繼續住下來。

他們很少出去：偶爾去看場戲，或是到麗茲、普林斯頓俱樂部去吃頓飯。由於禁酒令，著名的聚會地點也受到致命的打擊；十二點和五點在比爾特摩爾酒吧再見不到意氣相投的酒客，湯姆跟艾莫瑞對於跟一些中西部或是紐澤西初入社交圈的女孩們在二十俱樂部（另稱老傢伙俱樂部）或是廣場飯店的玫瑰廳跳舞，不再充滿激情——即使需要喝下幾杯雞尾酒，艾莫瑞曾對一位受到驚嚇的女士說，「得把智力的水準降低到跟在場的女性一樣。」

最近艾莫瑞收到巴頓先生寄來的幾封信，信中的內容不免令人感到憂心——日內瓦湖的房子因為太大，很難租出去，今年收到的房租根本不夠負擔修繕費用以及繳稅，事實上，律師解釋這個家產在艾莫瑞的手裡不過是個無用的東西。然而，接下來的三年內可能不會有任何收入，艾莫瑞基於對房子的懷舊之情，目前不管怎麼說都不會變賣這棟房子。

他在特定日子這天跟湯姆抱怨日子很無聊已經成了常態。他中午才起床，與勞倫斯太太一塊兒吃午飯，然後便心不在焉搭上他最喜歡的巴士，坐在頂層的位置，回家去。

「你為什麼不該覺得無聊，」湯姆打著哈欠說。「跟你同年齡、同樣條件的年輕人不都是抱持這樣的想法嗎？」

「是啊，」艾莫瑞若有所思地說，「我不只是無聊，我覺得煩躁不安。」

「戀愛跟戰爭才會讓你這麼覺得吧。」

「唔，」艾莫瑞想了想，「我不確定戰爭本身對你或是我造成任何很大的影響——但是它的確摧毀我們的過去，就像是抹煞了我們這一代年輕人的個人主義。」

湯姆有些驚訝抬起頭來。

「沒錯，」艾莫瑞語氣堅定。「我不知道戰爭是否摧毀了全球的個人主義。噢，老天，沒有比從前能夠夢想自己將來也許會是獨裁者、作家、宗教人士或是政治領袖，更令人覺得有趣——如今即使是李奧納多·達文西或是羅倫左·蒂美蒂西也不再是世上真正的舊派人物。生命太龐大而且複雜。世界發展迅速卻連自己的手指頭都舉不起來，我決定要當這根重要的手指頭——」

「我不同意你的看法，」湯姆打岔。「從來沒有人扮演如此自我本位的角色自從——噢，自從法國革命以來。」

艾莫瑞強烈反對。

「你對於這個時代做了錯誤的理解，在這個個人主義盛行的時代裡，每個瘋子都代表一個個人主義。威爾遜[1]展現這種特徵時，他變得十分有力；他必須不斷做出妥協。當托洛斯基[2]和列寧[3]一得到鞏固不變的位置時，他們就會變成像克倫斯基[4]一樣，是個只有維持兩分鐘熱度的人物。就連福煦[5]也不及「石牆」傑克森[6]一半重要。戰爭從前是一個人追尋個人主義的最佳展現，然而戰爭中受歡迎的英雄既不權威也不必擔負責任：蓋尼莫[7]和約克中士[8]即是一例。一個小學生如何將派許[9]這樣的人當作英雄？一個大人物沒有時間去做任何事，只光坐著，就能成就大人物。

「你應該不認為這個世上會有永遠的英雄？」

「有啊——但是只有在歷史上——現實生活裡沒有。卡萊爾[10]恐怕很難找到材料替『大人物英雄』寫出一篇新的章節。」

「繼續。我今天準備當一個好聽眾。」

「現在人們努力要去相信領導者，卻很難做到。但不久我們就會出現一個受歡迎的改革者、政治人物、軍人、作家或是哲學家——羅斯福、托爾斯泰、伍德、蕭伯納、尼采，這樣的人物才一出現，批評的聲浪就將他沖走。老天，現今沒有人能夠永垂不朽。這是無名人士的一條必經之路。人們厭倦一再重複聽到相同的名字。」

「於是你把罪過怪罪到報紙媒體？」

「當然。瞧你，在《新民主》雜誌任職，每個禮拜都有人搶著要讀，讀者都具有一番抱負。你的職責為何？對於被分派要評論的每一個人、每一項教條、書籍或是政策，要極盡所能寫出具有洞見、有趣與嘲諷的文章。為了吸引注意，文章的論點越是犀利，就越能夠激發對於該議題的關注批評，雜誌社就可以支付你高額的稿酬，購買當期刊物的人就越多。你，湯姆·德尹維里哀，一個飽經折磨像雪萊一般的詩人，經常變動、善變、聰明、毫無顧忌，呈現出這個種族的批評思想——噢，不要抗議，我清楚知道。從前在大學時代我也寫過書評；本著誠實負責的努力提出了一種理論，或是一種良方，好成為『炎炎夏日裡最受歡迎的刊物』，我把你們的刊物視為純粹的消遣。得了吧，你還不承認。」

湯姆笑而不答，艾莫瑞得意洋洋繼續說。

「我們**渴望**去相信。青年學子要去相信老一輩的作家，選民想要相信他們的國會議員，各個鄉鎮相信他們的政治家，但是他們卻**辦不到**。有太多聲音，太多散佈的思想、不合邏

1：伍德羅·威爾遜（Thomas Woodrow Wilson, 1856-1924），美國第二十八任總統，曾任普林斯頓大學校長。

2：列昂·托洛斯基（Leon Trotsky, 1879-1940），布爾什維克主要領導人，是一名革命家、軍事家、政治理論家。

3：佛拉迪米爾·列寧（Vladimir Lenin, 1870-1924），俄羅斯共產主義革命家、政治家和政治哲學理論家。

4：亞歷山大·克倫斯基（Alexander Kerensky, 1881-1970），俄羅斯政治家、革命家，在一九一七年俄國革命中扮演重要角色。

5：費迪南·福煦（Ferdinand Foch, 1851-1929），第一次世界大戰法國陸軍統帥。

6：湯瑪士·喬納森·傑克森（Thomas Jonathan Jackson, 1824-1863），美國內戰期間著名的南軍將領。

7：喬治·蓋尼莫（George Guynemer, 1894-1917），第一次世界大戰法國民族英雄。

8：艾文·約克（Alvin York, 1887-1964），第一次世界大戰美國的戰爭英雄。

9：派許（John Joseph Pershing, 1860-1948），第一次世界大戰美國遠征軍將領。

10：湯馬斯·卡萊爾（Thomas Carlyle, 1795-1881），蘇格蘭評論、諷刺作家、歷史學家。他的作品在維多利亞時代甚具影響力。

輯、有欠考慮的批評。報紙就是最糟的示範。任何一個有錢，沒有進步的老政黨，如果一旦跟貪得無厭的財團掛勾，政黨便能夠掌控報紙媒體這一塊知識份子的大餅，成為成千上萬個疲倦、來去匆忙的人的精神食糧，他們忙著處理現代生活的大小事，總是囫圇吞棗嚥下他們所讀到的東西，而沒有經過消化。只要兩分錢，選民就能夠買到他的政治理念、偏見和哲學觀點。一年之後，或許有新的政黨輪替，或是報紙發行人易主，結果是：更多困惑、更多矛盾，突然湧入的新觀點，新思想的雜糅，經過提煉的思想，以及反對這些思想的聲浪出現——」

他停頓一會兒，喘了口氣。

「這是為什麼我發誓在我釐清自己的想法或是拋開它之前，絕不會在報紙上亂發表意見；我靈魂的罪孽已經夠深了，不需在人們腦袋裡再加入危害他者，或是膚淺的警語；我或許會在不足掛齒、無惡意的資本家身上投下一顆震撼彈，或是讓那些無辜的小布爾什維克遭機關槍掃射——」

湯姆因為艾莫瑞挖苦他跟《新民主》雜誌的關聯，而感到不安。

「這些跟你覺得無聊有何關聯？」

艾莫瑞覺得關聯大了。

「我要怎能適應？」他反問。「我為的是什麼？為了繁衍種族？根據美國小說中的描寫，十九歲到二十五歲的『美國男子是健康的』，因為是完全無性的動物。事實上，應該是較不健康才對。說服你相信的唯一選擇，牽涉到了一些劇烈的利益。呃，戰爭已經結束；

我現在很相信作者的責任，以致於無法提筆寫作；這一行事業，嗯，是不言而喻的。這世上沒有任何事情會引起我的興趣，除了與經濟學之間所產生功利主義的細微連結。我所見到的是身為一名小職員，在人生接下來的寶貴十年間，我將從工業化產物之下的電影裡獲得智性上的滿足。」

「試試小說，」湯姆提議。

「麻煩的是我一開始寫故事就開始分心──害怕自己專注在寫小說這件事上頭，而不是生活──滿腦子想著或許迎接我的生活是在麗茲飯店的日式花園，或是在大西洋城，或是東區下城。」

「總之，」他繼續說，「我並不著急。我想當一個普通人，但是那女孩可不這麼認為。」

「你會找到另外一個。」

「天啊！我沒這麼想。你何不告訴我『如果這個女孩值得你擁有，她應該會等你』？不對，如果這個女孩真的值得擁有，她不會等任何人。如果我心中想著天涯何處無芳草，我便會喪失對人性殘存的信念。或許我可以玩玩──但是羅莎琳是這廣闊世界上唯一能夠讓我動心的人。」

「唔，」湯姆打了個哈欠，「當你的心腹知己整整一個鐘頭。我還是很高興看見你對事情開始展現獨到的看法。」

「我也是，」艾莫瑞勉強同意。「但是每當我看見家庭和樂的畫面，心裡還是會感到一陣難受──」

「和樂的家庭就是想讓人產生這種感覺，」湯姆語帶譏諷說。

審查員湯姆

一連幾天，艾莫瑞只有聽的份。湯姆在煙霧繚繞中，開始痛批起美國文學。他卻不知該怎麼搭腔。

「一年有五萬元，」他大叫。「我的天！看看他們，看看他們——艾德娜·法伯（Edna Ferber）、古佛紐爾，莫里斯（Gouverneur Morris）、芬妮·赫斯特（Fanny Hurst）、瑪莉·羅勃·里尼哈特（Mary Roberts Rinehart）——他們所寫的小說或是故事的影響力沒有人可以持續十年。這個叫考伯（Cobb）的人——我既不覺得他聰明也不覺得他有趣——更重要的是，我覺得大多數人也這樣認為，除了編輯之外。他不過是被廣告搞得暈頭轉向。還有——噢，對了還有哈洛德·貝爾·萊特（Harold Bell Wright）和薩恩·葛瑞（Zane Grey）——」

「他們盡力了。」

「才沒有，他們根本連嘗試都沒有。他們之中有些人**能**寫，但是他們不肯好好坐下來，寫出誠實的作品。大部分的人都**不能**寫，我承認。我相信魯伯特·休斯（Rupert Hughes）試著想要描寫一幅美國的真實面貌，但是他的觀點和風格太過野蠻。厄尼斯特·普爾（Ernest Poole）和桃樂絲·坎菲爾德（Dorothy Canfield）也試著這麼做，但是被他們缺乏的幽默感所阻礙；至少他們所寫的內容很豐富，而不是很單薄。每個作者在撰寫每本書時，都應該有書本完成之日，就是他將被斬首的體認。」

「這不是含糊其詞嗎？」

「不要打斷我！現在他們之中有少部分人似乎還有些文化背景，有些很聰明，還有一大堆人措辭巧妙，但就是不喜歡實實在在寫作；他們都宣稱優秀的作品沒有閱讀的群眾。這是為何威爾斯（Wells）、康拉德（Conrad）、葛斯華斯（Galsworthy）、蕭伯納（Shaw）和班納特（Bennett）和其他人仰仗美國能夠保證他們的書本有超過一半的銷量？」

「小湯姆對詩人的看法如何？」

湯姆恢復平靜。他放下手臂，兩隻手臂攤在椅子的兩側，微微發出咕噥聲。

「我正在寫一首對他們的諷刺詩，詩名叫〈波士頓吟遊詩人和赫斯特評論家〉。」

「說來聽聽，」艾莫瑞急著要聽。

「我只寫完後面幾行。」

「聽起來很現代。很有意思，讀來聽聽看。」

湯姆從口袋裡掏出一張折起來的紙條，大聲唸出來，間隔的時候停頓了一會兒，這樣艾莫瑞才知道這是一首自由詩體：

「所以
華特．阿瑞斯伯格（Walter Arensberg），

阿佛列·克瑞姆伯格（Alfred Kreymborg），
卡爾·桑德伯格（Carl Sandburg），
路易斯·航特米爾（Louis Untermeyer），
烏尼斯·泰坦（Eunice Tietens），
克拉拉·夏那菲爾特（Clara Shanafelt），
詹姆斯·歐潘漢（James Oppenheim），
馬克思威爾·伯登漢（Maxwell Bodenheim），
理查·葛蘭茲爾（Richard Glaenzer），
夏米爾·艾瑞斯（Scharmel Iris），
康拉德·艾肯（Conrad Aiken），
我把你們的名字列在這裡
如此你們才能活著
即使只有名字，
彎曲、淡紫色的名字，
都是我在青少年時代
蒐羅的作品集。」

艾莫瑞狂笑。

「你贏得鐵三色紫羅蘭。因為最後那自負的兩行，我要請你吃頓飯。」

艾莫瑞其實並不完全同意湯姆對於美國小說家和詩人的貶意。他很喜歡法奇爾・林德薩（Vachel Lindsay）和布斯・塔金頓（Booth Tarkington）的作品，而且還喜歡艾德格・李・梅斯特斯（Edgar Lee Masters）誠懇的藝術才華，即使略顯微弱。

「我最討厭那些滿嘴胡說八道的句子，『我是上帝——我是男人——我乘著風——我從煙霧中看穿——我懂得生命的意義』。」

「真可怕！」

「我希望美國的小說家能夠放棄寫些浪漫有趣的東西。沒有人要讀這些小說，除非內容經過扭曲。如果想讀有趣的題材，讀者會去買詹姆斯・希爾（James J. Hill）的傳記來看，而不是去讀冗長的辦公室悲劇，內容伴隨提到抽煙的重要性——」

「還有關於陰暗面的作品，」湯姆說。「那是作家另一個最愛的題材，雖然我承認俄國人在這一方面獨佔了這個領域。美國人的專長就是寫一些關於小女孩的故事，她跌斷了脊髓骨，被愛埋怨的老人收養，而這些女孩大多天真可愛。你會認為我們的民族都是些樂觀的跛子，而那些俄羅斯農人的共同結局多以自殺收場——」

「六點了，」艾莫瑞看著手上的錶說。「就憑你的青少年時代蒐羅的作品集這句詩很有力，我請你吃一頓豐盛的晚餐。」

回顧

七月的最後一個禮拜令人熱得難以忍受，艾莫瑞不安地意識到，距離他跟羅莎琳第一次見面已經有五個月的時間。然而，想像著一個剛步下車的男孩帶著一顆熱切的心，熱情地渴望生命的冒險，對他來說已經是件困難的事。一天晚上，熱氣逼人，從窗戶透進房間來，他掙扎了幾個鐘頭，朦朧中，他努力想讓痛苦的那一刻變得永恆。

二月的街道上，夜晚涼風襲來，奇怪的是，斷斷續續之中，風中夾帶著雨水，荒蕪的街道裡，路燈的光暈中，潮濕的雪濺潑在微光之下，宛如天上的神聖裝置噴灑著金油，在一個鐘頭內融化了積雪，化成點點繁星。

奇怪的雨水——充滿了許多人的眼睛，在間歇的風雨中，充滿了生命……噢，我還年輕，我可以再一次轉向你，最有限與最美麗，品嘗著記憶猶存的夢，你的嘴唇甜美與清新。……午夜的空氣中瀰漫著一股強烈的味道——沉靜已死，聲音尚未甦醒——生命像冰一樣碎裂！——有個美妙的音符，在那兒，發出光芒且蒼白，你佇立著……春天迸裂。（屋頂上短短的冰柱，變節的城市心醉神迷。）

沿著屋簷，我們的思想結成了霜；我們兩個鬼魂在親吻，高踞在漫長、迷宮似的金屬線裡——這裡有著詭異的，半笑著的回音，只留下虛幻的嘆息給年輕的慾望；懊悔伴隨在她喜歡的事物後頭，只留下長長的粗嘎聲。

另一個結局

八月中旬達西神父來了一封信，顯然他剛找到了他的地址：

我親愛的孩子：

讀完你上一封來信，著實讓我替你擔心。那一點都不像你。讀著字裡行間的字句，我能想像你跟這個女孩子之間的事，的確令你感到不愉快，我發現你失去了戰爭前的浪漫情懷。但是如果你認為你可以不仰仗宗教，就找回浪漫情懷，那你就錯了。有時候，成功的秘訣對我們兩個來說，一旦等我們發現，它就存在我們自身的神秘因素之中：某種流進我們體內，擴展我們人格的東西，當它退去，我們的人格變跟著皺縮；我應該稱你那最後兩封信相當乾枯。當心自己在另外一個人身上失去了自我，不論那個人是男人還是女人。

我目前正跟紅衣主教歐尼爾閣下和波士敦主教住在一起，所以我很難有時間撥空寫信，但是我希望你稍後能到這兒來共度週末。這個星期我會到華盛頓。

未來我要做的是希望能夠達到一個平衡的狀態。對於紅衣主教的紅色帽子在未來八個月裡可能會落在我卑微的頭上，我一點兒都不感到驚訝，這話只有你跟我之間知道。不管如何，我希望能夠在紐約或是華盛頓找個房子，讓你可以隨時在週末時來找我。

艾莫瑞，我很高興我們倆都還活著；這場戰爭原本可能輕易便摧毀一個幸福的家庭。不過談到婚姻的問題，你現在正處於人生最危險的階段。你或許會急著結婚，事後後悔莫及，但是我知道你不會這樣。你在給我的信中提到關於金錢的部分目前遭遇到的困境，你所希冀的自然不可能達成。不論如何，如果我以往常的方式評斷你，我會說一年內你將會遇到一個情感上的危機。

記得回信。沒即時收到你的信，我會感到不好受。

誠摯的祝福，
薩爾・達西

接到這封信的一個禮拜內，小套房的日子出乎意料地面臨瓦解。急轉直下的原因是湯姆的母親罹患的慢性疾病惡化。所以他們保留家具，決定出租房間，他們在賓夕法尼亞車站難過地握手話別。艾莫瑞跟湯姆好像老是在道再見。

艾莫瑞感到十分孤單，臨時起意要往南邊去，希望到華盛頓去見神父。他們錯過了兩個鐘頭所以沒能見上一面，於是艾莫瑞便決定去找一位許久不見的年長舅舅，他風塵僕僕穿過一大片肥沃土地的馬里蘭州，來到瑞米利郡。原本只想待上兩天的時間，可是他卻從八月中旬一直待到九月，因為他在馬里蘭州遇見艾琳諾。

第三章　年輕的嘲諷家

多年以後，當艾莫瑞回想起艾琳諾，他似乎還能聽見風在他周圍嗚咽的聲音，讓他的心禁不住打了個寒顫。那天晚上，他們登上斜坡，望著冷冷的月浮在雲層上端，他喪失了遙遠的自我的那個部分，沒有任何一個辦法能使他喪失的自我失而復得；當他喪失了這個部分，同時也喪失了追悔的能力。也就是說，艾琳諾是最後一個披戴著美麗的面具，靠近艾莫瑞的惡魔。令他產生奇思幻想，並把他的靈魂打成碎片的最後一個怪誕的謎團。

伴隨著她，他的想像力跟著放縱起來，這是為什麼他們駛向最高的山，看著高高升起的邪惡月亮，因為他倆知道他們能在彼此的身上發現這種邪惡。但是艾琳諾——艾莫瑞夢見過她嗎？之後，他倆的鬼魂一塊兒戲耍，然而他們同時跳脫出自己的靈魂，彼此沒有再碰面。是否是她眼中無限的憂傷吸引住他，或者是他從她清澈的心靈中，照見了自己？她將不會跟艾莫瑞一樣享有這般的冒險，如果她讀到這樣的話語，她會說：

「艾莫瑞不會有跟我一樣的冒險。」
她不會嘆息，他也不會。
艾琳諾試著把她的心情寫在紙上：

我們唯一知道會消逝的事情
就是我們將會忘記……
棄置不顧……
慾望隨著雪一塊消融，
夢境招致
今天的一切：
我們笑著迎接突然破曉的黎明，
能夠看見，卻沒能夠分享，
只有黎明……如果我們相遇
我們將不會在乎。

親愛的……沒有人會因此落淚……
因此

沒有怨尤
只會想起那值得懷念的一吻——
沒有沉默
當我們相遇，
只會讓衰朽的鬼魂漫遊，
攪動著海的表面……
如果灰色的行影在泡沫下漂流
我們將不會見到。

他們因為艾莫瑞不認為大海（sea）跟看見（see）兩個字能夠當成韻腳，而大吵一架。

艾琳諾有另一段詩句，可是她卻找不到開頭：

……但是智慧消逝……歲月依舊
餵養我們智慧……年歲堅持
返回老年——對於我們所有的淚水
我們一無所知。

艾琳諾很討厭馬里蘭州。她來自瑞米利鎮上一個年代久遠的老家族，跟著祖父住在一棟幽暗的大房子。她在法國出生，在法國長大……我看見，我又起錯了頭。讓我重頭開始。

通常艾莫瑞待在鄉下總會感到無聊。他以前就喜歡一個人散步到很遠的地方——邊走邊對著玉米田背誦《烏拉魯姆》（*Ulalume*），讚頌波（Poe）喝酒喝到醉死，死時帶著滿足的微笑。一天下午，他沿著路漫步到幾英里外的地方，那地方對他來說非常新奇，一個黑人女子給了錯誤的訊息，要他往林子裡去……結果他完全迷失了方向。此時一個暴風雨路過決定在這裡降下大雨，令他心急的是天空開始一片漆黑，大雨傾盆而下，雨水打在樹上，一時間，整座樹林變得陰森鬼祟起來。山谷中雷聲轟隆，大雨接著便劈啪作響一陣陣落在林子裡。黑暗中，他跌跌撞撞想要走出樹林，最後，通過一片交纏的樹枝，他看見樹叢中有一道縫隙，一道閃電劃過，照亮了出口的方向。他衝往樹林的盡頭，猶豫著該不該通過那片田野，想要到山谷遠處透出燈光的那棟小屋避難。現在時間才五點三十分，但是他只看得見十步以內的距離，除了當閃電一來，照亮周圍的一切，眼前的景象才會頓時變得鮮活與奇特。

突然，他的耳邊傳來奇怪的聲音。一個嘶啞低沉的聲音，是女孩的聲音，不管是誰在唱歌，這個人距離他很近。一年以前，他或許會一笑置之或是發顫；但眼下在這種不安的情緒下，他只是佇立在原地，傾聽著歌詞落入他的意識：

秋天的
小提琴

長長的悲鳴
用單調的
低沉旋律
刺痛我的心。

一道閃電劃過天空，但是歌聲絲毫不畏懼。女孩顯然待在田野間，聲音好像從他前方二十呎的乾草堆傳來。

接著歌聲停止了；然後又開始用奇怪的曲調唱出，歌聲往上飛昇、懸掛再落下，混和著雨水：

鐘聲響起時
一切皆令人窒息
而且蒼白
我沉緬於
往日
哭泣了起來……

「是誰在瑞米利鎮裝神弄鬼，」艾莫瑞大聲喊道，「是誰在浸濕的乾草堆上隨口哼唱魏崙的詩句？」

「有人在那裡！」那聲音無預警地喊道。「你是誰？——曼菲瑞德（Manfred），聖克里斯托福（St Christopher），還是維多利亞女王（Queen Victoria）？」

「我是唐璜（Don Juan）！」艾莫瑞一時衝動喊了出來，在風雨聲中提高他的音量。

一陣狂喜的笑聲從乾草堆那兒傳了過來。

「我知道你是誰——你是喜歡《烏拉魯姆》的金髮男孩——我認得你的聲音。」

「我要如何爬上去？」他全身濕淋淋從乾草堆底下大喊。草堆邊緣露出一顆腦袋——由於四周太黑，他只能隱約看見濕漉漉的頭髮和兩隻像貓一般發亮的雙眼。

「向後跑！」那聲音說道，「然後再往上跳，我會抓住你的手——不，不是那裡——在另外一邊。」

他依照指示，當他沿著乾草堆向上攀爬，膝蓋深及乾草堆中，他見到一隻瘦小、白皙的手伸出來抓住他，把他往上拉。

「上來了，璜，」頭髮濕淋淋的女孩說。「不介意我鬆開你的手吧，唐？」

「妳的拇指跟我一樣！」他說。

「你沒見到我的臉，就抓著我的手，這麼做很危險。」他很快放開手。

老天好像回應了他的祈禱，出現一道閃電，他急著看清楚身旁那個女孩的臉，這女孩站在離地面十呎濕透的乾草堆上。但她遮住臉，他什麼也沒看見，只見到一個瘦弱、黑漆漆的身軀，渾身溼透，留著一頭短髮，那隻細小白皙的手，拇指向後彎曲的角度跟他一樣。

「坐下吧，」她有禮貌地說，黑夜逐漸向他們襲來。「如果你坐在我對面的凹陷處，你就可以跟我共用雨衣，這本來是我用來當防水帳棚的，直到你突然闖進來。」

「是妳邀我進來的，」艾莫瑞興奮地說著；「是妳要我上來的——妳自己知道。」

「唐璜向來都是這樣，」她說，笑嘻嘻的，「但是我不應該再這樣叫你，因為你有一頭紅髮。既然你會背《烏拉魯姆》，那我就來扮演你的靈魂賽姬[I]好了。」

艾莫瑞一陣臉紅，慶幸在風雨交加的情況下看不到他的表情。他們面對面坐在乾草堆上，身上蓋著雨衣，雨依舊下著。艾莫瑞很好奇賽姬長得什麼模樣，但是再也沒有閃電出現，他只好耐心地等。老天！假如她長得一點都不美——假設她已經四十歲，或是很迂腐——天啊！假設，只是假設，她是個瘋子。但是他知道最後一種可能最不值得。是天意要派一個女孩子來愚弄他，好比派遣班維紐圖．西里尼（Benvenuto Cellini）去殺人是一樣的道理，他之所以認為她是瘋子，那是因為她好像可以猜透他的心思。

「我沒有，」她說。

「沒有什麼？」

「沒有瘋。我第一次見到你的時候，並沒有認為你是瘋子，所以你認為我是瘋子並不

I：賽姬（Psyche），是希臘神話和羅馬神話中的人物。在希臘神話中，她是人類靈魂的化身，常以帶有蝴蝶翅膀的少女的形象出現。

公平。」

「怎麼會——」

一旦他們認識了對方，艾琳諾跟艾莫瑞就能夠針對「話題」交談，不再談論他們腦海中的想法，十分鐘之後，他們大聲交談，發現兩人挺有默契地對討論的話題有相同的看法，而這些想法對其他人來說或許會覺得一點關聯也沒有。

「告訴我，」他問，熱切地把身體往前傾，「妳怎麼會知道《烏拉魯姆》——妳怎麼會知道我頭髮的顏色？妳叫什麼名字？妳在這裡做什麼？立刻告訴我！」

突然一道閃電出現，長長一道光線閃現了一下，他看見了艾琳諾，第一次注視著這雙眼睛。噢，她真是美極了——白皙的皮膚，像是星光中大理石的顏色，細細的眉毛，黑暗中，綠色的眼眸閃爍著綠色寶石一般的光芒。她是個女巫，根據他的推測，她大概十九歲，機敏，愛作夢，她的上唇好像有一道白線，遮掩不住她的秘密，多麼嬌嫩而令人覺得愉快。

他喘了一口氣，向後仰靠在乾草堆上。

「現在你看見我了，」她靜靜地說，「我猜你想說我的綠色眼眸穿透了你的腦子。」

「妳的頭髮是什麼顏色？」他急著知道。「是短髮，對不對？」

「沒錯，是短髮。我不知道是什麼顏色，」她有點調皮地說，「很多男生問我這個問題。我想應該是中間髮色——從沒有人仔細看著我的頭髮。我有一雙美麗的眼睛，不是嗎。不管你怎麼說，我有一雙美麗的眼睛。」

「回答我的問題，梅德琳。」

「我不記得你的問題——況且我的名字不叫梅德琳，是艾琳諾。」

「我或許猜到了。妳**長得**像艾琳諾——妳有著跟艾琳諾一樣的長相。妳知道我的意思。」

他們聽著雨聲，一陣沉默。

「雨水落到我的脖子上，你這個瘋子，」她最後說道。

「回答我的問題。」

「好吧——我是艾琳諾．薩佛吉；住在離這裡一英里的大房子裡；最親的親人是我的祖父瑞米利．薩佛吉；我身高五呎四吋；錶殼的號碼是3077w；鼻子是漂亮的鷹勾鼻；性格古怪——」

「我呢，」艾莫瑞打岔，「妳在哪裡看到我？」

「你跟**其他**男生沒什麼兩樣，」她傲慢地回答，「硬要把自己扯進對話裡。唔，老天，上個禮拜有一天，我躲在籬笆後面曬太陽，一個男孩走過來愉快且自負地說著：

『現在夜晚變得衰老』
（他說）
『星星準備指向早晨
路的盡頭消融』
（他說）

『朦朧的光彩於是產生。』

所以我的眼睛穿過籬笆瞧，但是你開始跑了起來，因為一些莫名的理由，所以我看到你漂亮的後腦杓。『噢！』我說，『那個男人令我們望之興嘆，』於是我繼續說著流利的愛爾蘭語——」

「好吧，」艾莫瑞打岔。「現在回到妳身上。」

「行，我會說。我是這世上眾多人口之中，其中一個可以帶給別人刺激感的人，但是我卻沒有辦法給自己這種感覺，除了在這樣的夜裡遇見男人以外。我很有勇氣站上舞台，但是卻沒有能耐；我沒有耐性寫書；從沒有遇見過一個我願意嫁給他的男人。不論如何，我只有十八歲。」

暴風雨逐漸減弱，只有風，鬼魅一般繼續地吹，吹得乾草堆沉沉地倒向一邊。艾莫瑞處在一種出神的狀態。他感到每個時刻都十分珍貴。他從未見過這樣的女孩——她也不會一直是這樣的一個女孩子。他一點都不覺得自己是劇中的一個角色，在一個不尋常的狀況中出現一個很棒感覺——這時候，他竟然有一股回家的衝動。

「我剛才下一個很重大的決定，」在一陣沉默之後，艾琳諾說道，「這是為什麼我會在這裡，回答你另外一個問題。我剛剛做出了決定，我不相信永生！」

「真是的！多麼平庸的決定！」

「恐怕是這樣，」她回答，「但是不管怎麼說，這樣的陳腔濫調令我感到沮喪，極度地沮喪。我到這兒來，淋得一身濕——像隻渾身溼透的母雞；溼透的母雞總能保有澄澈的心思，」她做了結論。

「繼續，」艾莫瑞很有禮貌地說。

「呃——我不怕黑，所以我穿上雨衣和雨鞋出門。我從前膽子很小，而且我不相信上帝——因為閃電可能會擊中我——但現在我在這裡，沒被閃電擊中，當然沒有，但是重點是這時候我不再感到害怕，比起從前我還是基督教科學派信徒時更加不害怕，不像去年那樣。所以，現在我知道自己是個唯物主義者，在你出現之前，人還在樹林裡嚇得半死的時候，我就已經爬上乾草堆了。」

「什麼，妳真卑鄙——」艾莫瑞忿忿不平地喊道。「我害怕什麼？」

「**你自己！**」她大喊道，他跳了起來。她拍著手大笑。「瞧——瞧！良心——像我一樣殺了它！艾琳諾．薩佛吉，唯物理論家——沒有跳起來，沒有受驚嚇，早早就來了——」

「但我**非得**有個靈魂啊，」他抗議著。「我不是一個講究理性的人——也不是細小的分子。」

她向他靠近，她熊熊燃燒的雙眼沒有離開過他，輕聲地以十分浪漫的方式說道：

「璜，我也這麼想，恐怕事情就是如此——你是個感情用事的人。你不像我。我是一個浪漫的唯物主義者。」

「我不是感情用事的人——我跟妳一樣都是很浪漫的人。妳知道的，感情用事的人相信永恆——浪漫主義者有絕對的自信不相信那一點。」（這是艾莫瑞以舊有的方式所做的區分。）

「警世雋語。我得回家了，」她難過地說。「我們離開這個乾草堆，一塊兒走到十字路口。」

他倆緩緩從乾草堆爬下來。她一點都不需要他的幫忙，並示意他離開，結果她優雅地跌坐在一堆爛泥巴上，自己哈哈笑起來。接著她跳起身，把手滑向他，踮起腳尖走過田野，在乾燥的地面，跳著前進。每個小水窪閃爍著令人感到超脫自然的愉悅感，月亮高高升起，暴雨朝著馬里蘭州西邊前進。當艾琳諾的手臂碰觸到艾莫瑞，他覺得自己的手因為出於極度的恐懼而變得冰冷，他必須鬆開把眼前的女子描繪成完美形象的彩筆。當他們一塊走著時，他一如往常用眼角斜睨著她——她令人賞心悅目，又給人一種傻呼呼的感覺，他多希望他能夠一直坐在乾草堆上，透過她的綠色眼眸看透生命。那天夜裡他的異教徒想法達到最高點，當她像個灰色的鬼魂般消失在路中央時，田野間傳來了一個深沉的歌聲，在回家的路上一直伴隨著他。整個晚上，夏天的飛蛾不斷在艾莫瑞的窗戶飛進飛出；整個夜晚透過銀白色的光，在一股神秘幻夢中，各種聲音忽高忽低越來越響亮——他躺在靜謐的夜裡，沒有闔上雙眼。

九月

艾莫瑞選了一片葉子，好奇地嚼了起來。

「我從沒有在八月和九月談戀愛，」艾莫瑞說。

「那麼都是什麼時候？」

「聖誕節或是復活節。我喜歡禮拜儀式。」

「復活節！」她嗤之以鼻。「哈！簡直是把春天穿上束縛！」

「復活節讓春天無聊死了，不是嗎？復活節會編頭髮，穿上訂做的西服。」

「綁好你的涼鞋，噢，用你飛快的速度。
你的雙腳光彩奪目、腳程飛快——」

艾琳諾輕聲地引用這兩句話，然後說：「就秋天來說，我覺得萬聖節比感恩節好玩。」

「好玩多了——就冬天來說，聖誕夜有趣多了，但是夏天……」

「夏天沒有什麼節慶，」她說。「我們不可能談一場夏日戀愛。許多人一傳十，十傳百，它就變成一句諺語了。夏天是春天沒有實現的承諾，是在我夢見的四月天芬芳宜人的夜晚假冒的江湖術士。那是人生中，最令人傷心的季節，沒有生息……沒有節慶。」

「有七月四日呀，」艾莫瑞有些滑稽地說。

「別鬧了！」她說，用眼睛掃了他一眼。

「唔，什麼能夠實現春天的承諾？」

她想了一會兒。

「噢，我想是天堂吧，如果真有這個地方，」她最後說，「是個異教徒天堂——你應該是個唯物主義者，」她說了個不相干的議題。

「為什麼？」

「因為你跟魯伯特．布克的照片很像。」

在某個程度上來說，只要艾莫瑞認識艾琳諾的一天，他就會扮演魯伯特．布克。他說過的話，他對生活的態度，對她或是他自己的看法，全都反應了那個已故英國人的文學心境。她常常坐在草地上，讓慵懶的微風吹拂著她的短髮，她的聲音嘶啞地誦讀著一首首詩篇，從葛蘭特卻斯特（Grantchester）到威基基（Waikiki）。艾琳諾大聲念書的模樣顯得非常熱情。他們貼得很近，不僅在精神上，肢體上也是如此，他們一塊兒讀書時，她常常會躺在他的手臂上，他倆似乎是一見鍾情。然而，艾莫瑞現在已經能夠愛人了嗎？他可以在半個鐘頭內就轉換心情，永遠都可以，但是即便他們都能夠陶醉在想像的世界裡，他知道他們兩個誰都不會像他從前那樣把這當一回事——我想那是為什麼他們轉向布克、史汶彭恩和雪萊的原因。這些人都能讓所有事情變得更美好、更有始有終、更豐富、更有想像力；他們必須從他的想像力之中，把小小的金色觸鬚轉向她，那個能夠替代從未如此貼近，卻又從未有過這麼多夢境，偉大而深厚的愛。

有一首詩他們一唸再唸：史汶彭恩的〈時間的勝利〉，一個暖和的夜晚，他看見螢火蟲在漆黑的樹幹上飛舞，而且聽到幾聲低沉的蛙鳴，其中四行詩句在他的腦海中出現。然後艾琳諾好像突然出現在黑暗中，站在他身邊，用著低沉宏亮的聲音，像輕柔的鼓聲一般重複著：

「值得一滴淚，花費一個鐘頭時間，
去思索那些陳腐的事物？
少了果實的外皮，漂泊的花朵，
先前有過的夢境，之前的事不準備細說？」

兩天後，他們正式相互介紹給家人，他的舅媽把她的家族史告訴他。瑞米利家有兩名成員：老瑞米利先生和她的孫女艾琳諾。她原先跟煩亂不安的母親住在法國，艾莫瑞想像她的母親應該跟他的母親很像，艾琳諾的母親過世之後，她才到美國來，住在馬里蘭州。她原先是到巴爾的摩跟一個單身的叔叔一塊住，十七歲便堅持要進入社交圈。她過了一個狂野的冬天，三月才回家，跟巴爾的摩的親戚們大吵一架，她的桀傲不遜嚇壞了他們。一群人在豪華禮車裡喝著雞尾酒，他們對待長輩態度傲慢，高高在上，艾琳諾身上沾染了濃厚的街頭氣息，引領許多讓人懷想起聖提蒙西和法明頓女子學校的天真女子，使她們展露出一種波希米亞式的淘氣。消息傳到叔叔那裡，從前虛偽年代那種被遺忘的騎士精神重現，艾琳諾表面上順從，可是暗地裡卻不服氣且忿忿不平，於是她跑去爺爺居住的鄉間與他一塊同住，爺爺已近龍鍾之年。這是目前為止他所聽到關於她的故事；其他的她會親口對他說，不過那是後來的事。

他倆常去游泳，艾莫瑞懶懶地浮在水面上，什麼都不想，只想著霧濛濛有如肥皂泡泡覆蓋的大地上，陽光潑灑在微風吹拂的樹上。當花兒綻放的月份已經過去，一個人能做的只有戲水、跳水以及慵懶地打發時間，如何能去思考、憂慮或再去做其他的事？歲月就此流逝——傷心、記憶和痛苦都被阻隔在外，而在這裡，再一次，在他遇見他們之前，他想要去浪遊，找回年輕。

有一陣子，艾莫瑞對於日子總是在他眼前展開，不斷沿著一條道路前進，伴隨著一路不斷出現的風景交雜著，變成一個連續、快速，沒有關聯的景緻感到忿忿不平——兩年的血汗，羅莎琳突然帶出的荒謬感；以及這個秋天跟艾琳諾在一起相處的日子，一半出於感官，一半帶點神經質的感覺。他覺得必須花上他所有的時間與精力，才能夠把這些奇異、累贅的圖片黏成一本屬於他自己的生活剪貼簿。一切宛如出席一場盛宴，在這半個鐘頭裡，他坐著欣賞自己年輕時的一切，試著享受著過去輝煌的歲月。

他暗中答應自己要將所有一切鎔接在一起。過去幾個月以來，他時而感到自己被捲進愛與迷戀的激流中，時而感覺到自己被捲入漩渦裡，當他被捲入漩渦裡時，沒有心思去思考，而寧可被帶往激流的頂端，再度伴隨著激流被捲走。

「令人絕望、死氣沉沉的秋天和我們之間的愛——兩者之間多麼和諧！」那天他倆渾身濕透躺在岸邊，艾琳諾難過地說。

「我們的心宛如秋天裡的艷陽天——」他停頓下來。

「告訴我，」她最後說，「她是淺色還是深色膚色？」

「淺膚色。」

「她比我還要漂亮？」

「我不知道，」艾莫瑞簡短回答。

一天晚上，他倆一塊兒散步，月色當空，照得花園裡一片金光，艾莫瑞跟艾琳諾兩人彷彿置身仙境一般，鬼魅一般的幻影，像兩個懷著滿滿愛意好奇打探的精靈相互傾吐著永恆之美。他倆從月光之中，走進漆黑一片掛滿葡萄藤蔓的塔形支撐架，哀傷的氣味，近似一首樂曲。

「劃上一根火柴，」她悄聲說。「我想看著你。」

火柴劃下！點著了火。

夜晚以及鬼影幢幢的群樹，如同戲裡的一幕景，跟艾琳諾待在一塊兒，虛幻朦朧、不著邊際，似乎有著某種奇怪的熟悉感。艾莫瑞想著，這在過去該有多麼奇怪且難以置信。火柴熄滅了。

「伸手不見五指。」

「現在只聽得見我們的聲音了，」艾琳諾喃喃自語，「有些孤單的聲音。點上另一根火柴吧。」

「那是我最後一根火柴。」

突然間，他把她緊緊抱在懷裡。

「妳是我的——妳知道妳是我的！」他狂亂地喊叫……月光穿透藤蔓枝條曲曲折折地映照著，聽……螢火蟲在他倆的耳語中穿梭，彷彿要從他倆交會的眼神中，贏得他的目光。

夏天結束

「草叢裡一點兒風也沒有；絲毫沒有半點風吹過……僻靜的湖水，玻璃鏡面一般，一點動靜也沒有，眼前的滿月，將金色的象徵符號嵌進了結冰的湖面，」艾琳諾對著群樹吟誦，在夜晚的襯托之下，隱約可見一根根枝枒。「這裡是不是陰森森的？如果你可以穩住你的馬，我們就進入樹林裡，去找那個隱僻的湖水。」

「現在過了一點鐘，妳會撞見鬼的，」他反對，「況且我對馬不了解，沒辦法在黑暗中騎馬。」

「閉嘴，你這個笨蛋，」她小聲說著不相干的話，傾斜身子，用她的馬鞭輕輕拍打著他。「你可以把你的老馬牽到我們的馬廄，我明天再送牠過去。」

「可是我舅舅明天七點要駕著這匹馬送我到車站。」

「別掃興好嗎——記住，你再猶豫不決，你就不能當我生命中的明燈。」

艾莫瑞把馬匹拉近，轉向她，抓住她的手。

「說我是妳的明燈——**快**，否則我要拉你過來，坐在我的馬背後頭。」

她抬起頭笑咪咪的，興奮地搖著頭。

「喂，那就走啊！——否則就別去了！為什麼所有令人興奮的事情都讓人不舒服，像是打架、探險，以及在加拿大滑雪？對了，我們要騎馬登上哈爾帕山丘。我計畫約莫在五點鐘左右。」

「妳這個小惡魔，」艾莫瑞咆哮著。「妳要我整晚熬夜，明天像那些移民者那樣在火車上睡覺，一路回紐約。」

「噓！有人朝這邊走來——我們走！呀呼！」這一聲尖叫大概會嚇壞趕路的旅行者，她把馬牽進林子裡，艾莫瑞慢慢跟在後面，就像這三個禮拜以來，他成天跟在她後頭那樣。

夏天結束了，幾天以來他看著艾琳諾，這個優雅的曼菲瑞德，一面沉浸於青少女的矯揉造作之中，一面築起智力與想像的金字塔，晚餐時，他們寫了一首詩。

一百個快樂的六月之前，當虛榮親吻虛榮，他屏息地想著她，正如所有人或許會知道，他用生、死，替她的眼睛作詩：

「我要穿過時間拯救我的愛！」他說……然而美貌伴隨著他的呼吸消失，跟隨著她的愛人一塊死去……

——曾經是他的理智，而不是她的眼眸，曾經是他的藝術，而不是她的頭髮：

「有誰學會找韻腳的方法，在他完成十四行詩之前，聰明地懂得停頓」……所以我的所有字彙，不管如何真實，或許會對你唱出一千個六月，沒有人**知道**你曾有過一個午後的美麗。

他有一天寫道，當他思索著我們對於「十四行詩裡的黑髮女子」的想法有多冷漠時，我們並未如偉大詩人要我們記得她那般記得她。莎士比亞**肯定**擁有慾望，才能夠寫得出如此帶有神性的絕望，那名女子應該要活著……如今我們對她並非真正感興趣……諷刺的是他對詩的關注**多過於**十四行詩裡的女子，十四行詩成了顯而易見的模仿修辭，二十年後，再沒有人會去讀它……

這是艾莫瑞最後一晚見到艾琳諾。他明天一早便要離開，他倆同意在寒冷的月光下，來一場離別漫步。她想說，她說——或許這是她一生當中最後一次這麼理性（她裝腔作勢自我安慰一番）。所以他們騎著馬進了樹林裡，有半個鐘頭沒有隻字片語，除了她碰到討厭的樹枝，低語一聲「該死！」——沒有女孩子像她這般說話。然後他們牽著疲憊的馬走上哈爾帕山丘。

「老天！這裡真是安靜！」艾琳諾小聲說；「比在林子裡還讓人感到寂寞。」

「我討厭樹林，」艾莫瑞顫抖著說。「討厭夜裡任何一種葉子或是矮樹叢植物。這裡真是開闊，令人放鬆。」

「綿延的山丘上長長的斜坡。」

「冷冷的月亮沿著山丘投射出月光。」

「你跟我才是最重要的。」

那個夜晚好安靜——沿著到峭壁的路非常筆直，少有人跡。偶爾瞥見黑人的小木屋，月光投映在遍布峭壁的山脊呈現銀灰色，打破貧瘠地面的長長線條；後方黑色樹林的輪廓邊緣，彷彿是白色蛋糕上的深色結霜，前方則是高聳突出的地平線。這裡冷多了——冷得他們直打哆嗦，驅走心中對於溫暖夜晚的想像。

「夏天結束了，」艾琳諾輕輕地說。「聽著馬匹的馬蹄聲——『噠—噠—噠—噠』。你曾經發狂地把所有的聲音分成『噠—噠—噠』，直到你可以分得清許許多多的噠噠聲？我的感覺是——老馬發出的是噠—噠……我猜那是唯一讓我們分辨馬匹跟鬧鐘聲音不同的地方。要不是哪個人發了瘋，人類不會發出『噠—噠—噠』的聲音。」

微風吹過，艾琳諾拉起披肩，顫抖著。

「會冷嗎？」艾莫瑞問道。

「不是，我在想自己——存在我內心陰暗的自我，真實的自我，內在根本的誠實讓我了解到自己的罪孽，使我不至於成為一個絕對的惡人。」

他們沿著峭壁向上攀升，艾莫瑞探頭向下望。碎石掉落到腳下一百英尺深的地面，河流變成一條黑色的細線，湍急的河水不時閃爍著小小的閃光。

「墮落，墮落的古老世界，」艾琳諾突然大叫，「最可憐的莫過於我——噢，**為何**我是個女孩？為何我不是個笨蛋——？看看你；你比我還要蠢，不是很蠢，而是有些蠢，你可以邁著大步走，感到無趣，然後再邁著大步到其他地方，你可以跟女孩子們廝混不帶感情，你做任何事情都有正當的理由——我也有腦袋可以做任何事情，未來卻得跟婚姻綁在一起，隨著船往下沉。如果我比現在早出生一百年也就罷了，但現在我能怎麼做呢——我得嫁作人婦，這是毫無疑問的。嫁給誰？對多數的男人來說，我太聰明了，我得降低到他們的層次，為了吸引他們的注意，我得讓男人覺得我的才智不如他們。一年年過去，如果我還未嫁人，我就失去認識優秀男士的機會。當然，我最多可以在一、兩個城市之間做選擇，但我得嫁給中上階級的人家。」

「聽著，」她湊過身子來，「我喜歡聰明、長相英俊的男人，當然，沒人比我對個性還要挑剔的。噢，五十個人當中只有一個人具備這種性吸引力。我懂一點佛洛伊德，但糟糕的是，這世上**真正的**愛情，是百分之九十九的激情，加上百分之一的嫉妒與猜疑。」她的結束跟開始一樣突然。

「當然，妳說的沒錯，」艾莫瑞同意。「這是推動萬物運作的強大機制中，令人不悅的部分，就像是一個演員顯露自己的技巧給妳看！等我一下讓我想想……」

他停頓一會兒，想找一個適當的隱喻。他們繞過峭壁，距離左邊峭壁五十英尺，繼續向前走。

「每個人都有一些掩飾必須丟棄。智力中等的人，柏拉圖所謂的次等人，用騎士精神殘餘的浪漫與維多利亞時期的多愁善感相互稀釋——我們自認自己是知識份子，假裝那是我們的另外一面作為掩飾，和我們的聰明才智無關；我們假裝自己明白這一點，為的是避免我們成為犧牲品。然而真相是性處於純粹的抽象思維之間，由於距離太近，而模糊了我們視線……我現在準備要吻妳了……」他坐在馬鞍上，傾身向她，但是她卻抽身。

「我不能——我現在不能夠吻你——我現在太敏感了。」

「再沒有比妳更蠢的人，」他有些失去耐性。「妳的聰明才智和傳統禮教不是為了保護妳，要妳不去接受性……」

「什麼才保護得了我？」她激動說。「是羅馬天主教，還是孔夫子的格言？」

艾莫瑞抬起頭來，大吃一驚。

「那是你的萬靈藥，不是嗎？」她大喊。「噢，你不過是個偽君子。成千上百個神父對那些墮落的義大利人和那些不識字的愛爾蘭人沉下臉，因為他們對第六條和第九條戒律說了許多不該說的蠢話，所以神父要他們為此感到懺悔。這不過是種掩飾、感情用事、精神上的胭脂和萬靈丹。我告訴你這世上不**存在**上帝，連其絕對抽象的善都不存在；所以人們只能靠自己去解決個人的問題，你太過道貌岸然，不像我的額頭又高又白，所以你不會承認這一點。」她鬆開韁繩，握著拳頭對著星星揮舞。

「如果真有上帝，那麼讓祂來懲罰我——懲罰我啊！」

「對一個無神論者談論上帝沒有用，」艾莫瑞語氣十分尖銳。他的唯物主義論，力量不夠，立刻被艾琳諾這番褻瀆神聖的態度，撕成碎片……她知道這點惹惱了艾莫瑞。

「如同大部分的知識份子找不到合適的信仰，」他繼續冷冷說道，「就像拿破崙和王爾德和其他跟妳同一類的人，在死前那一刻，會在床上大喊著要見神父。」

艾琳諾突然勒住馬的繮繩，他騎著馬緊跟著她。

「我會這麼做嗎？」她的語調怪異，嚇著了他。「我會嗎？看著！**我要跳過那個懸**

崖！」在他阻止她之前，她已經把馬掉過頭，騎著馬朝高原的盡頭狂奔。

他跟著轉過方向，緊跟在後，他渾身冰冷，神經緊繃。根本阻止不了她。月亮躲在雲的下面，她的馬眼見就要盲目地跨出去。接著距離懸崖邊緣十英尺的地方，她突然發出尖叫，然後把自己拋向一邊——跳下馬來，在地上滾了兩圈之後，在離懸崖邊緣五英尺的灌木叢間停住。馬兒狂亂地發出馬嘶聲。不到一會兒，他來到艾琳諾身邊，看見她睜著兩隻眼睛。

「艾琳諾！」他大叫。

她沒有回應，但是她的嘴唇顫抖著，眼睛盈滿淚水。

「艾琳諾，妳受傷了嗎？」

「沒有，我想應該沒有，」她幽幽說道，然後便哭了起來。

「我的馬死了？」

「老天——是的！」

「噢！」她嚎啕大哭。「我只想到要越過懸崖。我不知道——」

他慢慢扶著她，讓她坐上他的馬。準備朝返家的路前進，艾莫瑞走在一旁，艾琳諾趴在馬鞍上痛哭。

「我真的是瘋了，」她結結巴巴說著，「我有過兩回像現在這般，一次剛剛發生的事。另外一次是在我十一歲時，我的母親——發瘋了。那時候我們在維也納——」

回家的路上，她吞吞吐吐地談論著自己，艾莫瑞的愛慢慢隨著月亮消逝。到了她的家門，他們像往常一樣親吻道別，但是她卻不願意倒在艾莫瑞的雙臂裡，就像一個星期前那樣。他們站在那裡幾分鐘，悲傷地互相怨懟。但是既然艾莫瑞愛上了艾琳諾眼中的自己，他憎恨的也只是那面鏡子。他們的矯揉造作在破曉的黎明時分如同灑落的碎裂玻璃。星星早已消失，只有風還吹拂著，還有風止息時帶來的寂靜……但是最可憐的莫過於赤裸的靈魂，很快地他回到家，迎接太陽帶來的嶄新光芒。

幾年之後艾琳諾寫給艾莫瑞的詩

在此，大地誕生，在淙淙流水之上，
含糊唱著流水的樂音，背馳著陽光，
懷抱著白晝，宛如一個帶著笑容和光芒四射的女孩……
我們在這裡耳語無人聽見，無懼黑夜。
踽踽獨行……它光彩奪目，或怎麼著，我們
　受到束縛，
　當夏日放下她的髮絲，在時間的深處？
我們所愛的陰影，以及他們以各種圖案
　覆蓋大地

用織錦、神秘，以及令人窒息的黯淡。

那是白晝……夜晚又是另外一番景象，
　蒼白有如夢境，樹影幢幢——
星星的鬼魂跟隨找尋榮耀的人到來，
　在憂愁的微風裡向我們耳語和平，
訴說已死的古老信仰的那天已經粉碎，
　廉價的青春換得了月亮的喜悅；
我們急切知道以及佔有一席之地的
　語彙
那是我們必須償付給六月高利貸者的債款。

在此，最深的夢境之中，河水並不會帶回
我們不必知道的過去，
如果光芒來自太陽，小溪不再發出淙淙歌聲，
我們在一起，那似乎意味……我是如此愛你……
昨天晚上抓住了什麼，夏季已經結束，
吸引我們回到變幻莫測的林間空地的家？

在一片紅花草中是什麼從黑暗中窺探？
上帝！……直到你從夢中醒來……而且瘋狂的
　懼怕……
唉……我們經歷了……如今我們紀錄下見證過的
　陰森恐怖。
令人好奇的金屬來自天空殞落的流星；
大地誕生的堅忍受到了流水的延展，十分
　疲憊，
　接近這個不被了解的改變，那是我……
恐懼是一道回聲我們追溯守衛的女兒；
如今我們是一張張臉與聲響……很快地，
在淙淙流水聲中，低訴著愛意……
　廉價的青春換得了月亮的喜悅。

艾莫瑞寫給艾琳諾的詩，名為：〈夏季風暴〉

風微微拂過，歌聲逐漸消逝，樹葉紛紛飄落，
風微微拂過，遠處的笑聲漸漸聽不見……
雨水降下，原野間有一個聲音在呼喊著……

我們吹脹的灰色烏雲急匆匆離開，向上飛升，
滑向太陽，在那兒振翅，吹送她的
姊妹們。鴿子的陰影
落在鴿棚上頭，樹木長滿翅膀；
透過哭泣的樹林我們來到山谷
漆黑的暴風雨飛翔；帶來了
沉落大海的嶄新氣息
還有細長、稀薄的雷聲……
　　　　但是我等待著……

等待薄霧並降下黑色的大雨——
強勁的風煽動了命運的面紗，
輕柔的風與她的髮縷繾綣難分；
　　　再一次
他們撕裂我，教導我，散播著沉重的空氣

至於我，我所知道的狂風和暴雨。

有個夏季，每一場雨都十分稀有；
有一個季節，每一陣風皆是溫暖和煦……

現在你在霧中經過我身邊……你的髮絲
遭狂風驟雨吹亂，濕潤的唇再一次噘起來
在那個狂野的嘲弄中，歡快的絕望
平添你的歲月，在我們相遇之前；
幻影一般的你，在降雨之前，隨處飄蕩，
穿過田野，吹起失根的花朵，
再度懷抱著舊日的願望，凋零的葉與愛——
像夢一般迷濛，過往顯得蒼白黯淡
（竊竊私語潛入更顯漆黑的黑暗……
喧囂將止息於樹梢）
　　　　　　黑夜降臨
從她溼透的胸口撕裂白晝濺潑的罩衫
滑向迷濛的山丘，晶瑩的淚水

以散發出詭異綠色色澤的頭髮覆蓋……
愛著暮色……也愛事後的閃爍晶瑩；
樹梢的末端如此寧靜……靜謐……
風微微拂過，遠處的笑聲漸漸聽不見……

第四章　高傲的犧牲

大西洋城。白晝將結束時，艾莫瑞漫步在海濱步道，浪頭不斷拍打、此起彼落使他的心裡緩和不少，鹹鹹的海風聞起來有種半憂傷的氣味。他心想，大海比起不忠實的陸地更珍惜它的記憶。它似乎依舊低訴著烏鴉旗幟之下破浪前進的挪威大帆船、無畏的英國人，以及文明的灰色堡壘在一個黑暗的七月冒著蒸氣穿過濃霧駛進北海。

「嘿——艾莫瑞．布萊恩！」

艾莫瑞瞧著腳下的街道。一輛低矮的跑車停了下來，一張熟悉、開心的臉龐從駕駛座探出頭來。

「快下來吧，傻瓜！」艾列克大喊。

艾莫瑞打聲招呼，直奔下一段木頭階梯，來到車旁。他跟艾列克偶爾還是會碰面，但是羅莎琳總是成了他倆之間的障礙。他對這樣的結果感到抱歉；他不願失去艾列克。

「布萊恩先生，這是華特森小姐，瑋恩小姐和杜利先生。」

「幸會。」

「艾莫瑞，」艾列克生氣勃勃地說，「如果你跳上車，我們會帶你到一個很隱蔽的地方，喝一些威士忌。」

艾莫瑞考慮了一會兒。

「這主意不錯。」

「進車裡來吧——吉兒坐過去些，艾莫瑞會感謝妳的。」

艾莫瑞擠進後座，跟一個俗麗、朱唇的金髮女子坐在一起。

「哈囉，道格·斐爾班克斯，」她態度輕率。「你是把走路當成運動，還是在獵豔？」

「我在數浪花，」艾莫瑞回答，神情嚴肅。「我在做統計。」

「別開我玩笑了，道格。」

當他們來到人跡罕至的街道，艾列克在一片陰影處停妥車子。

「這麼冷的天，你待在這裡做什麼，艾莫瑞？」他說完之後，從毛皮地毯下方取出一瓶威士忌。

艾莫瑞避開這個問題。說實在，他沒有特別的理由到海岸邊來。

「還記得大二那年我們一群人的聚會嗎？」他問。

「我還記得嗎？我們睡在艾許布里公園的亭子裡——」

「老天，艾列克！很難想像傑西、迪克和克瑞他們三人都死了。」

艾列克打了寒顫。

「別說這些。這個秋天夠令人沮喪了。」

吉兒似乎也有同感。

「道格似乎有些陰鬱，」她說。「叫他多喝一些——機會難得。」

「我想問你的是，艾莫瑞，你準備在哪裡——」

「為什麼問，我想是紐約吧——」

「我是說今晚，因為如果你沒有地方落腳，倒是可以幫我個忙。」

「樂意之至。」

「杜利跟我在拉尼埃飯店訂了兩間房，其中隔著浴室，他有事回紐約。我也不想要換地方住。問題是你願意住進另一間房嗎？」

倘若艾莫瑞願意的話，可以立刻住進去。

「你可以到辦公室去取鑰匙；房間是用我的名義。」

婉謝了進一步的行動或提議，艾莫瑞下了車，沿著濱海步道回到飯店。

他又再次陷入漩渦當中，一個深沉、毫無生氣的漩渦，提不起勁工作或是寫作，去愛或是放蕩。在他生命中，這是他頭一次渴望死神襲擊他這一代的年輕人，抹除掉他們微不足道的狂熱、掙扎與狂喜。他的年輕歲月似乎從未像現在這般消沉，這次的造訪完全處於孤獨的狀態，和四年前那個放蕩、快樂的聚會全然不同。那些從前在他看來極為稀鬆平常的事，如今已沉沉睡去，他對於環繞四周的美麗，以及所有的慾望已經消逝，留下來的缺口則被幻滅之後的頹喪所填滿。

「要拴住一個男人，女人必須抓住男人最大的弱點。」這是他在大部分情緒最糟的夜晚，覺得最貼切的一句話。他的心思開始思索這句話的各個面向。不倦怠的熱情、強烈的嫉妒，渴望佔有與迷戀——他對羅莎琳的愛徒留下這些感受；提醒他這是他逝去青春的代價——當愛情升至高點，包裹在薄薄糖衣之下的是苦澀的防腐劑。

他在房間裡裸身，只用一條毛毯包裹自己的身體，冷冽的空氣在十月順著未關上的窗戶，透進屋內傳到扶手椅。

他突然記起幾個月前讀到的一首詩：

> 噢，忠實可靠的心，經年替我勞苦工作，
> 我虛擲多年的光陰，在大海中漂泊——

然而他並沒有虛擲光陰的感覺，沒有感覺到目前的希望被虛擲的暗示。他感覺到的是生命拒絕了他。

「羅莎琳！羅莎琳！」在半漆黑的房裡，他輕聲喚著，直到她彷彿滲透進房間裡；鹹濕的海風沾上他的髮，他的髮濕潤了；一輪明月像是烙印在天空，使得夜幕顯得陰森森的。他覺得睏倦極了。

當他醒來時，已經是深夜，四周一片靜寂。部分毛毯滑下他的肩膀，他撫摸著身上的

皮膚，發現既潮濕又冰冷。

突然間，他聽到不到十呎的距離之外，傳來一陣緊張的竊竊私語聲。

他也跟著僵硬緊繃。

「**不要發出聲音！**」那是艾列克的聲音。「**吉兒——妳聽見我沒有？**」

「**有——**」呼吸緩慢而且害怕。他倆在房間裡面。

接著他的耳朵聽見門外走廊有聲音在大聲叫嚷。聽上去像是男人的聲音，聲音模糊，接著不斷傳來重複的叩門聲。艾莫瑞丟開毛毯，走近浴室門邊。

「老天！」又是女子的聲音。「你要讓他們進來。」

「**噓！**」

突然一陣沉穩、間斷的敲門聲，敲著艾莫瑞的房門，同一時刻，艾列克從廁所裡出來，後頭跟著那個塗抹著朱唇的女孩。兩個人身上都穿著睡衣。

「艾莫瑞！」耳語聲顯得焦急。

「怎麼回事？」

「是查房。我的天，艾莫瑞——他們想要抓違規的人——」

「最好讓他們進來。」

「你不了解。他們可以以違反曼恩法¹逮捕我。」

女子緩緩跟在他後頭，黑暗之中，顯得楚楚可憐。

艾莫瑞試著想別的辦法。

「你假裝騙他們到你的房裡去，」他緊張地說，「然後我帶她從這個門溜走。」

「他們人會在這裡。他們會守著這個門。」

「你不能隨便報上一個假名嗎？」

「不行。我是用自己的名字登記；而且他們還會查驗你的駕照號碼。」

「就說你們已經結婚。」

「吉兒說查房的人當中，其中一個人認識她。」

女子偷偷爬到床上輾轉；聽著敲門聲漸漸變成重擊聲，顯得十分可憐。接著一個男人的聲音出現，十分憤怒且帶著命令式的口吻喊道：

「開門，否則我們要破門而入！」

一陣沉默之後，聲音消失了，艾莫瑞知道，在這個房裡還有其他東西伴隨著他們……蜷伏在床上的那個人四周籠罩著一股氣氛，像月光一般的游絲，變質的陳腐氣味，難喝的劣酒，又像是一個駭人、徘徊不去的氛圍，籠罩在他們三個人身上……在吹動的窗簾外頭，好像有什麼東西站在那兒，看不清楚是什麼東西，卻又覺得如此熟悉……同時，兩只大箱突然並排出現在艾莫瑞眼前；這些全都發生在艾莫瑞腦海中的一幕，實際上不超過十秒鐘的時間。

他的腦中突然閃現過一個念頭，與個人的犧牲無關——想到那些我們所謂的愛與恨、賞與罰，與犧牲毫無關聯，而是如同日常生活般尋常。他很快地回想起大學時期所聽到的一則關於犧牲的故事：有個人在考試時作弊，他的室友突然湧現同情心，擔下所有的責任

——然而這個無辜的人這輩子都要蒙上一層後悔與失敗的陰影，因為這個真正罪犯不知感恩圖報。他最後了結自己的性命——真相在許多年之後才水落石出。這個故事令艾莫瑞覺得十分困惑與困擾。現在他明白了箇中的道理；犧牲換不到自由。這就像在一個競選辦公室裡，一個權力繼承的把戲——在特定的時間裡對特定的人來說，是不可或缺的樂趣，權力附帶的不是一項保證，而是一種責任，不是一種安全感，而是代表了一種無盡的冒險。權力的勢頭或許會把他拉向毀滅——在穿過情感的波浪時，很可能會讓那個掀起這波巨浪的人，永遠被留在絕望的孤島。

……艾莫瑞知道艾列克在事後會憎恨他為他做了這麼多……

……這一切宛如卷軸一般在艾莫瑞面前展開，兩股屏息以待與傾聽的力量藏在他的背後注視著他：薄紗一般的氛圍籠罩並圍繞著那名女子，環伺在窗外的不知名之物如此熟悉。

犧牲在本質上是一種自大、非關個人的情感；犧牲永遠必須是目空一切的。

別為我哭泣，而為你的孩子哭泣。

那個——艾莫瑞心想——或許是上帝跟我交談的方式。

艾莫瑞突然覺得一陣欣喜，接著宛如電影中出現的臉龐一般，床頭籠罩的那股鬼魅的氛圍逐漸淡去；窗外那道飄移的陰影，近到他幾乎要說出那是什麼東西，在傾刻間留下雪

I：曼恩法案（*Mann Act*），美國於一九一〇年在國會通過的一項法案，禁止州與州之間販運婦女進行賣淫等行為。

泥鴻爪，緊接著微風似乎迅速在房裡吹起它。在極度興奮的情緒中，他雙手緊握……十秒鐘時間到了……

「艾列克，照我的話去做。明白嗎？」

艾列克無言地望著他——表情顯得十分痛苦。

「你有家庭，」艾莫瑞慢慢地說。「你要考慮到家人，所以最重要的是讓你脫身。聽見沒？」他清楚重複一遍剛才的話。「聽見沒有？」

「我聽見了。」他的聲音聽上去有些緊張，眼睛沒有一秒鐘離開過艾莫瑞。

「艾列克你要躺在這裡。如果有任何人進來，你要假裝喝醉。你得照我的話去做——如果你不照著做，我要宰了你。」

他們互相瞪視著對方，接著艾莫瑞迅速走到梳妝台前，拿出他的口袋筆記本，連忙向女孩招手示意。他好像聽見艾列克發出像是「監獄」的字眼，接著他便躲進浴室裡，把門上鎖。

「妳跟我一直待在這裡，」他嚴肅地說。「整個晚上妳都跟我在一起。」

她點點頭，幾乎要哭了出來。

不一會兒，他把另一個房間的門打開，三個男人闖了進來。突如其來的強烈燈光照著他，他站在原地瞇起眼來。

「你在玩危險遊戲啊，年輕人！」

艾莫瑞笑笑。

「唔？」

三個人之中其中一個帶頭的，很有權威地朝著一個穿著格子西裝的壯漢點頭示意。

「好吧，奧爾森。」

「我知道了，歐梅先生，」奧爾森點著頭說。另外兩個好奇的打量著他們的目標，接著退下，氣呼呼的把門關上。

那個壯漢輕蔑地看了艾莫瑞一眼。

「你難道沒聽過曼恩法？竟帶她一塊兒到這來，」他用拇指指著女孩，「你的車子登記的是紐約的執照——卻住進**這樣的**旅館。」他搖搖頭，暗示他曾經想替艾莫瑞找理由，現在卻放棄了。

「呃，」艾莫瑞有些不耐煩，「你要我們怎麼做？」

「快穿上衣服——叫你的朋友不要吵。」吉兒在床上啜泣著，聽到這番話，她不悅地止住哭泣，拿起她的衣服到浴室去。艾莫瑞換上艾列克的內衣時，發現他面對這件事情的態度很滑稽。那個壯漢像是飽受欺凌般，令艾莫瑞想要發笑。

「還有其他人在這兒嗎？」奧爾森問道，目光犀利，一副想要搜查的樣子。

「那個登記住房的傢伙，」艾莫瑞一副滿不在乎的模樣說。「醉得不醒人事。六點鐘就睡在那裡了。」

「我去瞧瞧。」

「你怎麼會知道有女伴這件事？」艾莫瑞好奇地問。

「夜班櫃台人員看見你跟這個女人上樓。」

艾莫瑞點點頭；吉兒從浴室走出來，穿戴整齊，一改衣衫不整的模樣。

「現在，」奧爾森說，拿出筆記本，「你們給我報上真名——不要隨便報上約翰．史密斯或是瑪莉．布朗蒙混。」

「等等，」艾莫瑞小聲說。「不要強人所難。我們不過是被逮到而已。」

奧爾森怒視著他。

「名字？」他厲聲說。

艾莫瑞把名字和紐約的住址給他。

「這位小姐？」

「吉兒小姐——」

「說啊，」奧爾森很生氣地說，「不要跟我打哈哈。妳叫什麼名字？莎拉．莫非？米妮．傑克森？」

「噢，老天！」女孩大叫，把那張滿是淚痕的臉埋進手裡。「我不想讓我媽知道。我不想讓我媽知道。」

「快說！」

「住嘴！」艾莫瑞對奧爾森大吼。

突然一陣沉默。

「史黛拉．羅賓斯，」她最後結結巴巴說。「郵件地址新罕布夏魯格威。」

奧爾森闔上筆記本，仔細地打量著他們。

「旅館有權利把你們的資料交給警方，你們可能要坐牢，帶著一個女孩從這一州到另外一州，是很不檢點的行為」——他停頓一會兒，讓他的話聽起來有幾分嚴重。「但是——旅館打算放過你們。」

「旅館不想要見報，」吉兒激動喊著。「還不快放我們走！哼！」

艾莫瑞被一道明亮的光線包圍著。他明白他已經安全，這時他才發現自己原來犯下的是不可饒恕的罪大惡極。

「不過，」奧爾森繼續說，「旅館之間做了保密協議。這類事件層出不窮，報社方面我們也已經交涉過了，你們還是會見報，但是裡頭不會提到旅館的名稱，只有一行字說明你們在大西洋城遭遇了一些麻煩。明白嗎？」

「明白。」

「你們不會成為鎂光燈的焦點——該死的鎂光燈——但是——」

「得了吧，」艾莫瑞機伶地說。「讓我們離開這裡吧，犯不著告別演說。」

奧爾森經過浴室，好奇地看著艾列克一動也不動的身體。他把燈熄了，要他倆跟在他後頭。當他們進入電梯時，艾莫瑞想要虛張聲勢——最後還是放棄。他伸出手，拍拍奧爾森的手臂。

「介意脫下帽子嗎？電梯裡有位女士。」

奧爾森慢慢脫下帽子。在大廳的燈光映照之下，晚班櫃台人員跟幾個晚到的客人好奇地打量著他們，令他們經歷了兩分鐘的尷尬；穿著華麗的女子彎著頭，英俊的年輕人抬高著下巴；結論十分明顯。室外竄出一股寒氣——帶有鹹味的空氣十分清新、強烈，示意早晨的到來。

「你可以在這裡招呼到計程車，逃之夭夭，」奧爾森說，手指著看似兩輛車的模樣，司機大概在車子裡打盹。

「再見，」奧爾森說。他帶著挑釁的意味把手伸進口袋，但是艾莫瑞只是哼著鼻子，拉著女孩的手臂，轉身離去。

「你要告訴司機我們要上哪去？」當他們沿著黝暗的街道行走時，她問道。

「車站。」

「如果那傢伙寫信給我母親——」

「他不會的。沒有人會知道這一切，除了我們的朋友或是敵人。」

海面上，黎明升起。

「天色漸漸變亮，」她說。

「天氣真好，」艾莫瑞也有同感，思索了一會兒之後：「現在是早餐時間——妳想吃點東西嗎？」

「食物——」她笑了起來。「食物正是這件事的關鍵。兩點鐘時，我們點了一頓豐盛的晚餐當作客房服務。艾列克沒有給侍者小費，我猜是那個侍者告的祕。」

吉兒低落的情緒一下就一掃而空，比夜晚的降臨還快。「我告訴你，」她態度十分斷然，「當你想要好好聚一聚，記得遠離酒精，如果想要行事端正，記得遠離臥室。」

「我會謹記在心。」

他敲敲車窗玻璃，前往一家徹夜營業的餐廳。

「艾列克是你的好友嗎？」等他們進入餐廳，坐在高腳椅上，把手肘放在骯髒的櫃檯上時，吉兒問道。

「他曾經是。他或許不想再繼續跟我做朋友——而且永遠不明白原因。」

「你擔下所有的責任，有些瘋狂。他很重要嗎？比你自己還要重要？」

艾莫瑞笑了起來。

「我們等著瞧，」他答道。「這正是問題所在。」

幾根柱子崩塌

兩天之後回到紐約，艾莫瑞急著翻看報紙，見到他想找的消息——十幾行文字向關心艾莫瑞·布萊恩先生的人透露他「供出了住家地址」之類的消息，以及他被要求離開大西洋城的一間飯店，因為跟他待在飯店的是一名女子，而**不是**他的妻子。

接著他大吃一驚，手指發顫，因為在這篇文字正上方有一段文章，開頭寫著：

「康納吉先生及夫人宣布女兒訂婚的消息，羅莎琳將與康乃迪克哈特福的道森·瑞勒文定——」

他放下報紙，害怕地躺在床上，胃部開始絞痛。她離開他了，千真萬確，終於還是離開他了。在此之前，在他內心深處還懷抱著一絲希望，盼望終有一天她會需要他，會回頭來找他，哭著說一切都是錯誤，讓他如此痛苦，她的心也同樣難受。他再也找不出理由奢望她會回來——然而他心裡想的不是這個固執、年華老去的羅莎琳——也不是任何一個他想像的任何一個殘花敗柳的女人，在他四十歲時來找他——艾莫瑞要的是年輕的羅莎琳，那個思想純潔，身體幼嫩的羅莎琳，現在她一旦出賣這些，就再也喚不回來一切。此刻他心裡所想的是那個年輕的羅莎琳已經死去。

隔天，艾莫瑞收到巴頓先生從芝加哥捎來一封簡短信箋，信中提到有三家電車公司換人接手經營，所以目前他不會收到任何匯款。最後，一個昏茫的星期天夜晚，他收到一封電報，上頭說達西神父五天前在費城突然過世。

他隱隱知道，當時在大西洋城的窗簾外頭，他瞧見的是什麼東西。

第五章　自我中心者蛻變為重要人物

我在一噚水的深度躺著入睡
　帶著從前壓抑的古老慾望，
帶著哭喊，喧嚷著逐漸復甦，
　當黑夜在朦朧中破門而出；
想要探求一塊兒分享的信條
　我再次搜尋確切的白晝……
但是那兒盡是古老的千篇一律：
　大街上無盡落下的雨。

噢，我或許會再起來！我或許

拋掉舊酒的熱氣，
看著清新的早晨佈滿整個天空
伴隨著仙境般的高塔，一列接著一列；
在寬闊高聳的天空尋找每座海市蜃樓
一個象徵，不再是一場幻夢……
但是那兒盡是古老的千篇一律：
大街上無盡落下的雨。

艾莫瑞站在劇院的玻璃升降閘門下，望著第一場大雨濺潑在人行道上，形成一道道黑色的汙漬。空氣變成灰色帶點乳白；一盞孤燈突然間照亮了對面路上的一扇窗；接著另一盞燈亮了；然後是上百盞燈亮起來了，燈光在眼前跳躍閃爍。腳下一塊厚重、綴有鐵飾釘的玻璃磚人行道變成黃色；街道上，計程車的車燈發出的強烈燈光，沿著黑色的路面前進。十一月的雨不受歡迎，強行偷走這一天的最後時光，典當給古老的黑市，黑夜。

他身後的劇院一片安靜，傳來了令人好奇的啪啪聲響，接著便是起身的群眾發出的鼓譟聲，交織著許多人聲相互交談的喧嘩聲。日場演出結束了。

他站在一旁，慢慢朝雨中前進，讓人群通過他。一個小男孩衝了出來，嗅聞著潮濕的新鮮空氣，然後把外套的領子翻起來；三、四對情侶行色匆匆；遠方零星散佈的人群眼神非常一致，先是看著潮濕的地面，接著望著天空落下來的雨，最後望向灰暗的天空；最後走出劇院的是大片擁擠的人群，腳步從容，男人身上傳來的濃重煙味，女人身上傳來的則是腐敗的胭脂發出的惡臭，令他感到一陣沮喪。大批人潮散去後，接著便是零零星星的人；五六個落單的人；一個男人拄著楞杖；最後劇院裡傳來了椅背翻動時發出的砰砰聲，宣告劇場的引座員正開始他們的工作。

紐約似乎尚未甦醒，在床上輾轉翻了一個身。臉色蒼白的人來去匆匆，緊抓著大衣的領子；一大群疲倦、愛嚼舌根的女人，從擁擠的百貨公司走出，一邊發出尖銳的笑聲，三個人合撐著一把傘；一隊行進的警察通過，身上只穿著防水布做的斗篷，十分不可思議。

這場雨帶給艾莫瑞一種疏離的感覺，無數個城市生活的面向令他感到沮喪，金錢跟他沾不上邊。陰森的地鐵站發出惡臭——地鐵票卡一張張插進票口，像一個個瞅著眼，抓住你的手臂準備講述另外一個故事的無聊男子；發著牢騷，擔心某個人是否傾斜身子靠向你；有個男的因為看不順眼，所以不打算讓座給女士；這個女的則氣這個男的什麼也沒做；最糟糕的是氣息有如卑劣的幻景，從人們身上穿著的老舊衣裳，和所吃的食物當中散發出來——但是往好的方面來看，這就是人——他們會感覺太熱、太冷，感到疲倦與擔心。

他在心中描繪著這些人所居住的地方——綠色與黃色作為背景的壁紙，上頭的向日葵圖案起了水泡，浴缸是錫做的，走道陰暗，以及建築物後方是一塊死氣沉沉，叫不出名字的空間；在這裡連愛情也穿上誘惑的外衣——角落裡發生了悲慘的謀殺案，公寓樓上住著非法居留的婦女。房子一到冬天出於經濟的考量總是令人感覺到窒息，漫長的夏天，則是在密不透風的牆內汗涔涔地宛如一場惡夢……骯髒的餐廳裡，漫不經心、疲倦不堪的人們，用自己的舊咖啡匙加糖，在碗裡留下難洗的棕色汙漬。

假如那裡只有男人或是女人事情也不會這樣糟；但當他們群聚在一起時，一切似乎顯得墮落而腐敗。女人讓男人見到她們既窮苦又疲累的樣子，覺得是件極羞恥的事——男人讓女人見到他們既窮苦又疲累的模樣也同樣令人覺得反胃。這裡比起他見過的戰場還要骯髒，很難想像還有比汙泥、汗水和危險更不堪的事，因此在這樣的氛圍之中，出生、結婚和死亡在這裡都只是一種令人憎惡的的秘密情事。

他記得有一天在地鐵裡，一個送貨的男孩拿了一個用鮮花做的喪禮用花圈，鮮花的香味突然之間讓四周的空氣清新許多，讓車廂內的每個人都暫時擁有一個光環。

「我討厭窮人，」艾莫瑞心理突然閃現這麼一個念頭。「我討厭他們身為窮人的身分。窮困或許曾是件美麗的事，但是現在變得腐敗。它是世上最醜陋的事。變得墮落和有錢基本上是一件比起貧窮和無辜更清白的事。」他似乎再次見到一個人的身影，他的重要性曾經令他印象深刻——穿著體面的年輕人，在第五大道的一間俱樂部的窗口朝外頭張望，用著一種十分鄙夷的眼神，跟他的同伴說話。艾莫瑞心想，他或許是在說：「我的老天！人類難道不是很可鄙的嗎！」

他這一生從未仔細關心過窮人。他帶著冷笑想著自己對待人類完全欠缺該有的同情心。歐亨利曾在這一群人身上找到浪漫、感傷、愛與恨——艾莫瑞只見到粗劣、齷齪的肉體和愚蠢。他並沒有替自己定罪：他從未因為自己內在自然與真誠的感覺而責備過自己。他接受自身的一切反應都是他的其中一部份，這是無法改變、也毫無攸關道德的。這個貧窮的問題開始轉變、放大，依附在某些更加崇高與更加高貴的態度上，有一天甚至會成為他的問題；目前來說，貧窮只是引發他內在的深層厭惡感。

他朝第五大道走去，閃躲著那些盲目、帶著惡意的雨傘，站在戴爾蒙尼可餐館前方，招呼巴士。他扣起外套，爬到巴士頂層，處於孤獨的狀態，頭上頂著不斷飄落的細雨，臉頰上的冰冷潮濕令他心生機敏。他的腦海中此時出現一段對話，在他的全神貫注之下展開。對話有兩個聲音，卻出自同一人，用的是一問一答的方式：

問：唔——現在是什麼情況？。

答：我身上只有二十四塊錢。

問：你有日內瓦湖的房產。

答：但是我想要留著房子。

問：你可以活得下去嗎？。

答：我無法想像不能夠活下去。人們可以靠出書賺錢，我想我也能夠靠出書賺錢。真的！這是我唯一能夠做的一件事。

問：明確一點。

答：我不知道我要做些什麼——我一點兒也不感到好奇。明天我要永遠離開紐約。這裡真不是人待的地方，除非你處在頂尖的位置。

問：你想要很多錢嗎？。

答：不需要。我只害怕自己變窮。

問：很害怕？。

答：很自然地感到害怕。

問：你要到哪裡去？

答：不要問**我**！

問：你難道不在乎？

答：當然在乎。我可不想因為道德因素自殺。

問：你難道沒有留下其他令人感興趣的事物？。

答：沒有。我已經不具有任何的美德。正如一個熱水壺在冷卻的過程中，散去了熱能，我們在青少年時期，就已經消耗掉所有德行的卡路里。也就是人稱的率真。

問：真是有趣的想法。

答：這解釋了為何「好人也會犯錯」很吸引人們。人們站在四周，用好人釋放的德行卡路里**溫暖他們自己**。撒拉說過一段純真的話語，一張張臉龐在愉悅中傻笑——「這些可憐的孩子是多麼**天真**！」人們在用她的德行溫暖他們自己。但是撒拉在見到人們的傻笑後，再也沒發表過這樣的言論。在那之後，她只感到有些寒心。

問：你的卡路里都沒了嗎？。

答：全都沒了。我開始在用別人的德行溫暖我自己。

問：你墮落了嗎？。

答：我想是吧。我不確定。我再也分不清楚善惡。

問：這是惡兆嗎？。

答：不盡然。

問：什麼可以用來檢驗墮落？

答：變成真正虛偽的人——稱呼自己「不是一個壞傢伙」，對於失去的青春，我感到十分後悔，我嫉妒的不過是能夠揮霍青春的快樂。青春就像是擁有一大盤糖果。感情用事的人在吃糖之前，想要保有一種純粹、簡單的狀態。其實他們並不想。他們只想要能享有再吃一次糖的樂趣。已婚婦女可不想要再經歷一遍少女時期——她們只想重新再度一次蜜月。我不想要再重複一次我的天真。我想要再次享有失去天真的樂趣。

問：你要到哪裡去？

這段對話在他心裡出現十分奇怪卻又非常熟悉——以一種怪誕的方式混和了慾望、憂心、外在印象與身體反應。

第一百二十七街——或是第一百三十七街……二跟三看起來很像——不，沒那麼像。座位潮濕……是衣服吸收了椅子上的濕氣，或是椅子吸收了衣服的乾燥？……坐在濕濕的東西上面，會得闌尾炎，這是佛格．派克的母親說的。唔，他已經得到這個病——我要控告汽船公司，碧翠絲說，我叔叔有四分之一的股份——碧翠絲上天堂了嗎？……或許沒有——他再現了碧翠絲的不朽，還有無數已故男子的愛戀情事，他們肯定沒有想過他……如果不是得到闌尾炎，再不然就是流行性感冒。什麼？第一百二十街？原本應該是第一百一十二街。是一百〇二而不是一百二十七。羅莎琳不像碧翠絲，艾琳諾像碧翠絲，只是更狂野、更聰明。這裡的公寓租金很貴——每個月房租或許要一百五十元——說不定要二百元。舅舅在明尼阿波里斯市的大房子一個月只要一百元。問題是——你進來的時候，樓梯是在左邊，還是右邊？不管怎麼說，在大學路第十二號宿舍，樓梯是直接通往後面再繞到左邊。這條河真髒——想到那裡去看看是不是真的很髒——法國的河水都是棕色或是黑色，美國南方的河流也是如此。二十四元意味著可以買四百八十個甜甜圈。他可以靠這個過活三個月，睡在公園裡。好奇吉兒人在哪裡——吉兒．拜恩、費恩、薩恩——管她姓什麼——脖子瘦死了，要命的椅子一點都不舒服。不想跟吉兒一塊兒睡覺，艾列克會怎麼看她？艾列克對女人的品味不怎麼高明。他自己的品味最好；伊莎貝爾、克萊拉、羅莎琳、艾琳諾，全都是典型的美國人。艾琳諾會投球，或許用的是左手。羅莎琳是外野手，絕佳的打擊者，克萊拉一壘，或許吧。好奇亨博德的屍體現在成了什麼模樣。如果他不是刺刀教練，或許早在三個月前就上戰場去了，也許會戰死沙場。鐘聲在哪兒？

河濱大道的門牌號碼被霧和淌著水滴的樹木遮住了視線，只能夠匆匆一瞥，艾莫瑞最後終於看見了門牌號碼——一百二十七號大街。他動身前往，沒有特定的目的，順著彎曲、下降的人行道走，一條河映入眼簾，還有一個很長的碼頭和一個供小船停靠的船塢：小型船艇、獨木舟、划艇，還有單桅帆船。他向北方前進，沿著河岸，跳過一個鐵絲柵欄，發現自己走進一個連接著碼頭，雜亂無章的船塢。四周盡是待修補的船隻，進行到不同的修補階段；他聞到木屑、油漆，以及隱隱聞到哈德遜河傳來的臭味。一個男子從黑暗中向這裡走來。

「哈囉，」艾莫瑞說。

「有通行證嗎？」

「沒有。這裡是私人的地方嗎？」

「這裡是哈德遜河運動遊艇俱樂部。」

「噢，我不知道。我只是想找地方歇腳。」

「呃——」男子感到十分疑惑。

「如果你希望我離開，我會走。」

男子的喉嚨含糊地發出一陣噪音，然後就離開了。艾莫瑞坐在一張翻過來的船上，若有所思向前傾斜身子，下巴搭在手上。

「不幸使我成了一個惡人，」他緩緩說著。

消沉的時刻

外頭正在下著毛毛雨，艾莫瑞徒勞地回望他這一生曾有過的光彩與不堪回首的往事。開始時，他依舊感到害怕——並不是肉體上的害怕，而是害怕人、偏見、悲慘的遭遇和千篇一律。然而在他痛苦的內心深處，他心想自己是否比眼下這個男人或是下一個男人還要差勁。他知道他可以世故地說，說他的失敗源自於情勢所逼以及環境因素；每回當他氣自己是個以自我為中心的人時，總會有個聲音在他耳邊討好說：「不。天才！」那是害怕的一種展現形式，那個耳語低聲說著他不可能既崇高又善良，那個天才其實是他不可言諭的習慣加上扭曲想法的完美結合，任何一個教條都會阻礙他，使他成為一個平庸的人。或許跟任何一個具體的惡行或是失敗相比，艾莫瑞更加鄙視自己的個性——他不喜歡去想明天或是一千個日子之後，他會像個三流的音樂家或是一流的演員，因為聽見讚美的話讓自己急速膨脹，而聽見壞話，只讓他覺得生氣。單純及誠實的人通常不信任他，這個事實令他覺得十分羞愧；對那些想要把自己的性格強加在他身上的人，他通常都會表現的十分殘酷——他對幾個女孩，還有偶遇的大學同學，具有一種邪惡的影響力；那些跟隨他做心靈探險的人，只有他獨自一人有能力逃脫不受到傷害。

通常在這樣的夜裡，近來頻頻出現，他經常從思考孩子以及他們無窮的可能性的內省之中逃開——他俯身傾聽，聽見對街房子裡的嬰兒驚醒後，在寂靜的夜裡發出的抽噎聲。他很快轉過身去，思索在他內心裡是否有一種絕望的情緒對他幼小的靈魂造成陰影，這讓他覺得十分驚慌。他顫抖著。要是有一天這個平衡被打破了，他變成一個驚嚇孩童，在夜裡爬進房間，向著黑暗前進，跟鬼魂溝通的人，對著月亮上那些黑暗大陸的瘋子，輕聲說著見不得人的秘密。

艾莫瑞微微笑著。

「你太自我封閉了，」他聽見有人說。接著又說道——

「出去吧，去找個實在的工作——」

「停止憂愁——」

他假想未來他可能替自己下的註解。

「沒錯——我或許在年輕時以自我為中心，但是我很快便發現過度想著自己會讓我更加病態。」

他突然感到有股勢不可擋的慾望，讓自己沉淪——並非像一名紳士那般激昂，而是要穩穩地向下沉淪，感覺上就像是消失一般。他描繪自己在墨西哥的泥磚房子裡，半躺在毛毯覆蓋的沙發上，他那纖細、藝術家一般的手指刁著一根煙，聽著吉他彈奏著憂鬱、古老的卡斯提亞輓歌，一名棕膚色、洋紅色嘴唇的女子，撫摸著他的頭髮。他在這裡或許會經歷奇怪的連禱文，從善意或是惡意的地方傳來，或是從天堂之犬、從每個神祇那兒傳來（除了具異國情調的墨西哥人顯得慵懶，他們倒是對於東方的香料氣味情有獨鍾）——從成功、希望和窮困之中傳來，耽溺於漫長的滑坡道，最終通向死亡的人工湖泊。

有些地方或許會令人們愉悅地沉浸於墮落：薩德港、上海、土耳其斯坦部分地方，康士坦丁諾波以及南海——全都為傷心之地，縈繞心頭的音樂，充斥著許多的味道，在這裡慾望變成一種生命的表達方式和體現，夜晚星空的陰影和日落似乎只反應出激情的心境：嘴唇與罌粟花的顏色。

依舊在斬草除根

一回，他奇蹟似地嗅到惡魔的味道，就像馬匹可以在夜晚覺察到前方斷裂的橋，但是那個在菲比房間裡那個有著一雙怪腳的男子，逐漸遞減為吉兒頭頂間的靈氣。他的直覺察覺到貧困發出的惡臭，卻再也搜尋不到傲慢與感官更深層的邪惡。

再也不見聰明之人；再也沒有英雄；伯恩．赫拉岱消失無蹤，彷彿他不曾活過；閣下也死了。艾莫瑞伴隨很多書成長，以及成千的謊言。他留神聆聽那些假裝知道，卻什麼都不知道的人所說的話。在夜深人靜的夜晚，他曾對聖哲們的神秘日夢充滿敬畏，如今卻隱約覺得反感。那些在高處蔑視人生的拜倫和布魯克的仿效者，最終成了浪蕩子和裝模作樣的人，最多不過是把勇氣的幻影，誤認為智慧的實質。幻滅的壯觀場面在一個古老的世界裡列隊成形，隊伍中有先知、雅典人、殉道者、聖哲、科學家、唐璜、耶穌會會士、清教徒、浮士德、詩人和和平主義者；他們宛如盛裝出席校友聚會的校友，在他眼前川流不息，他們的夢想、性格和教條依序在他的靈魂投射彩色的光芒；每一個都試著表達生命的榮耀，以及人的無與倫比的重要性；每個人皆自誇他們已經同時把過去發生的事放進自身不可靠的泛論之中；他們每個人畢竟都得仰賴舞台的背景以及劇場的傳統，也就是說渴求信仰的人，會用距離自己最近和最方便的精神食糧餵養他的心。

女人——他曾對她們寄予非常大的期待；他曾希望將她們的美貌轉變為另一種藝術形式；她們那深不可測的直覺，儘管令人感到不可思議，十分不連貫，且不可言諭，他曾想過要就他的經驗加以永久的保存——卻僅僅成為讓後代子孫獻祭的對象。伊莎貝爾，克萊拉，羅莎琳，艾琳諾都因為她們的美貌而被排除在外，她們身邊圍繞的男性除了一顆病態的心，以及一頁寫滿不知所以然的文字，已經不可能再奉獻任何東西。

艾莫瑞將缺乏信仰的原因，歸因於他接受了其他人給他的幾個銳不可當的詭辯所致。他承認他這一代的人在這一場維多利亞的戰爭中，傷痕累累而且死傷無數，他們都是進步的承繼者。若對於結論的細微差異置之不理，儘管這類結論或許偶爾造成數百萬年輕人的死亡，但或許這些差異可以透過解釋消除——假設蕭伯納（Bernard Shaw）、博哈迪（Bernhardi）、伯納．洛（Bonar Law）和貝斯曼．荷衛格（Bethmann-Hollweg）都是進步的共同承繼者，即使他們對於反對淹死女巫這件事上頭意見一致——撇開對立面不看，而是個別看待他們，這些人似乎都具備了領導者的條件，然而他卻對這些人自身存在的差異和矛盾感到厭惡。

以松頓．漢考克為例來說，知識份子界有一半的人十分尊崇他，他被視為人生的權威，是一個驗證並堅信他所遵循的教條的人，是個偉大的教育家，給總統提意見的人——然而艾莫瑞知道這個人，打從心裡向其他宗教的神父靠攏。

身為紅衣主教的接棒人，神父總有些時候仍會感到一種格格不入與強烈的不安全感——宗教的難以言喻之處，就連懷疑也能夠按照它自身的信仰來解釋：如果你懷疑惡魔，那是因為惡魔讓你對他產生懷疑。艾莫瑞曾見過閣下進到愚蠢、沒有教養的人家，瘋狂讀著通俗小說，讓自己的生活平淡，藉此逃避恐懼。

這個神父，有些聰明，有些純真，艾莫瑞知道他基本上並沒有比他大上幾歲。

艾莫瑞十分孤單——他從一個小小的圍欄裡逃了出來，進到一個更大的迷宮當中。他現在正處於哥德開始撰寫《浮士德》的時期；他正處於康拉德在撰寫《阿勒馬爾的蠢蛋》（Almayer's Folly）的時期。

艾莫瑞對自己說，基本上有兩種人會透過清醒的天性或是幻滅離開圍欄去尋找迷宮。有一種人像是威爾斯和柏拉圖在意識半清醒的狀態之下，擁有一種奇特、隱藏的正統，他們只相信其他人都接受的想法——無可救藥的浪漫主義者竭盡力量，絕不會讓食古不化的靈魂進入迷宮。相反的，還有一種像是劍一般的先驅人格，如山謬·巴特勒、雷納、伏爾泰，他們進步的比較緩慢，然而最後的影響力卻無遠弗屆，並非是一種沉思哲學的悲觀想法，而是一種試圖對生活採取積極價值的永恆關注……

艾莫瑞停頓下來。這是他這一生中，頭一次對於泛論和警語出現一種強烈的不信任感。這些對於大眾來說，太過扼要、太過危險。然而這些思想通常需要耗費三十年左右才能以這類形式對一般大眾產生影響：班森和卻斯特頓讓休斯曼紐曼受到注意，蕭伯納用糖衣包裹尼采、易卜生和叔本華。一般人都是透過他人的巧妙見解和訓誡警語，才會對於已逝的天才所做的結論有一番認識。

生命不過是一團該死的泥沼……是一場每個人都在越位、裁判被逐出場外的橄欖球賽

——因為每個人都聲稱裁判應該站在他這邊……

進步是一座迷宮……人們盲目地跳進去，然後慌亂地急著退出，大叫著他們已經找到……看不見的國王——生氣勃勃——演化的原則……寫一本書，發動戰爭，籌建學校……

就算艾莫瑞不是一個自私的人，他也會對自己提出所有的問題。他是自己的最佳典範——坐在雨中，他是性與自尊產物之下的人類，在機緣和他自身尋求以愛作為慰藉，及在孩子身上保存建立種族活生生意識的個性所然，遭遇了挫敗。

在自責、寂寞與幻滅之中，他來到迷宮的入口。

曙光把自己拋向河的另外一邊；趕時間的計程車沿著街道急速飛奔，車燈像是著了火的眼睛一般，在深夜狂飲導致面色蒼白的臉上亮著。憂鬱的汽笛聲在河的遠方響起。

閣下

艾莫瑞不斷想著神父會有多喜歡他的喪禮。天主教的禮拜儀式十分莊嚴隆重。歐尼爾主教以莊嚴的誦唱方式主持大彌撒，紅衣主教舉行最後的赦罪儀式。松頓·漢考克、勞倫斯太太、英國及義大利的大使、羅馬教皇代表，還有一大群朋友和神父一塊兒參加儀式——然而無法阻擋的剪刀剪斷了神父握在手裡的所有線。對艾莫瑞來說，看著神父躺在他的棺木裡，緊貼的雙手放在紫色的祭袍上，內心的悲傷縈繞不去。他的面容並沒有太大的改變，彷彿不知道自己將要死去，因此臉上看不出來痛苦跟恐懼的表情。他是艾莫瑞最親近的老朋友，當然也是其他人的良師益友——教堂裡的人個個面露驚惶，眼神呆滯，得道最高者，似乎受到的打擊也最大。

紅衣主教像是穿著長袍和法冠的大天使，灑著聖水；管風琴開始彈奏；唱詩班開始唱起安魂曲。

這些人之所以如此悲傷，因為他們在某種程度上來說十分仰仗神父。他們的悲傷更勝於感傷，正如威爾斯所說，因為「他的聲音嘶啞，步履不穩健。」這些人都非常堅信神父的信仰，他找到令人喜悅的方式，把宗教變成光明與黑暗的東西，這一切僅僅是上帝的面向。只要有他在身邊，人們就會覺得很有安全感。

艾莫瑞的試圖犧牲不過是為了實現他的幻滅，然而神父的喪禮卻帶來一個浪漫的小精靈，他跟著艾莫瑞一塊兒進入迷宮。他找到他一直想要的某種東西，過去一直想要的東西——不是他從前所害怕得不到的東西；不是他一直說服自己相信是值得被愛的東西；而是讓人們覺得需要、不可或缺的東西；他記起了在伯恩身上發現的那種安全感。

生命正迸發其中一道不可思議的光芒，艾莫瑞突然間對古老的雋語產生永久的抗拒，在他心裡已經不相信這樣的話：「重要的事情寥寥可數，沒有任何一件事值得大驚小怪。」

相反的，艾莫瑞湧現一股強烈的慾望，想帶給人們一種安全感。

一個戴著護目鏡的壯漢

一天，艾莫瑞散步到普林斯頓，天空像是沒有色彩的墓塚，冷冷的，高高的，完全沒有一點下雨的跡象。天氣灰濛濛的，是最不會帶給人感官刺激的天氣；充滿各種夢想的一天，各種遙不可及的希望以及清楚的遠見。這樣的天氣總是讓人容易跟抽象的真理、在陽光中融解的純潔，或是在月光下伴隨著嘲諷一塊消逝的笑聲聯想在一起。樹木和雲朵則是根據古典樸實的風格所雋刻的；鄉間的各種聲音相互和諧如單純的音調，像是喇叭發出的金屬聲，如同希臘的古甕令人屏息。

這天格外令艾莫瑞陷入沉思的情緒之中，結果幾名開車的駕駛被迫減慢速度感到一陣不悅，否則就會把他整個人輾過去。他專心思索著，對這樣的奇怪現象一點都不感覺到驚訝——距離曼哈頓不到五十哩之處——有輛車在駛過他身邊時停了下來，有個聲音朝他打招呼。他抬起頭來，看見一輛豪華老爺車裡，坐著兩個中年男子，其中一個個頭嬌小，神情緊張，活像是從另一名戴著護目鏡、令人印象深刻的壯漢身上複製出來的。

「要搭順風車嗎？」那個明顯被複製出來的人問道，他從眼角的餘光瞥了一眼旁邊的彪形大漢，彷彿這是他倆之間的一種習慣動作、心照不宣的默契。

「好啊。謝謝。」

司機打開車門，艾莫瑞爬進車內，坐在後座中間的位置。好奇地觀察他的同伴。壯漢似乎帶著一副自信滿滿的模樣，身旁任何一件事物都不會讓他覺得無趣。護目鏡下的面部肌肉，可以說相當「強壯」；一團鬆垮的肥肉聚集在下巴處；下巴上方則是寬闊而薄的嘴巴，搭配上羅馬人一般的高聳鼻樑，只不過版本較為粗糙，臉部以下的肩膀鬆垮垮的塌陷在巨大的胸肌和肚腩上端。他的穿著相當具有品味與低調。艾莫瑞注意他一直盯著司機的後腦杓瞧，彷彿沒有一刻停止，卻又不帶任何希望想著一些難以啟齒的毛髮困擾。

個頭嬌小那個似乎沒什麼個性。他是那種職級較低、秘書一類的人，到了四十歲，名片上頭仍會印著：「總裁助理」，沒有任何怨言，終其一生都是那種矯揉造作的行事風格。

「走了很遠嗎？」小個子問道，他的神情愉悅，卻又一副漠不關心的樣子。

「不是，」艾莫瑞簡單回答，「我之所以走路，是因為沒錢搭車。」

「徒步走路運動？」

「舒展筋骨。」

「噢。」

接著又問：

「你在找工作嗎？職缺不少，」他繼續試探性的問道。「現在到處在喊找不到人。西部特別欠缺人力。」當他講到西部時，還做了一個橫向的手勢。艾莫瑞禮貌性地點了點頭。

「你是做生意的嗎？」

怎麼可能——艾莫瑞絕不會從商。

「職員？」

不可能——艾莫瑞不會去當職員。

「不管你從事什麼工作，」小個子說，似乎明智地同意艾莫瑞說過的事，「現在正是一個充滿機會、事業起步的大好機會。」他又瞥了壯漢一眼，就像是律師在審問目擊證人時，不經意地看了陪審團一眼。

艾莫瑞決定表達一些意見，這是他這一生當中唯一一件想說的事。

「我當然希望有大把鈔票——」

小個子幽幽地笑了起來，態度認真。

「現在誰不想要有錢，但是他們卻不想憑勞力去賺。」

「這是很自然，而且健康的慾望。幾乎所有正常人都想要不勞而獲——除了問題劇裡的金融家，只想要『自毀前程』。難道你不想輕鬆致富嗎？」

「當然不想，」那個秘書忿忿不平說道。

「但是，」艾莫瑞自顧說道，「由於我目前窮得很，所以我考慮把社會主義納入我的專長。」

車上的兩個人好奇地看看他。

「這些丟炸彈的人——」當大個兒沉重地說出這番心裡話，小個子停了下來。

「如果我認為你是丟炸彈的人，我會把你扭送紐沃克監獄去。這是我對社會主義份子的看法。」

艾莫瑞笑了笑。

「難道你是，」壯漢問道：「只會空談的布爾什維克，還是一個理想主義份子？我必須說我分不清當中的不同。理想主義份子總是無所事事，寫些讓移民者反動的東西。」

「呃，」艾莫瑞說，「如果當一個理想主義份子既安全又有利可圖，我或許會嘗試看看。」

「你有困難嗎？沒了工作？」

「不完全是，但是——呃，也算是吧。」

「什麼樣的工作？」

「替廣告公司寫文案。」

「廣告蘊含無限商機。」

艾莫瑞拘謹地笑了笑。

「噢，我承認最終可以從廣告上頭賺到錢。有天份的人不會再餓肚子了，這年頭搞藝術也能當飯吃。畫家繪製雜誌封面，做廣告的撰寫廣告文案，音樂家替劇院寫個散拍音樂。伴隨印刷業的大規模商業化，替每個有天份的人創造一個無害而高雅的職業，讓他們都能找到一份合適自己的工作。但是當心藝術家同樣也是知識份子，藝術家總是與社會格格不入，像是盧梭、托爾斯泰、山謬．巴特勒和艾莫瑞．布萊恩——」

「艾莫瑞．布萊恩是誰？」小個子狐疑地問道。

「唔，」艾莫瑞說，「他是個——他是個知識份子，只不過目前還沒有名氣。」

小個子會心一笑，一直到艾莫瑞憤怒的雙眼盯著他瞧才停止。

「你在笑什麼？」

「我在笑這些**知識份子**——」

「知道這意味著什麼嗎？」

小個子的眼睛緊張地轉著。

「為何這麼問，它**通常**意味著——」

「它**總是**意味著有頭腦，而且受過良好教育，」艾莫瑞打岔。「也就是指人類所經驗的主動知識。」艾莫瑞不管是否太過冒昧。他轉向壯漢。「那個年輕人，」他用拇指指了指那個秘書，說到年輕人這個字眼時，口氣像是在指旅館服務生一般，「通常喜歡說些語意不清的通俗字眼。」

「你反對資本家控制印刷業？」壯漢戴著護目鏡盯著他說。

「沒錯——而且我拒絕耗費心神替他們工作。對我來說，我見到身邊的所有企業都存在著超時工作的問題，而且支付給一群甘願替他們賣命的庸才低廉的工資。」

「這就對了，」壯漢說，「你不得不承認勞工賺得的報酬很高——每天工作五、六個鐘頭——太誇張了。你沒辦法從工會裡的人那兒買到一份實在的工作。」

「那是你才這麼想，」艾莫瑞堅定地說。「人們只有在被榨乾的情況下才會讓步。」

「什麼樣的人？」

「跟你同一個階層的人，直到最近我才成為這個階級的一員；那些透過繼承、勤勞工作、有頭腦或是不老實的人，全都變成追求財富一族。」

「假想那一頭修路的工人有錢了，他會願意放棄那些錢嗎？」

「不會，但是那跟我們討論的那件事有何關聯？」年紀較大的壯漢想了想。

「不，我承認沒有關聯。但聽起來似乎有關係。」

「事實上，」艾莫瑞繼續說，「他會變得更糟。低下階層的人都見識短淺，較不有趣，較自私——而且顯得愚蠢。但是這些跟我們所討論的一點關係也沒有。」

「到底問題是什麼？」

艾莫瑞在這裡必須停下來想一想，究竟問題是什麼。

艾莫瑞造了一個詞

「當一個受過教育又有頭腦的年輕人開始為生活奔走，」艾莫瑞緩緩地說，「就現存的社會條件而言，一旦他結了婚，十個有九個人會變成保守份子。他或許不會變得不自私、有一顆好心腸，即便他有自己的方式，但是他的第一份工作必須提供生活所需，而且得儘快找到。他的妻子會在他耳邊不斷提醒他，從一年賺得一萬元到一年賺得兩萬，日以繼夜，在一個狹小、沒有窗戶的空間裡，做著單調而枯燥的工作。他完了！他為生活所困！他沒救了！在精神上他是個已婚男子。」

艾莫瑞停頓了一會兒，覺得這是個不錯的說法。

「有些人，」他繼續，「逃避了束縛。或許他們的妻子沒有社會上那種野心；或許他們會在某種『禁書』上頭，找到一、兩個令他們感動的句子；或許他們跟我一樣從事枯燥的工作，最後辭職不幹。總之，他們是你不能用賄賂的方式買通的國會議員、不是一個自詡為政治家的總統，或對半數的女人和孩子來說，他們不僅只是受歡迎的摸彩袋的政治家、作家、演說家、科學家。」

「他是天生的激進份子？」

「沒錯，」艾莫瑞說。「他或許跟令人幻滅的批評家不一樣——從老的松頓．漢考克，一直到托洛斯基。如今這個對精神上未婚的男子沒有直接的影響力，因為不幸的是對於那些在精神上已婚的男子來說，如同一個追逐金錢的副產品，他們在具有影響力的大報、受歡迎的雜誌，或是具有一定影響力的週刊上賺得不少錢——如此一來，報業的夫人、雜誌業的夫人，以及週刊的夫人，與對街的石油工人，或是街角的水泥工人相比，她們可以坐享豪華轎車。」

「有何不可？」

「這會讓有錢人收買了世界上的知識份子，當然在一套社會機制之下，一個有錢人自然不會拿自己家人的幸福作賭注，讓人在他的報紙上大肆發表意見。」

「但是我們還是看得到這些言論，」壯漢說。

「在哪？——在那些不足採信的媒體上。那些每週出刊、不值得一讀的廉價週刊。」

「你說的對——繼續。」

「呃，我要說的重點是，綜合以上所提到的條件，家庭是首要因素，我們可以歸類成兩類的人。其中一類人把人性視為一切，利用人性的膽怯、利用人性的弱點，以及人性的強項，達到自身的目的。相對地，另外一種人則是屬於精神上未婚的人，他們不斷找尋可以控制或是對抗人性的新制度。這一類人的問題更難纏。然而，複雜的並不是在生活本身，而是想要引導與控制生活的掙扎。這便是他的掙扎之處。他是進步的一部分——精神上的已婚者則並非如此。」

壯漢拿出三支雪茄，放在掌心給他們拿。小個子拿了一支，艾莫瑞搖搖頭，伸手取出香煙。

「繼續，」壯漢說。「我還想聽聽你們這些傢伙想談的事。」

速度加快

「現代生活，」艾莫瑞又開始說，「不再是一個世紀接著一個世紀的改變，而是一年一年地改變，比起從前要快上十倍——人口數倍數成長，文明之間相互結合的緊密度更甚以往，經濟相互依賴，種族問題，還有——我們一直在**浪費時間**。我的想法是，我們必須配合生活快速變化的步調。」他略微加重後面幾個字眼，結果司機無意識地跟著小小地加速。艾莫瑞跟壯漢笑了出來，小個子停頓了一會兒後，也跟著笑起來。

「每一個孩子，」艾莫瑞說，「都應該有相同的起跑點。如果他的父親給他一副好體格，他的母親則在他早期的教育中提供他一般知識，這些都是他承繼的一切。如果他的父親沒有給他一副好體格，如果母親把用來應該教導孩子的時間，拿去追逐其他男人，那麼對這個孩子來說是很糟的示範。他也不該被人為的方式以金錢揠苗助長，送去念那些駭人的輔導學校，勉強念完大學……每一個小孩都應該有相同的起跑點。」

「很好，」壯漢說，從他的護目鏡看不出他究竟是贊成還是反對。

「接著，我要對一切產業的政府所有權做一個公平的審判。」

「這是行不通的。」

「不——只是失敗而已。如果我們有政府所有權，政府機構裡就會有很棒的分析小組，做一些政府機構管理以外的事。我們會任用麥克凱斯，而不是伯勒斯桑斯。財政部門則會任用摩根這樣的人。任用希爾這樣的人管理州際之間的商務問題。參議員就該遴選最優秀的律師來擔任。」

「他們不會不為任何理由做白工。麥卡杜——」

「不是這樣，」艾莫瑞搖著頭說。「錢並非一個誘發他人發揮潛能的一個刺激因素，即使在美國。」

「你之前的說法承認這一點。」

「現在還是這樣。但如果是藉由非法的手段取得為數龐大的金錢，上等人格的人會為了吸引人性的另一個報償——正直，而趨之若鶩。」

狀漢發出一個近似噓的聲音。

「這是你說過最愚蠢的事。」

「不，這一點都不蠢。這句話很有道理。如果你到大學裡去看，你會看到學生們為了任何一個小小的榮譽，跟那些忙著討生活的人一樣加倍努力，就會覺得十分感動。」

「小孩子——孩子的玩意兒！」口氣像是在嘲笑他的對手。

「不是你所見到的那樣——除非我們都是孩子。你見過一個想要加入秘密結社的成年人——或是一個新興家族的姓氏，出現在俱樂部的名單裡？當他們知道自己的名字上了榜，全都高興地跳了起來。想要叫一個人去工作，就必須把金子亮在他的眼前這是因人而異，不是通則。我們這麼做已經很久了，以至於忘了還有其他的方式。我們造就了一個不可避免的世界。讓我告訴你」——艾莫瑞加重了語氣——「有十個人他們保險的原因不是為了錢或是為了填飽肚子，一天工作五個小時的人我們給他們綠色絲帶，一天工作十個小時的人則給他們藍色絲帶，十個有九個寧願選擇藍色絲帶。這種競爭的本能讓他們只為了贏得一個動章。如果他們的房子的大小取決於動章的大小，他們會為此賣命。如果得到的只是一條藍絲帶，我相信他們一樣會努力工作。不管到了幾歲還是如此。」

「我不同意你的看法。」

「我知道，」艾莫瑞有些難過地點點頭。「但這一點兒都不重要。我想這些人很快就會來取走他們想要的東西。」

小個子發出不滿的噓聲。

「**機關槍！**」

「噢，不過你已經教會他們使用的方法。」

壯漢搖搖頭。

「這個國家不少擁有財產的人不會同意這樣的事情。」

艾莫瑞真希望知道擁有財產跟沒有財產人的統計數字；他決定要換一個話題。

但是壯漢又繼續提起。

「當你說到取走東西這件事，你處在一個危險的立場。」

「如果不拿走又怎能取走東西？這麼多年來，人們不斷做出承諾一再拖延。社會主義或許不代表進步，但是紅色旗子的威脅的確是一切改革的動力。你一定得夠聳動，才會吸引別人注意。」

「我想俄國應該是你想要表達出仁慈暴力的例子？」

「有可能如此，」艾莫瑞承認。「當然法國革命帶來的衝擊是無遠弗屆的，但是我一點都不懷疑這樣的實驗精神十分值得。」

「你難道不相信溫和手段？」

「你不會想要聽溫和主義的主張，而且也已經太遲了。事實是，群眾已經做了一件百年來難得一見、令人覺得不可思議的一件事。他們抓到了精髓。」

「是什麼？」

「不論人的智力或是能力有多麼歧異，基本上他們都一樣有一個胃。」

小個子得到發言的機會

「如果你拿走世上所有的錢，」小個子裝作很有深度的說，「然後平均分配——」

「噢，住嘴！」艾莫瑞突然插嘴說，絲毫不在乎小個子憤怒的眼神，繼續往下說。

「人的胃——」他開始說，但是壯漢突然間失去耐心打斷他。

「我可以讓你說話，你知道嗎，」他說，「但是不要跟我扯什麼人的胃。我已經忍受我的胃一整天。總之，你說的話有一半我不同意。你主要談的是政府的所有權，但是它說穿了也是墮落的淵藪。人們不會為了什麼藍絲帶拼命工作，那簡直是鬼扯。」

等他說完，小個子堅決地點點頭，想要插上一句。

「有一些事情是人類的天性，」他做出貓頭鷹一般的神情說，「那是永遠無法改變，也不能改變的事實。」

艾莫瑞無助地看著小個子，又看看壯漢。

「聽聽這個！**這話**正是我對進步感到退卻的原因。**聽著**，我可以不假思索說出一百種被人類的意志改變的自然現象——人類一百種曾經被文明摧毀，或如今在文明的洗禮之下被遏止的本能。這個人在這裡所說的，是幾千年來，世上那一群傻蛋最後的庇護所。它否定了每個科學家、政治家、道德家、改革家、醫生和哲學家為人類所做的努力。這是對於人性中值得讚佩之處的一種指責。每一個二十五歲以上的年輕人，如果冷漠說出這樣的話，都應該被褫奪公權。」

小個子向後躺在椅子上，他的臉因為憤怒變成了紫色。艾莫瑞繼續面對著壯漢說。

「那些沒受過完整教育，思想古板，像你那些在這裡的朋友，他們**以為**他們明白，對於隨之而來的問題，你會發現像他那個樣子的人，處在渾沌的狀態。嘴裡一會兒談的是『野蠻、沒有人性的普魯士人』——接著又談起『我們應該要消滅所有的德國人』。他們總是相信『現在事情變得很糟』，但是他們『在這些理想主義份子身上找不到任何的信仰』。不到一會兒他們又說威爾森是『夢想家，而不是實踐家』——一年之後，他們又抱怨他實現了他的夢想。他們對於一個簡單的問題完全沒有合乎邏輯的論點，除了頑固地反對一切改變。他們不認為對於沒有受教育的人，應該付給高報酬，但是如果他們沒有給付高報酬，他們的孩子也一樣不能受教育，事情便如此週而復始地運行下去。這就是——偉大的中產階級！」

壯漢臉上笑嘻嘻地，對著小個子笑。

「你被狠狠奚落了一頓，蓋文，你做何感想？」

小個子一副想要笑的模樣，好像整件事非常滑稽，不值得一提。但是艾莫瑞沒有就此打住。

「人們能夠管理好自己的論調端看這個人。如果教育能夠幫助他想的更清楚、簡潔，且具有邏輯性，他就不會老說些陳腔濫調，或是帶有偏見、感情用事，而我就成了一個激進的社會主義份子。如果教育無法使他辦到這些，那麼我不認為現在或是以後，對他或是他的體制會發生什麼樣的事情會有多重要。」

「對於你的話，我覺得很感興趣，也覺得很有意思，」壯漢說。「你還這麼年輕。」

「這或許意味著，我既沒有腐化，也沒有被當今的經驗給嚇著了。我擁有最有價值的經驗，人類的經驗，儘管我受過了大學教育，擁有良好的教育背景。」

「你真是油嘴滑舌。」

「這不全然是廢話，」艾莫瑞激動大喊。「這是我這生平頭一遭談論社會主義。就我所知，那是唯一的萬靈丹。我十分不安。我這一代的人都十分不安。我厭倦了最有錢的人可以得到最美的女子的青睞，而沒有收入的藝術家，就得出賣他的天份給鈕扣商。即便我沒有任何天份，我也不願意十年來不停地工作，過著獨身生活，或是偷偷放縱一番，讓某個人的兒子買上一部車。」

「但是，如果你不是十分確定的話——」

「那也無所謂，」艾莫瑞說。「我的立場不會比這個還要糟。一場社會改革或許能夠讓我站上高位。當然我是自私的。對我來說，我就像是一隻沒有水的魚，在陳腐的體系裡掙扎。我跟大學裡的同學一樣，稱得上受過良好的教育；學校依舊讓那些接受課後輔導的笨蛋去玩橄欖球，但是我卻沒有這樣的資格，幾個愚蠢的老傢伙，認為我們應該**全都**屬於圓錐體系的上層，理應會過得很好。我討厭軍隊。我討厭從商。我喜歡變化，我得扼殺自己的良知——」

「所以你一直嚷嚷著我們要快點跟上步調。」

「那說的倒是沒錯，」艾莫瑞堅持。「改革跟不上文明的需求，除非硬逼著去做。放任主義政策就像是在說，一個被寵壞的孩子最後會變好。他會變好——如果硬逼著他照辦的話。」

「但是你也不是完全相信社會主義那一套說法。」

「我不知道。在跟你討論之前，我從未認真思索過這個問題。我對自己所說的話，有一半也不是很確定。」

「你把我搞糊塗了，」壯漢說，「不過你倒是表裡一致。他們說蕭伯納，不管他的信條為何，對待他的版稅可說錙銖必較，一便士都不能少。」

「唔，」艾莫瑞說，「我只想說，我是不安的這一代裡，多面向思考的產物——我有足夠的理由，讓自己不論是在思想或是筆觸上，都跟激進份子一樣激動。即使在我的心裡，我們是這世上盲目轉動的原子，或是像鐘擺的擺動一樣有限，我跟我的同類會繼續跟傳統奮戰；至少會嘗試把舊瓶裝新酒。很多時候，對於生活我覺得我的看法是對的，但是信仰就困難多了。但我知道一件事。如果活著不是為了追求目標，那不過是一場可笑的遊戲。」

有幾分鐘的時間，雙方沒有交談，接著壯漢開始問道：

「你大學念的是哪一所？」

「普林斯頓。」

壯漢突然覺得十分好奇，護目鏡下的表情好像有些微不同。

「我送我的兒子去念普林斯頓。」

「真的？」

「或許你認識他。他的名字叫傑西．佛瑞比。他去年戰死在法國。」

「我跟他很熟。事實上，他是我的朋友當中很特別的一個。」

「他是個——很優秀的男孩。我們感情很好。」

艾莫瑞開始察覺到父親跟死去兒子的相同點，他告訴自己，難怪一路上他有種熟悉感。傑西．佛瑞比在大學時代就十分受到景仰。那已經是好久以前的事了。他們以前都還是小男孩，為了藍絲帶努力著——

汽車在一棟大宅子門前停了下來，房子四周圍繞著一叢叢樹籬，還有高聳的鐵柵欄。

「要不要進屋裡來吃頓午餐？」

艾莫瑞搖搖頭。

「謝謝你的好意，佛瑞比先生，但是我要繼續趕路。」

壯漢伸出手來。艾莫瑞知道他對傑西的認識，比起他令人不贊同的意見還要重要。人跟人之間的相處真是件古怪的事！就連小個子也堅持要握手。

「再見！」當車子開往角落準備上坡，佛瑞比先生大喊。「祝你好運，你的理論可能沒那麼幸運。」

「你也一樣，先生，」艾莫瑞喊道，一邊揮著手一邊笑著。

「離開火堆，走出小屋」

艾莫瑞離開普林斯頓八個鐘頭之後，他便在紐澤西州的路邊坐了下來，望著被雪覆蓋的鄉鎮。他發現自然呈現的是一個相當粗糙的現象，大部分花卉仔細看都被蛾啃噬過，還有螞蟻無止盡穿梭在樹葉之間所組成，像是慘不忍睹的幻象。天空、湖泊和遠方的地平線所組成的自然可愛多了。霜雪以及冬天的一切令他覺得十分興奮，使他不禁想起在聖瑞吉和戈登那段作戰一般的日子，好久以前的事，七年前的事——十二個月前在法國的秋天，他倒臥在高大的樹叢間，一排弟兄跟著他一塊貼緊地面，等待著拍打槍砲手的肩膀。他好像看到兩張圖片重疊在一起的影像，禁不住感到一陣興奮——他所經歷過的兩場遊戲，儘管辛辣尖刻的程度不同卻彼此相連，與羅莎琳以及迷宮般的日子不同，這些畢竟是人生的考驗。

「我很自私，」他心想。

「這不是當我『看見人類在受苦』、『失去父母』或是『幫助他人』的時候，會改變的特質。」

「自我中心不但是部分的我。也是最活生生的部分。」

「但現在已經超越了自私，卻不是為了平靜和平衡自己的生活極力去避免的一件事。」

「誰說我不能採用無私的美德。但我可以藉由犧牲、幫助別人、施予朋友、忍受朋友，甚至為了朋友犧牲生命在所不辭——原因是這些是自我表達的最佳方式，但是我卻無法對人類的善意有任何回報。」

困擾艾莫瑞的邪惡力量跟性一樣揮之不去。他開始試著在布魯克和威爾斯身上找尋強悍的陽具崇拜的邪惡認同感。邪惡跟美麗是密不可分的——美麗，像是不斷攀升的騷動，夜晚在艾琳諾輕柔的歌聲裡，古老的歌曲宛如穿透生命的混亂喧囂，像是重重落下的瀑布，一半是旋律，一半是黑暗。艾莫瑞知道每次他只要走向歌聲，它就會帶著一種邪惡般的扭曲臉龐，斜睨著眼瞧他。偉大藝術的美，所有歡樂的美，都比不過女人的美。

總之，美與放縱還有沉溺有許多相關連。軟弱的事物通常很美，但是軟弱絕不是好事。新的孤獨感是為了他所能達到的偉大目標而挑選出來的，美必定是相對的，或者，美自身展現的和諧只會造成一種不協調。

就某種意義來說，美的一種漸進式的宣告放棄，是他在完全幻滅之後踏出的第二步。他感覺到自己離身為一個獨具風格的藝術家的美夢越來越遠。對他來說，成為一種特定的人物是很重要的一件事。

他突然心思一轉，發現自己在思索羅馬天主教的事。對那些認為正統宗教不可或缺的人來說，內在充滿一種匱乏感的想法在他心裡變得強烈，而宗教對艾莫瑞來說指的是羅馬教堂。可以理解的是雖然它的宗教儀式很空洞，但是它似乎是一種對抗道德腐敗的唯一一種同化的傳統力量。在烏合之眾接受教化變得具有道德感之前，應該要有人大喊：「汝不可如此！」然而目前並不能接受任何這方面的思想。他需要時間，不需要不明原因的壓力。他不要把樹加以裝飾，他要徹底實踐這項新開端的方向和氣勢。

午後已經從三點鐘時的澄淨天空，來到四點鐘時的金色光輝。他在夕陽餘暉中痛苦地走著，雲朵看上去像血一般的顏色，黃昏時他走到墓園。那裡的花聞上去有種黯淡、迷濛的味道，天空上有新月的鬼魂，到處都有影子晃動。他突然有股衝動要打開山腳下那道生鏽的墓穴的門；墓穴洗得很乾淨，覆蓋上晚開的花朵，淚汪汪的水藍色花朵，或許是從那雙死去的眼睛長出來的，摸起來黏黏的，有一股噁心的味道。

艾莫瑞想要**感覺**「威廉·達菲爾德，一八六四年」。

他在想這些墳墓是否讓人們感覺到生命的空無。有時候他覺得找不到絕望的理由活著。那些殘破的圓柱、緊握的雙手、鴿子和天使都意味著浪漫。他想像百年以後，他會希望年輕人猜測他是棕色還是藍色的眼瞳，他十分希望他的墓也會有許多年以前那樣的氛圍。奇怪的是一整排軍人的墳墓當中，有兩、三個墓總會令他想起逝去的愛情，或是死去的戀人，但是他們就像其他人那樣，也是會有黃色的青苔爬上他們的墳墓。

午夜過後，普林斯頓的塔樓和尖塔映入眼簾，零星亮著熬夜的燈火——突然在清澈的黑暗中，響起了鐘聲。彷彿無止盡的夢一般，鐘聲繼續響著；前一個世代的精神在新一代的身上徘徊不去，年輕人在一片渾沌當中被挑選出來，庸俗的世界依舊餵養著錯誤的浪漫，和死去的政治家與詩人半遺忘的夢。新的一代出現，大聲呼喊，學習舊有的教條，透過漫長的白晝和黑夜的幻想；最後注定要走進齷齪的灰色騷亂裡，跟隨愛和驕傲；新的一代比起上一代更害怕貧窮，更崇拜名利；成長之後，發現所有的神祇都已經死去，所有的戰爭都已經打過，所有人類的信仰都已經崩落……

艾莫瑞替他們感到遺憾，但是卻不會對自己感到遺憾——藝術、政治、宗教，不管他的方式為何，他知道自己現在很安全，不為歇斯底里所苦——他能夠接受可以接受的東西，漫遊、成長、反叛，在許多夜裡深深地睡去……

他知道在他心裡沒有上帝，他的想法依舊很混亂；記憶令人痛苦；他為逝去的青春感到懊悔——然而幻滅的河水在他的靈魂沉澱，責任和對生命的愛，微微攪動過去的野心和未實現的夢想。但是——噢，羅莎琳！羅莎琳！……

「充其量不過是替代物，」他難過地說。

他不知道為何掙扎是值得的，為何他得利用自己的極限和個性繼承下來的傳統……

他朝清透、光芒四射的天空伸出雙臂。

「我瞭解我自己，」他呼喊道，「僅此而已。」

My whole theory of writing I can sum up in one sentence: An author ought to write for the youth of his own generation, the critics of the next, and the schoolmasters of ever afterward.

費茲傑羅年表

九月二十四日誕生於明尼蘇達州聖保羅市	一八九六年
就讀紐曼學院	一九一一年
進入普林斯頓大學就讀	一九一三年
離開普林斯頓從軍，官拜少尉	一九一七年
從軍中退伍	一九一九年
《塵世樂園》出版；同年跟賽妲・塞爾結婚	一九二〇年
《美麗與毀滅》（The Beautiful and Damned）、《爵士年代的故事》（Tales of the Jazz Age）出版	一九二二年
短篇戲劇《蔬菜》（The Vegetable）出版	一九二三年
搬到法國里維拉（Riviera）居住	一九二四年
《大亨小傳》（The Great Gatsby）出版	一九二五年
《所有悲哀的年輕人》（All the Sad Young Men）出版	一九二六年

《塵世樂園》第三刷印了三千本，其中五百本插入此「作者致歉」頁，是特地為美國書商協會的研討會準備的版本。其中有費茲傑羅的照片和簽名。內容如下：

The Author's Apology

I don't want to talk about myself because I'll admit I did that somewhat in this book. In fact, to write it took three months; to conceive it—three minutes; to collect the data in it—all my life. The idea of writing it came on the first of last July: it was a substitute form of dissipation.

My whole theory of writing I can sum up in one sentence: An author ought to write for the youth of his own generation, the critics of the next, and the schoolmasters of ever afterward.

So, gentlemen, consider all the cocktails mentioned in this book drunk by me as a toast to the American Booksellers Association.

May, 1920

Sincerely
F. Scott Fitzgerald

我不想談論我自己，因為我承認自己某種程度上在這本書裡。事實上，寫這本書花了三個月，而構思——三分鐘；蒐集裡面的資料——耗費一生。寫作這本書的念頭最初出現在去年七月：它是紙醉金迷的替代品。

我的寫作理念可以總結為一句話：一個作家應當為他所屬的這個世代的青年、下一個世代的評論家與往後的導師而寫。

所以，先生們，將這本小說中所有我喝掉的雞尾酒當作敬酒，致美國書商協會。

到好萊塢撰寫劇本；搬到迪拉瓦（Delaware）	一九二七年
賽妲精神崩潰	一九三〇年
回到好萊塢	一九三一年
賽妲的《拯救我的華爾茲》（Save Me the Waltz）由費茲傑羅編輯同年出版；兩人搬到馬里蘭州	一九三二年
《夜未央》（Tender Is the Night）出版	一九三四年
《號音》（Taps at Reveille）出版	一九三五年
回到好萊塢	一九三七年
和席拉・葛拉漢（Sheilah Graham）熱戀	
著手寫《最後一個影壇大亨》（The Last Tycoon），書未完成前就過世了	一九三九年
十二月二十一日死於好萊塢	一九四〇年
《最後一個影壇大亨》在作者死後出版	一九四一年

精選 LE-013　塵世樂園

作者：費茲傑羅
譯者：盧相如
封面設計：廖韡
責任編輯：李承恩
行銷企劃：高鶴軒
行銷指導：林一凡
業務：羅美蘭、李永春
發行人：王永福
出版者：新雨出版社
地址：新北市三重區重安街一〇二號八樓
電話：02-2978-9528
傳真：02-2978-9518
服務信箱：a68689@ms22.hinet.net
郵政劃撥：11954996 戶名：新雨出版社
出版登記：局版台業字第 4063 號
出版日期：二〇一八年八月初版
ISBN：978-957-733-841-9

歡迎讀者郵政劃撥訂購本社圖書
※ 如有缺頁、誤裝，請寄回更換

國家圖書館出版品預行編目 (CIP) 資料

塵世樂園 / 費茲傑羅 (F. Scott Fitzgerald) 著；盧相如譯．
-- 初版．-- 新北市：新雨，2018.08　面；　公分
譯自：This side of paradise
ISBN 978-957-733-841-9(平裝)

874.57　　93011693